VIKTORIA BOLLE

Liebe AUF DEN ZWEITEN Sandkorn

Der Roman ist ein Werk der Fiktion.
Die Personen, vorkommenden Namen und Unternehmensbezeichnungen sowie Dialoge entstammen der Fantasie der Autorin. Jegliche Ähnlichkeit mit tatsächlich existierenden lebenden oder toten Personen ist rein zufällig.

Bibliografische Information der Deutschen Nationalbibliothek: Die Deutsche Nationalbibliothek verzeichnet diese Publikation in der Deutschen Nationalbibliografie; detaillierte bibliografische Daten sind im Internet über dnb.dnb.de abrufbar.

Liebe auf den zweiten Sandkorn — Viktoria Bolle

Deutsche Erstausgabe 14. Mai 2024

Cover:
vertikales-plakat-fuer-valentinstag-mit-herz-und-roten-rosen / Freepik
sparkles-element-design / Freepik
seashore-background-with-bokeh-effect / Freepik

Viktoria Bolle
c/o autorenglück.de
Franz-Mehring-Str. 15
01237 Dresden

Independently published / KDP

ISBN der Taschenbuchausgabe: 9798323996476

Weitere Informationen findest du auf:
www.viktoriabolle.de

Das Buch

Thea plant entspannte Tage voller Sonne, Strand und Kirschen auf Ahrenshoop bei ihrer Großmutter Doris. Doch sie hat die Rechnung ohne ihre liebenswert eigensinnige Oma gemacht, die eigene Vorstellungen von einem perfekten Sommer hat — inklusive der Verkupplung ihrer Enkelin mit einem sorgfältig ausgewählten, scheinbaren Junggesellen. Überzeugt davon, dass Liebe nicht auf Bestellung kommt, versucht Thea, sich den gut gemeinten, aber ungebetenen Verkupplungsversuchen zu entziehen. Doch was, wenn das Schicksal und eine eigenwillige Großmutter andere Pläne haben? Und was, wenn der auserwählte Kandidat wider Erwarten doch Gefühle ins Spiel bringt?

Die Autorin

Viktoria Bolles Heimat lag im nördlichen Kasachstan, bis sie mit ihrer Familie 1996 als zwölfjähriges Mädchen nach Deutschland kam, wo sie inzwischen zu Hause ist. Heute geht sie einem Brötchenjob nach und ist eine vielseitige Autorin, die mit Hingabe und Freude für ihr Leben gern schreibt. Mit ihren Werken, darunter historischen Romanen, die auf wahren Geschichten basieren, begeistert sie ihre Leserinnen und Leser. Ihre Leidenschaft für das Schreiben spiegelt sich in ihrem einfühlsamen Schreibstil und ihrer bemerkenswerten Authentizität wider, die es ihr ermöglichen, fesselnde Geschichten zu erschaffen und die Herzen ihrer Leserinnen und Leser zu berühren. Neben Liebesromanen und historischen Romanen veröffentlicht sie außerdem unter dem Namen Vik Tory Bücher im Genre Romance Crime.

Gratis E-Book

Vergiss nicht, dir meinen extra Roman **»Treuetest«** und eine zweite, zusätzliche Geschichte in meinem Newsletter zu sichern. Scanne den QR-Code ein.

Sophies beste Freundin bittet sie um einen ungewöhnlichen Gefallen: Sie soll ihren Freund auf Treue testen. Obwohl Sophie von Anfang an Zweifel an der Sinnhaftigkeit dieses Plans hat, kann sie ihrer Freundin diesen Wunsch nicht abschlagen.

Kapitel 1
Thea

Nach über fünf Stunden Fahrt aus Hamburg, während derer ich in einem riesigen Stau feststeckte, weil Klimaaktivisten die Straße blockierten, erreiche ich endlich Ahrenshoop. Fünf unendlich lange Stunden in der drückenden Hitze und der immer gleichen Playlist, die mittlerweile jede Nuance von Entspannung in pure Monotonie verwandelt hatte.

Erschöpft bis in die Knochen lenke ich das Steuer meines Autos auf den Hof meiner Großmutter. Ich seufze erleichtert und freue mich auf das Wiedersehen mit Oma, ihren frisch gebackenen Kuchen und die klaren Sternennächte, die es in der Stadt so nicht gibt.

Doch gerade als ich den Motor ausschalte, huscht ein Schatten über die Windschutzscheibe, gefolgt von einem dumpfen Schlag.

»Gack-gack-gack!«, ertönt es laut. Ein Hahn, ganz aufgeregt, schlägt mit den Flügeln und gackert lautstark. Er fliegt über die Motorhaube, landet geschickt auf dem Boden und läuft dann zielstrebig in Richtung der Straße davon.

»Geralt!«, höre ich meine Oma, die hinter dem Tor erscheint

und dem entlaufenen Hahn mit mühsamen Schritten hinterherjagt. Mit 78 Jahren sind ihre Bewegungen zwar nicht mehr die schnellsten, aber ihre Willenskraft ist unübersehbar. »Geralt, du Schlingel! Komm sofort zurück!«

Mit einem nervösen Lachen schüttle ich den Kopf, öffne langsam die Tür und steige aus.

»Geralt? Oma, hast du den Hahn etwa nach einem Hexer aus einer Fantasy-Serie benannt?«

Als mich Oma erblickt, hellt sich ihr Gesicht augenblicklich auf. »Thea! Mein Kind, du bist endlich da«, ruft sie aus und steuert auf mich zu. Ihre Augen sind von feinen Lachfältchen umrahmt und strahlen Wärme und Liebe aus.

»Ach, Thea, glaubst du etwa, nur weil ich hier auf dem Land lebe, bin ich nicht auf dem Laufenden? Der neue Nachbar hat mir dieses Wunder der Technik beschert«, erklärt sie und winkt in die Richtung des Nachbarhauses, »und seitdem bin ich im Bilde über all diese modernen Helden.«

»Aber Geralt? Der Hahn? Wirklich? Hat er denn magische Kräfte oder warum dieser Name?« Ich stelle mir den Hahn mit einem silbernen Schwert vor und muss schmunzeln.

»Magische Kräfte hat er vielleicht keine, aber ausbrechen kann er wie der beste von ihnen. Dieser Schlingel hat es schon wieder geschafft, das Hühnergehege zu überwinden. Ich habe ihn einmal sogar im Maisfeld gefunden, ganze drei Tage nach seiner Flucht!«

»Lass ihn doch. Wenn Geralt Hunger hat, findet er den Weg nach Hause.«

Oma sieht mich mit einem Blick an, der keine Widerrede duldet. »Thea, mein Kind, so einfach ist das nicht. Wenn wir Geralt jetzt nicht einfangen, dann bin ich die nächsten Tage damit beschäftigt, ihn im ganzen Dorf zu suchen. Dieser Schlingel hat ein Talent dafür, sich in den unmöglichsten Verstecken zu verschanzen. Nein, wir fangen ihn jetzt, und dann gibt es Kuchen.«

»In Ordnung, Oma, aber wie stellen wir das an?« Ich suche skeptisch die Straße ab, auf der Geralt umherspaziert.

»Mit List und Tücke, meine Liebe, mit List und Tücke«, antwortet Oma verschmitzt lächelnd. Sie holt eine Handvoll Körner aus der Tasche ihres Schürzenkleides und meint: »Du lockst ihn hierher, und ich packe ihn von hinten mit einem Kescher.«

»Oma, das klingt nach einem Plan aus einem schlechten Comedy-Film«, entgegne ich lachend, kann mir aber nicht helfen und finde mich Minuten später damit ab, Körner aus meiner Hand zu streuen, um Geralt anzulocken. Oma holt in der Zwischenzeit den Kescher.

»Hier, Geralt, schau, was ich für dich habe.« Ich streue die Körner vor mir auf den Boden.

»Gack-gack«, gibt Geralt von sich, ein Ton, der fast wie ein freudiges Lachen klingt, und nähert sich den Körnern. Doch als er den Kescher in Omas Händen erkennt, wird er misstrauisch. Mit einem plötzlichen Flügelschlag und einem entrüsteten »Gack!« weicht er aus und beginnt, im Zickzack über die Straße zu flattern.

»Konzentrier dich, Thea. Versuch ihn, irgendwie abzulenken!«, wirft Oma mir zu und wartet einen günstigen Moment ab, um mit dem Netz zuzuschnappen. Ich schlucke schwer, wage mich zögernd näher an den Vogel heran.

»Alles ist gut, Geralt. Du bist sicher. Du kannst dich entspannen.« Ich spreche beruhigend auf ihn ein und gestikuliere in der Luft, um ihn neugierig zu machen und seine Aufmerksamkeit von Oma wegzulenken. Er wirkt unsicher und seine wilden Bewegungen verlangsamen sich.

»Jetzt hab' ich dich, du kleiner Ausbrecherkönig!«, ruft Oma triumphierend, als das Netz schließlich über Geralt fällt. Doch der Hahn gibt nicht so leicht auf. Unter dem Netz entsteht ein wildes Geflatter und Gackern, als würde Geralt protestieren: »Lasst mich raus! Ich bin doch ein freier Geist!«

»Oh, halt still, mein Junge. Du machst es nur schlimmer«, kommentiert Oma, hebt das Netz an und zieht Geralt heraus. »Siehst du, Thea, mit ein wenig Geduld und einer guten Strategie lässt sich sogar ein abenteuerlustiger Hahn einfangen. Und jetzt lass uns den Ausbüxer zurück in sein Gehege bringen.«

Bei diesen Worten wirft uns Geralt einen skeptischen Blick zu, als würde er schon überlegen, wie er das nächste Mal ausbrechen kann, ohne sofort gefangen zu werden. Doch Oma hält ihn fest in ihren Armen und trägt ihn in Richtung des Hühnergeheges. Ich folge ihr.

Wir nähern uns dem Gehege. Ich öffne vorsichtig die Tür und Oma setzt den Hahn auf den Boden.

»Da bist du wieder, Geralt«, murmelt sie und streichelt ihm sanft über das Gefieder. »Du bist ein kleiner Schlingel, aber wir haben dich wieder sicher zurückgebracht.«

Geralt pickt nach einem dahergelaufenen Insekt und gurrt zufrieden, als würde er zustimmen. Oma schließt die Tür des Geheges ab.

Ich stehe neben ihr und betrachte den Ausbrecher, wie er neugierig sein Revier erkundet, immer wieder mit seinem Schnabel nach etwas Essbarem pickend. Sein zufriedenes Gurren erfüllt die Luft und lässt die Anspannung der vergangenen Minuten von mir abfallen.

Das war ja mal eine spektakuläre Begrüßung zu meiner Ankunft hier auf Ahrenshoop!

Oma lächelt mich stolz an. »Gut gemacht, Thea. Das war Teamarbeit.«

Ich lächle zurück. Es ist schön, dieses besondere Band zwischen Großmutter und Enkelin zu spüren, das uns seit eher verbindet. Immer wieder komme ich gern hierher zurück, in das idyllische Dorf an der Ostsee, in dem ich aufgewachsen bin und jede Taube beim Namen kannte, bevor ich zum Studium nach Hamburg gezogen und dort geblieben war.

»Du bist ganz sicher hungrig nach der langen Fahrt«, meint Oma. »Ich habe deinen Lieblingskuchen gebacken.«

»Den mit den Kirschen?«, freue ich mich und Oma nickt.

»Lass uns ins Haus gehen. Ich setze Tee auf.«

»Klar. Ich hole nur schnell meine Sachen aus dem Auto«, verkünde ich und mache mich auf den Weg zum Wagen.

Als ich die Koffer ins Haus trage, nehme ich mir einen Moment, um die vertrauten Details der Umgebung zu betrachten. Die alten Möbel, die lebendigen Farben an den Wänden und die gemütliche Atmosphäre erfüllen mich mit einem Gefühl von Geborgenheit und Heimat. Ein absoluter Kontrast zum stickigen Büro, in dem ich meine Tage in der Position des Human Resources Managers verbringe.

Gerade als ich die Koffer abstelle, ruft Oma aus der Küche nach mir. Ich höre ihre Stimme im Flur und spüre den verlockenden Duft von frisch gebackenem Kuchen, der meine Sinne anspricht. Mit einem Lächeln auf den Lippen mache ich mich auf den Weg zur Küche, um zu sehen, was sie vorbereitet hat.

»Für dich, Liebes.« Sie stellt ein Tablett auf dem Küchentisch ab. Der süße Duft von Zimt und frischen Beeren steigt mir in die Nase, und mein Magen knurrt vor Vorfreude.

»Danke, Oma.« Ich nehme einen tiefen Atemzug, um den köstlichen Duft des Kuchens zu genießen. Oma setzt sich neben mich.

»Es ist schön, dich wieder hier zu haben, Thea.« Sie sieht mich mit liebevollen Augen an. »Ich habe dich vermisst.«

»Ich habe dich auch vermisst, Oma«, erwidere ich ehrlich.

»Ich mache mir Sorgen um dich, Schatz. Du arbeitest so hart ... Und dein letzter Kerl … Dieser Mistkerl …«

»Oma, du musst verstehen, eine Karriere entsteht nicht einfach so. Ich bemühe mich, so viel wie möglich zu lernen. Das ist mir wichtig. Und was Jens betrifft, so habe ich ihn längst abgehakt. Es war ein Glück, dass ich seinen widerwärtigen Charakter rechtzeitig erkannt habe«, sage ich und denke, ich hätte ahnen müssen, dass er auch mir gegenüber ausschweifend werden würde, nachdem ich gehört habe, wie respektlos er sich über andere Frauen geäußert hatte, die er noch nicht einmal persönlich kannte.

»Ich verstehe ja«, murmelt sie und rührt ihren Tee, »aber die Jugend fliegt vorbei, während du dich wegen der schlechten Erfahrung mit diesem Unhold in einem stickigen Büro vergräbst und das Leben unbemerkt an dir vorüberzieht. Das kann es doch nicht sein.«

»Kann sein, kann nicht sein ... Oma, ich mag mein Leben so, wie es ist. Ich bin zufrieden«, falle ich ihr ins Wort, denn ich ahne, worauf sie hinauswill. »Lass uns einfach unseren Tee genießen und über angenehmere Dinge sprechen. Ich bin hier, um meinen Urlaub bei dir zu verbringen und mich zu erholen.«

Oma seufzt, sagt aber nichts dagegen. Sie wirft mir nur bedenkliche Blicke zu, die ich ignoriere. Ich weiß, sie macht sich Sorgen um meine Zukunft. Aber ich finde es in Ordnung, sollte ich nie heiraten und keine zwei Kinder bekommen.

Gemeinsam genießen wir den Tee und den Kuchen, tauschen Geschichten und Erinnerungen aus und lassen die Ereignisse des Tages Revue passieren. Als ich schließlich ins Bett schlüpfe und mich unter die leichte Decke kuschle, spüre ich ein Gefühl der Erfüllung und Zufriedenheit in meinem Herzen. Ahrenshoop mag nur ein kleines Künstlerdorf an der Küste sein, aber für mich ist es der Ort, an dem ich Liebe, Geborgenheit und Glück finde.

Kapitel 2
Thea

Die Nacht umgibt mich mit ihrer Stille. Nur das leise Rascheln der Blätter und das entfernte Gackern der Hühner stören die Ruhe. Ich schlafe bei offenem Fenster, weshalb ein sanfter Wind mir durch die Haare streicht, und der Duft von frischer Meeresluft erfüllt meine Sinne.

»Enno!!!«, hallt es auf einmal durch das gekippte Fenster herein. Ich schnelle aus dem Schlaf hoch und bin völlig verwirrt. Wer zum Teufel ist Enno? Ich krame in meinem Gedächtnis nach allen Bekannten meiner Großmutter, doch der Name sagt mir nichts.

»Du Mistkerl!« Ein schriller Schrei weckt sämtliche Tiere der Nachbarschaft, und ich verabschiede mich endgültig von der Möglichkeit, auszuschlafen. »Ich hasse dich! Hörst du das?! Ich hasse dich!!!«

Ich sage mir, dass das nicht mein Problem ist; lege mich erneut hin und vergrabe mein Gesicht im Kissen, doch die Schreie der erbosten Frau dringen durch alles durch. Es ist, als stünde sie direkt neben mir.

Entnervt steige ich aus dem Bett, schlüpfe in mein luftiges

Sommerkleid und schlendere hinaus auf die Terrasse. Hinter dem Zaun meiner Großmutter steht eine junge Lady in einem kurzen, dunkelgrünen Kleid und schleudert Flüche auf den unbekannten Enno.

Die Frau wirkt im fahlen Licht der Straßenlaternen schmal und beinahe durchscheinend. Auf ihren Füßen balanciert sie in Schuhen mit unglaublich hohen Absätzen. Hier ist sie definitiv falsch. Wahrscheinlich hat sie zu viel getrunken und alles durcheinandergebracht. Ein nüchterner Mensch könnte zu so einer Aktion mitten in der Nacht nicht imstande sein.

Gut, dass meine Großmutter ihre Hörgeräte zum Schlafen ablegt und dann praktisch taub ist, sonst wäre sie bereits auf die Straße gestürmt und hätte mit etwas Schwerem gefuchtelt.

»Hey Sie, wer immer Sie auch sind, es gibt hier keinen Enno, wirklich nicht. Zeit, nach Hause zu gehen«, rufe ich ihr entgegen, um die aufgeheizte Situation zu beruhigen.

»Du lügst!«, kontert sie mit Nachdruck, unterstrichen durch einen Rülpser. Offenbar hat der Alkohol ihr Urteilsvermögen stark beeinträchtigt. »Er muss bei dir sein! Gib es zu, du ... du gefärbte Tussi!«

Am liebsten würde ich ihr entgegnen, dass meine Haarfarbe so echt ist wie der Mondschein in dieser Nacht, doch ich entscheide mich dagegen. Es wäre unklug, die ohnehin schon erhitzten Gemüter weiter anzuheizen.

Stattdessen bleibe ich die Ruhe selbst und rufe: »Vielleicht sollten Sie Ihr Glück an einem anderen Ort versuchen.«

Ihre Augen funken vor Herausforderung. »Du weißt also, wo Enno ist? Sag mir, wo er steckt!«, fordert sie, ihre Stimme überschlägt sich fast vor Zorn. »Ich habe eine lange Reise hinter mir, nur um ihn zu sehen. Ich schwöre, ich springe über diesen Zaun und suche so lange, bis ich ihn gefunden habe!«

Der Zaun reicht ihr gerade mal bis zur Hüfte, aber in solch einem aufgebrachten Zustand könnte der Sprung gefährlich enden.

Ein noch tieferer Seufzer entweicht mir und ich sehe mich kurz um. Ich muss sie irgendwie loswerden, denn es wäre unerwünscht, wenn sie durch den Hof und das Haus meiner Großmutter streift, auf der Suche nach Enno.

»Noch einmal: Ich kenne keinen Enno«, wiederhole ich. »Ich habe also keine Ahnung, warum Sie ihn gerade hier suchen. Und das hier ist Privatbesitz. Auf dem Hof wacht unser riesiger, verrückter Geralt!«

»Was, ein verrückter Geralt? Etwa wie der Monsterjäger aus der Serie?« Die Frau zuckt zusammen und macht instinktiv einen Schritt zurück. Endlich wird sie vernünftig. »Ist er denn auch … attraktiv?«

»Attraktiv? Nun, wenn Sie verschwitzte, gefiederte Monsterjäger mögen, dann vielleicht«, antworte ich und muss schmunzeln. Doch sie lässt einfach nicht locker.

»Na gut, aber hol trotzdem Enno, ja? Ich habe da noch ein paar Worte für ihn!«

»Schlaf gut!«, verabschiede ich mich kopfschüttelnd von ihr und ziehe mich in mein Zimmer zurück.

Ich schließe die Tür hinter mir zu. Sofort werden die Geräusche von draußen leiser, doch die Unruhe dringt immer noch zu mir durch. So hatte ich mir meinen Urlaub wirklich nicht vorgestellt.

Dann, als ob die Nacht nicht schon aufregend genug wäre, mischt sich plötzlich das Brummen eines Motors in das nächtliche Konzert, gefolgt vom Klang einer zufallenden Autotür und einer männlichen Stimme, die durch die Stille schneidet. Ist das etwa Enno, der Grund für all den Tumult?

Im nächsten Moment höre ich ein verzweifeltes Schreien: »Lass mich los! Hilfe!« Das Mädchen klingt panisch. Dieses Mal treibt mich die Sorge um die Sicherheit der Frau nach draußen.

Mit schnellen Schritten eile ich erneut auf die Veranda. Unter dem schwachen Schein der Straßenlaternen und dem flimmernden Sternenlicht erkenne ich einen großen, schlanken Mann in einem hellen T-Shirt und Jeans-Shorts, der sich mit der betrunkenen, sichtlich aufgelösten Frau auseinandersetzt. Sie wehrt sich nach Kräften, schlägt wild um sich, während er versucht, sie festzuhalten, offenbar in der Absicht, sie gegen ihren Willen mitzunehmen. Die Situation wirkt bedrohlich.

Mein Gott, vielleicht sehe ich gerade einem Verbrechen zu?

Alle Fähigkeiten eines jungen Detektivs und Verfechters der Gerechtigkeit kommen mir in den Sinn. »Hey man, wer sind Sie überhaupt? Lassen Sie das Mädchen los, sonst rufe ich die Polizei!«, schreie ich.

Das Mädchen quietscht, der Kerl lässt sie abrupt los, tritt zurück und ich ergreife einen Stein, der dekorativ auf der Veranda arrangiert wurde.

»Ich habe eine ruhige Hand, seien Sie gewarnt!«, rufe ich ihm zu, auch wenn ich zugeben muss, dass meine Erfahrung im Werfen gleich null ist. Doch die zahlreichen Nachmittage meiner Kindheit hier in Ahrenshoop, verbracht mit allerlei Wurfspielen mit den Nachbarskindern, haben mir eine gewisse Treffsicherheit verliehen — eine Fähigkeit, die jetzt von unschätzbarem Wert sein könnte.

»Irrenhaus«, beschließt der Mann und ich tue so, als würde ich zielen.

»Wer sind Sie überhaupt?«, will er wissen.

»Eine *aufmerksame Anwohnerin*!«

»Das dachte ich mir. Geh schlafen, *aufmerksame Anwohnerin*, wir werden das alleine regeln. Und versteck deinen Stein, bevor du noch jemanden damit verletzt.«

Obgleich die Distanz zwischen uns nur einige Schritte beträgt und uns lediglich der Gartenzaun trennt, erkenne ich klar, wie sich die Züge des Unbekannten im hellen T-Shirt in Ärger verzerren. Mit einem Ausdruck tiefster Missbilligung dreht er sich abrupt um, ohne ein weiteres Wort zu verlieren, und steuert geradewegs auf sein Fahrzeug zu.

»Enno, warte doch mal!«, schreit das Mädchen. Ich schaue auf den Stein in meiner Hand und fühle mich wie die größte Idiotin.

Ja, das war peinlich. Ich hätte nicht drohen, sondern erst einmal genauer hinsehen sollen. Aber andererseits, was wäre gewesen, wenn er tatsächlich gefährlich gewesen wäre?

Ich werfe den Stein hin. Er klopft dumpf auf den Boden, und ich lehne mich an das Geländer. Ich hoffe, der ganze Urlaub wird nicht so skurril wie dieser erste Tag nach meiner Ankunft.

In der Zwischenzeit schaue ich immer wieder in die Richtung, in die das süße Pärchen gegangen ist. Ich bin neugierig. Enno, der die hintere Autotür öffnet, versucht, die Frau auf den geräumigen Sitz zu setzen, aber sie sträubt sich, will nicht gehen. Eine merkwürdige Person.

Ich kann nicht anders, als zu rufen: »Brauchen Sie Hilfe?«, aber Enno antwortet mir nur mit dem gleichen finsteren Blick. Ach, hätte ich nur nicht mit dem Stein auf einen scheinbar anständigen Menschen herumgefuchtelt. Obwohl, vielleicht ist er wirklich ein Schuft? Vielleicht hat das Mädchen nicht gelogen? Etwas hat er ihr wohl getan, dass sie ihn jetzt dafür hasst.

»Gute Nacht, *aufmerksame Anwohnerin*«, dringt eine dumpfe Stimme an mein Ohr. Einige Sekunden später schlägt Enno die Autotür zu und sperrt seine wilde Freundin im Auto ein. Blitzschnell nimmt er den Fahrersitz ein, knallt die Tür zu und startet den Motor.

Oh, was für eine Nacht. Im Dorf, wo meine Großmutter lebt, ist es immer lustig. Langeweile kommt nicht auf, aber betrunkene Mädchen, die Konzerte unter fremden Fenstern veranstalten und Hähne, die einen bei seiner Ankunft begrüßen, das gab es bisher noch nie.

Kapitel 3

Thea

Zurück in meinem Bett finde ich einfach keinen Schlaf mehr. Ich wälze mich hin und her, versuche eine bequeme Position zu finden, aber die Gedanken halten mich wach. Die Nacht zieht sich quälend in die Länge.

Als die Morgendämmerung zaghaft durch die Ritzen der alten Holzläden blinzelt, gebe ich den Kampf um den Schlaf endgültig auf. Der erste Plan, der mir bei meiner Ankunft in den Sinn kam, ein erfrischendes Bad im Meer zu nehmen, drängt sich wieder in den Vordergrund meines müden Geistes.

Aus meinem Koffer fische ich meinen nagelneuen Badeanzug, schlüpfe hinein, zwänge meine Füße in knallgelbe Flip-Flops und packe mir ein fluffiges Handtuch samt Stranddecke in die gestreifte Tasche.

Jetzt, voll ausgerüstet für ein abenteuerliches frühmorgendliches Bad, spüre ich, wie die Aufregung die letzte Müdigkeit vertreibt. Das Meer ruft mich, und nach dem aufwühlenden Vorfall zieht es mich unwiderstehlich zum Ufer. Ich will lossprinten und in das Wasser eintauchen, bis meine Haut von Gänsehaut überzogen ist und meine Zähne vor Kälte klappern.

Kaum habe ich das Haus verlassen, treffe ich im Hof auf meine Großmutter. Trotz der frühen Stunde ist sie schon munter und dabei, die Hühner zu füttern. Mit einer bunten Schürze bekleidet, streut sie gekonnt das Korn aus. Die Hühner picken gierig um sie herum.

»Na, mein Kind, was treibt dich denn so früh aus den Federn?« Ihr Blick streift über mein Badeoutfit.

»Ach, Oma, ich konnte einfach nicht mehr schlafen. Dachte, ein Sprung ins Meer würde mir guttun.« Ich entscheide mich, ihr nicht davon zu berichten, dass mich das nächtliche Liebesdrama nicht schlafen ließ, um sie nicht unnötig zu beunruhigen.

»Ins Meer? Bei dieser Uhrzeit?« Ihre Augenbrauen wandern nach oben, und für einen kurzen Augenblick betrachtet sie mich genauer. »Na, wenn das mal nicht dein Vater ist. Der war auch immer so eine Wasserratte.«

Ich lache leise. »Ja, irgendwoher muss ich das ja haben.«

Oma nickt verständnisvoll und streut den Hühnern noch mehr Korn hin. »Ich versteh' dich, Kind. Pass auf dich auf, ja? Das Meer ist kein Planschbecken.«

»Versprochen, Oma.« Ich werfe ihr einen Kuss zu und mache mich zum Gehen auf.

»Und danach gibt's Frühstück! Ich mach' dir deine Lieblingspfannkuchen«, ruft sie hinterher.

»Abgemacht!«, rufe ich zurück. »Ich bringe uns noch Brötchen von der Bäckerei mit.«

»In Ordnung.« Oma winkt zum Abschied.

Mit federnden Schritten eile ich durch die noch schlafende Ortschaft, das Salz der nahenden See in der Nase. Der Weg zum Meer fühlt sich vertraut an. Ich betrachte die schöne Landschaft um mich herum, die gemütlichen Reetdachhäuser und die malerischen Ateliers, die Ahrenshoop zu einem Treffpunkt für

Künstler und Lebenskünstler gleichermaßen machen. Die engen Gassen, gesäumt von wilden Rosen und dem Duft von frischem Grün, verleihen dem Ort einen beinahe märchenhaften Charme. Hier und da liegt ein verträumter Garten, der die Liebe seiner Bewohner widerspiegelt.

Ich gehe dem Meer entgegen und sinniere über Enno. Wer mag dieser Mann sein, für den jemand so ein Liebesdrama veranstaltet? Attraktiv und groß, ja, aber nichts, was einem den Atem rauben würde. Ich habe ihn nicht genau betrachtet, doch er schien mir nichts Außergewöhnliches an sich zu haben. Vielleicht ist er, wie ich, nur zu Besuch? Oder hat er sich ein Haus gemietet? Es gibt viele Ferienhäuser hier in der Gegend.

Es ist mir ein Rätsel, warum ich so vertieft darüber nachgrüble, aber meine Gedanken kehren ständig zum Moment zurück, als ich den Stein nach diesem Enno werfen wollte. Wie peinlich das doch ist.

So in Gedanken versunken, nähere ich mich dem Strand. Der kräftige, jodhaltige Duft und die ersten Sonnenstrahlen, die die Spitzen der Gräser in den Dünen kitzeln, lassen mich Enno, das betrunkene Mädchen, alle Arbeit, Sorgen und den lästigen Ex, der geizig auf Emotionen, geizig auf Geschenke, geizig auf warme Worte war, augenblicklich vergessen. Ich hoffe, meine Abwesenheit schenkt ihm jetzt die Ruhe, welche ihm meine Liebe nie geben konnte.

Der Strand ist um diese frühe Stunde fast Menschenleer. Etwas weiter links auf dem Pier sitzen Angler, ein Bild, das mich seit meiner Kindheit begleitet. Es zaubert mir ein Lächeln ins Gesicht. Manche Dinge ändern sich nie. Und das ist wunderbar so.

Die ruhige See, die sich am Horizont mit dem Himmel vereint, erinnert mich daran, wie sehr ich diesen Ort liebe. Hier, wo die

Natur noch die Hauptrolle spielt und der Alltag in den Hintergrund tritt, finde ich immer wieder zu mir selbst. Das Rauschen der Wellen begrüßt mich wie eine alte Freundin, und ich lasse meine Strandtasche im Sand fallen.

In dieser friedvollen Stimmung schüttle ich die Stranddecke auf dem Sand glatt und breite mein Handtuch aus. Meine Flip-Flops stelle ich ordentlich neben der Tasche ab.

Ich vergrabe die Füße im weichen, kühlen Sand, bleibe kurz stehen und blicke hinaus auf die sich sanft kräuselnden Wellen. Die Energie des Ortes, die Ruhe und die Weite des Meeres ziehen mich unwiderstehlich an. Mit einem tiefen Atemzug der salzigen Luft fülle ich meine Lungen, lasse die kühle Morgenbrise über meine Haut streichen und mache dann die ersten Schritte Richtung Wasser.

Das kühle Meerwasser umspült meine Knöchel. Ich tauche ein, lasse mich von der Strömung tragen, schwimme mit kraftvollen Zügen dem offenen Meer entgegen. Unter mir das unendliche Blau, über mir der weite, offene Himmel.

Nach einer Weile kehre ich zurück an den Strand. Meine Haut prickelt vom Salzwasser und ich fühle mich leicht. Ich wickle mich in das flauschige Handtuch und lasse mich mit einem zufriedenen Seufzer auf meiner Decke nieder, blicke auf das weite Meer hinaus und spüre, wie die Sonne meine Haut sanft wärmt. Die friedvolle Stille, nur unterbrochen vom leisen Murmeln der Wellen, umhüllt mich.

Doch gerade als ich die Augen schließen und mich diesem Gefühl der Gelassenheit hingeben möchte, ändert sich die Atmosphäre schlagartig. Aus dem Augenwinkel bemerke ich eine Bewegung. Jemand nähert sich meinem ruhigen Rückzugsort. Widerstrebend fällt mein Blick auf eine Gestalt, die sich auffällig neben meiner Decke bewegt.

Der Unbekannte zieht sich die Shorts aus und scheint sich keine Gedanken darüber zu machen, dass er meinen persönlichen Bereich stört. Mit einer Selbstsicherheit, die mich irritiert, beginnt er mit Aufwärmübungen, spielt mit seinen Muskeln und streckt sich ausgiebig. Es dauert nicht lange, bis er sich dem Meer zuwendet und langsam darauf zugeht; offensichtlich will er schwimmen.

Als er an mir vorbeigeht und nur noch wenige Schritte entfernt ist, reibe ich mir ungläubig die Augen. Kann das wirklich sein? In diesem Augenblick erkenne ich ihn — es ist Enno. Mein Herz setzt einen Schlag aus. Wie kann es sein, dass ausgerechnet er, der Protagonist des nächtlichen Dramas, das mir den Schlaf raubte, hier vor mir steht?

Was soll ich tun? Wie soll ich reagieren? Soll ich so tun, als hätte ich ihn nicht gesehen? Bevor ich mich jedoch entscheiden kann, kreuzen sich unsere Blicke.

Kapitel 4

Thea

»Ah, die *aufmerksame Anwohnerin*«, grüßt mich Enno mit einem schiefen Grinsen.

Ich schnaube verächtlich. »Wenn du nicht aufhörst, mich so zu nennen ...«

Er lacht, und ein herausforderndes Funkeln blitzt in seinen Augen. »Was? Wirst du mir einen Stein an den Kopf werfen?«

»Genau!«, kontere ich.

»Du bist wirklich Furcht einflößend. Aber ich wollte mich eigentlich entschuldigen. Meine Freundin ist ein wenig ...«

»... durchgeknallt?«, helfe ich ihm, den Satz zu beenden, und er lacht erneut. »Kein Problem. Immerhin hat es mich zu einer frühmorgendlichen Schwimmrunde inspiriert, nachdem ich so unsanft geweckt wurde und nicht mehr einschlafen konnte.«

Warum soll ich ihm auch nur den geringsten Respekt entgegenbringen, wenn er mich so neckt und dabei aussieht, als hielte er mich für bloß amüsant?

»Richtig, die Anwohner sollten immer aufmerksam sein.«

Er nimmt mich auch noch auf die Schippe! Was für ein arroganter Typ!

Sein Blick, dunkelblau und fast durchscheinend im Licht des Morgens, trifft erneut meinen. Ich bemerke, wie ich ihn genauer betrachte, als es mir lieb ist.

Mit einem letzten übermütigen Grinsen wendet Enno sich ab und taucht mit einem kraftvollen Sprung ins Wasser.

Auch ich kann mir ein Grinsen nicht verkneifen. Typisch, stürzt sich kopfüber hinein und denkt, er ist der König der Wellen.

Ich bleibe sitzen, Handtuch um die Hüften, wie eine Zuschauerin bei einer One-Man-Show.

»Die Anwohner sollten immer aufmerksam sein«, hatte er gesagt. Ach, komm schon! Sein schiefes Grinsen kann er sich sonst wohin stecken. Doch irgendwie ... verdammt, warum muss er auch so charmant sein, wenn er lacht?

Ich beschließe, dem Ganzen eine coole Note zu geben und nicht in seine Richtung zu blicken. Wer sagt denn, dass ich ihm hinterherhecheln muss? Richtig, niemand! Ich bin hier, um zu relaxen, nicht um mich mit einem Typen abzugeben, der mitten in der Nacht für Drama sorgt.

Dann dieser kleine Seitenhieb von ihm — könnte ich echt darauf verzichten. Klar, wir sind jetzt nicht gerade Freunde, aber muss er mich deshalb aufziehen? Vielleicht sollte ich auch ins Wasser springen und ihm zeigen, dass auch eine *aufmerksame Anwohnerin* eine wilde Seite hat. Aber nein, ich lass' mich nicht provozieren.

Stattdessen genieße ich den Moment. Das Meer vor mir, die Sonne im Gesicht — und Enno? Der kann mich mal. Ich bin stark genug, um meinen eigenen Spaß zu haben, ohne mich von ihm aus der Ruhe bringen zu lassen.

Während ich so tue, als hätte ich Enno und seine Badehosen-Show abgeschrieben, kann ich es nicht lassen, ihm doch aus den

Augenwinkeln zu folgen. Irgendwie faszinierend, wie er sich da im Wasser bewegt. Aber halt, ich bin hier, um die Zeit am Meer zu genießen, richtig? Und kein Enno dieser Welt wird mich davon abhalten. Genau, ich bin im Urlaub, frei und ungebunden.

Mein Blick schweift zu den Anglern auf dem Pier. Dieselben Typen wie auch im letzten Jahr und den Jahren zuvor, ruhig und geduldig. Ihre Anwesenheit hier ist so verlässlich wie das Ticken einer Uhr.

Ich frage mich, was wohl mit Ennos Begleiterin passiert ist. Hat er sie etwa gekillt? Sie ins nahegelegene Maisfeld gebracht, ihr die Kehle durchgeschnitten und ist dann zurückgekehrt, um das Blut im Meer abzuwaschen?

Nein, stopp! Was denke ich da nur? Mit einem Kopfschütteln verscheuche ich die absurden Gedanken.

Meine Augen fallen auf Ennos Sachen, die neben meiner Decke liegen. Sind das etwa ... Blutflecken auf seinem Shirt? Nein, bei genauerem Hinsehen sind es wohl nur Flecken von den Kirschen. Trotzdem schiebe ich seine Sachen mit dem Fuß ein Stück von mir weg. Egal, welchen Eindruck ich bei ihm hinterlassen habe — ich bin hier, um das Meer, die Sonne und die Freiheit zu genießen.

Schlussendlich hat er es selbst verschuldet, für einen Verrückten gehalten zu werden. Das nächste Mal sollte er vielleicht sanfter vorgehen, wenn er Mädchen ins Auto hilft.

Eingehüllt in die Wärme der Sonne frage ich mich nach einer Weile, warum ich mich wie eine moderne Undine, die auf ihren Felsen fest gebannt ist, fühle? Ich sollte etwas tun. Vielleicht einpacken und gehen? Oder noch eine Runde im Meer schwimmen?

Ich entscheide mich dafür, noch einmal ins Wasser zu gehen,

als Enno sich dem Ufer nähert, glitzernd wie ein Neptun in Boxershorts.

»Na, erfrischt?«, rufe ich ihm zu, und versuche, so lässig wie möglich zu wirken.

Er stoppt und sieht mich an, ein Schmunzeln spielt um seine Lippen. »Könnte man sagen. Und du? Immer noch die Küstenwache im Einsatz?« Er schüttelt sich das Wasser aus den Haaren.

»Eher die Strandpolizei. Ich behalte alles im Auge, wie es sich für *aufmerksame Anwohnerinnen* gehört.«

Als Enno majestätisch aus dem Wasser steigt, sein Haar glänzend von den salzigen Tropfen, fällt mein Versuch, unbeeindruckt zu wirken, kläglich aus. Ich setze ein paar Schritte in Richtung Meer, als mein Fuß sich in der Fransenkante meiner Stranddecke verfängt.

Bevor ich es verhindern kann, verliere ich das Gleichgewicht und lande mit einem wenig eleganten Plumps im Sand. Das Ganze geschieht so plötzlich, dass ich kaum Zeit habe, mich zu schämen, bevor ein Lachen aus mir herausbricht.

Enno, der zunächst erschrocken aussieht, grinst bei meinem Anblick. »Alles in Ordnung?«, fragt er und streckt mir eine Hand entgegen.

Ich ergreife sie und lasse mich aufhelfen. Meine Wangen glühen vor Verlegenheit. »Ja, ja, alles bestens. Ich dachte, ich demonstriere dir mal, wie man hier in Ahrenshoop richtig fällt. Für den Fall, dass du jemals in eine ähnlich peinliche Situation gerätst.«

»Sehr aufschlussreich. Ich werde mir das merken. Man weiß ja nie, wann so ein Wissen nützlich sein kann.«

Ich klopfe mir den Sand weg und Enno packt seine Sachen zusammen, wirft mir einen amüsierten Blick zu.

»Nun, ich denke, ich lasse dich besser allein, bevor noch mehr *Lehrstunden* folgen.«

Mit einem letzten Lachen verschwindet Enno in Richtung Dorf, und ich lasse mich zurück auf meine Decke fallen. Ich schüttle den Kopf über mich selbst. Jetzt ist es offiziell: Ich bin der Inbegriff der Peinlichkeit.

Kapitel 5
Thea

Nach einer zweiten Schwimmrunde im Meer wickle ich mich schnell in mein Handtuch, trockne mich ab und schlüpfe in mein luftiges Sommerkleid. Danach mache ich mich auf den Weg zur Dorfbäckerei. Dort arbeitet meine Freundin Johanna, und ich kann mir keinen besseren Start in den Tag vorstellen als mit einem ihrer herzhaften Lächeln und natürlich einem ihrer unwiderstehlichen Gebäckstücke.

Die Straßen von Ahrenshoop sind um diese Morgenstunde friedlich und einladend. Ich genieße die Ruhe, die nur durch das gelegentliche Zwitschern der Vögel und das ferne Rauschen des Meeres unterbrochen wird. Als ich die Bäckerei erreiche, weht mir bereits der vertraute Duft von frischem Brot und süßen Teilchen entgegen. Mein Magen knurrt.

Gerade als ich die Tür öffne, kommt mir ein Mann entgegen. Unsere Bewegungen sind so synchron, dass wir fast zusammenstoßen. Für einen kurzen Augenblick kreuzen sich unsere Blicke.

»Oh, Entschuldigung«, kommt es gleichzeitig von uns beiden, begleitet von einem kurzen, verlegenen Lächeln.

Der Unbekannte, etwa so alt wie ich und mit einem freundlichen Gesicht, hält die Tür für mich auf und tritt einen Schritt zur Seite, um mir Platz zu machen.

»Kein Problem«, antworte ich, dankbar für die kleine, höfliche Geste. »Danke.«

»Immer gerne«, sagt er freundlich, bevor er seinen Weg fortsetzt.

Drinnen empfängt mich Johanna mit offenen Armen.

»Dorothea, du bist angekommen?! Wann?«

»Gestern Abend. Nach einem endlosen Stau, der jeden Geduldsfaden strapaziert hat.«

»Ja, ich habe das mit den Klimaklebern auch mitverfolgt«, nickt Johanna und deutet auf die Auslage. »Du brauchst sicher etwas Besonderes zum Frühstück, um den Tag richtig zu starten. Was darf's denn sein?«

»Oh, zeig mir, was du empfehlen kannst. Ich vertraue auf dein Urteil.« Ich beuge mich vor, um die Auswahl besser betrachten zu können.

Johanna lehnt sich über die Theke und beginnt, die verschiedenen Sorten aufzuzählen. »Wir haben heute frische Dinkelbrötchen, knackige Roggenkrustis und unsere beliebten Mehrkornbrötchen. Außerdem ganz neu: die Sonnenblumenkernbrötchen. Die sind der absolute Renner.«

Mein Blick schweift über die appetitlichen Backwaren. »Die Dinkelbrötchen klingen perfekt«, sage ich schließlich. »Ich nehme vier Stück mit.«

Johanna lächelt und packt die Brötchen in eine Papiertüte ein.

»Und, wie fühlt es sich an, wieder zu Hause zu sein?« Sie reicht mir die Tüte entgegen. Die Tage, an denen wir als Kinder den ganzen Sommer über durch die Dünen jagten, Gärten auf Trab hielten und die Hühner der Nachbarn erschreckten, sind zwar längst vorbei. Und doch scheint es, als würden wir beide, sobald wir uns wiedersehen, in diese verspielte Unbeschwertheit zurückfallen.

»Wie ein langersehntes Aufatmen«, antworte ich lächelnd und auch meine Freundin lächelt.

»Ich muss leider noch bis elf Uhr arbeiten. Aber wenn du magst, komm doch später vorbei. Ich wollte nach der Arbeit frischen Fisch von den Anglern am Pier holen. Wie wäre es mit einem gemeinsamen Mittagessen bei mir?«

Ich greife in meine Tasche, um für die Brötchen zu bezahlen, und reiche Johanna das Geld. »Klingt nach einem Plan. Ich freu' mich schon auf das Mittagessen und natürlich auf den frischen Fisch.«

»Super, dann ist es ein Date«, erwidert meine Freundin. »Bring nur Hunger mit, ich sorge für den Rest.«

Mit der Tüte voller frischer Brötchen im Arm verabschiede ich mich von Johanna und trete aus der Bäckerei heraus. Draußen packe ich die Tüte in meine gestreifte Strandtasche, wechsle sie auf die andere Schulter und beschleunige meine Schritte.

Etwa dreißig Meter von Großmutters Haus entfernt bemerke ich ein Auto, das dem von Enno ähnlich sieht, wie er es in der Nacht gefahren hat. Ob es wirklich dasselbe ist, kann ich nicht sagen, aber es parkt vor dem Tor des Nachbarhauses, in dem seit gut fünf Jahren niemand mehr lebt. Könnte Enno sich dort niedergelassen haben? Das wird ja immer besser!

Zumindest wird mir so einiges klar, die Frau heute Nacht hat definitiv die Häuser verwechselt.

»Oma, ich bin da!«, rufe ich, als ich den Hof betrete.

Entweder wird mein Ruf nicht gehört, oder Großmutter ist irgendwo unterwegs. Sie ist sowieso unermüdlich — eine Frau, die trotz ihres Alters unentwegt in Aktion ist.

Ich gehe tiefer in den Hof hinein, vorbei an den Kirschbäumen und höre plötzlich Großmutters Stimme, die von Empörung und Ärger erfüllt ist. Ich beschleunige meine Schritte, umrunde das Haus, bis ich im Hinterhof am Hühnergehege ankomme.

»Oma, was ist los?« Großmutter dreht sich mit einem Funken Zorn in den Augen zu mir um.

»Eine Katastrophe! Geralt ist schon wieder ausgebüxt!«

»Was? Schon wieder?«, wundere ich mich und denke: Oh nein, bitte sag mir nicht, dass ich jetzt auf Suche gehen soll.

»Egal, wie sicher man ihn einschließt, dieser kleine Ganove findet immer einen Ausweg und büxt aus. Ich schwöre, ich setze ihn in den Suppentopf, wenn er nicht aufhört, wegzulaufen!«

Großmutter schimpft und verflucht den entflohenen Schlingel. Ich überprüfe indessen den Hühnerstall, gehe die Reihen entlang, blicke überall hinein, werfe eine Handvoll Korn auf die Erde und fülle Wasser auf. Die Hühner beäugen mich mit ihren perlenden Augen, picken interessiert weiter und die zutraulichsten recken sich, um vorsichtig an meinen Fingern zu nippen.

»Thea, es ist wichtig, dass wir ihn schnell finden!«, betont Großmutter.

»Du hättest ihn besser Gockel genannt«, merke ich an und schaue unter die Käfige. »Aber mit einem Namen wie seinem, kann er wohl nicht ohne Abenteuer und mysteriöse Questen auskommen. Er ist bestimmt aufgebrochen, um verzauberte Artefakte zu suchen.«

»Thea!«, lacht Großmutter, und ich breite resigniert die Arme aus. »Geh doch mal die Straße entlang, frag bei den Nachbarn nach. Geralt kennt dort jeder, sie werden sicher helfen. Ich muss einen Auflauf überwachen und habe noch etwas zu erledigen; ich kann jetzt nicht weg. Könntest du ihn suchen?«

Als hätte ich wirklich eine andere Wahl.

»Na gut«, seufze ich theatralisch. »Und was, wenn er sich zu den weit entfernten Feldern aufgemacht hat?«

»Das glaube ich eher weniger.« Großmutter drückt mir voller Zuversicht ein Tütchen mit Korn in die Hand. »Hier, dem kann Geralt sicher nicht widerstehen.«

Mit dem Futter bewaffnet, trete ich auf die Straße und schaue mich um, in der Hoffnung, Geralt vielleicht beim Insektenpicken hier zu entdecken. Doch nein, der stolze Hexenjäger hat sich offensichtlich neue Horizonte gesucht. Wo fange ich nur an zu suchen?

Die Zeit verfliegt, ich schlendere dreimal die Straße auf und ab, inspiziere jeden Winkel und frage die Passanten, aber Geralt bleibt verschwunden. Niemand hat ihn gesehen, dabei kann ich unmöglich ohne ihn zurückkehren.

Da fällt es mir ein. Einen Ort gibt es, den ich noch nicht erkundet habe ...

Nein, nicht die weit entfernten Maisfelder, sondern den Hof, neben dem Ennos Auto geparkt ist.

Kapitel 6
Thea

Ich hoffe innerlich, dass das Auto, zu dem ich gehe, zwar wie Ennos aussieht, jedoch nicht ihm gehört. Eine solche Situation könnte unangenehm werden, vor allem da mein Ziel kein geringeres ist, als Geralt zu finden.

Beim Näherkommen wirkt es verlassen, alle Türen sind fest verschlossen. Hinter den leicht getönten Scheiben entdecke ich eine chaotische Ansammlung von Gegenständen — eine Sonnenbrille, eine halbleere Wasserflasche und irgendwelche Papiertüten.

Umsichtig bücke ich mich, um unter das Auto zu schauen. Vielleicht könnte sich Geralt dort versteckt haben. Wäre es nicht ein Coup, ihn mit einer Handvoll Körner herauszulocken? Doch so einfach macht es mir der Hahn nicht; er sitzt bestimmt nicht da und wartet darauf, entdeckt zu werden.

Deshalb bleibt mir nichts anderes übrig, als zum Tor zu gehen und die Klingel zu betätigen. Der Eigentümer, wer auch immer das sein mag, wird hoffentlich herauskommen, und ich kann ihn nach dem Flüchtigen fragen. Klingt einfach, oder?

Ich klingle und warte, aber es herrscht Stille. Entweder funktioniert die Klingel nicht, oder niemand ist zu Hause.

Ich lehne mich ans Tor, um Luft zu holen und über die nächsten Schritte nachzudenken, als es unter meiner Hand knarzt. Ist es etwa nicht verschlossen?

»Hausbesitzer! Sind Sie da?«, rufe ich und ziehe am Griff. Das Tor öffnet sich leicht.

Jetzt stehe ich vor der Entscheidung: Warten, bis sich jemand meldet, oder einen Blick in den Hof werfen, um nach dem Rechten zu sehen? Was, wenn Geralt drinnen in Not ist? Vielleicht steckt er fest und kann sich nicht befreien. Ich kann nicht riskieren, dass ihm etwas zustößt und muss handeln.

Ich fühle mich wie ein Einbrecher, aber ich kann ohne den Hahn nicht zurück. Großmutter wäre enttäuscht, wenn ich leer zurückkomme, und das Letzte, was ich möchte, ist, sie zu beunruhigen. Ich habe ja nicht vor, im Haus zu stöbern, nur im Hof. Ein schneller Blick sollte genügen; ich werde mich nicht weit vom Eingang entfernen.

»Herr Kammträger, zeig dich! Ge-ra-a-lt!«, rufe ich gedämpft, betrete langsam den Hof und mache das Tor hinter mir zu. Warum schlägt mein Herz nur so wild, als wäre ich auf einem Raubzug? »Wo steckst du, halbfertiger Hexenjäger? Ich hab' Korn hier, zeig dich, du prächtiger Federträger!«

Der Hof wirkt mit seinem Sammelsurium aus Schrott — zerbrochene Fliesen, aufgehäufte Rohre, Teile von altem Schiefer — klein und verwahrlost. Der Garten ist verwildert. Früher gehörte er Frau Grams, die allerdings vor Jahren verstorben ist. Seither stand das Haus leer, bis anscheinend kürzlich jemand einzog, was der Haufen Renovierungsmüll nahelegt. Doch der Ort wirkt immer noch trostlos und verlassen.

Ich weiß, ich bewege mich auf dünnem Eis, indem ich so durch fremdes Eigentum streife. Wenn jetzt die Spezialeinheit kommt, Thea, hast du einiges zu erklären. Mal sehen, wie sie reagieren, wenn ich sage, ich suche nach einem entlaufenen Hahn und nicht etwa nach wertvollem Schmuck.

»Geralt, deine Familie wartet zu Hause auf dich. Und die liebe Oma macht sich große Sorgen um dich. Hast du das vergessen? Du bist doch ein verantwortungsbewusster Kerl, man kann nicht einfach so abhauen!« Ich schaue in jede Ecke, schiebe mit dem Fuß Unrat beiseite, doch der Hahn bleibt verschwunden und meine Suche erfolglos.

Gerade als ich beschließe, den Hof zu verlassen, weil ich Geralt nirgendwo finden kann, erreicht mich ein leises, doch unverkennbares Gackern. Das Geräusch ist so gedämpft und kommt aus einer solch unerwarteten Richtung, dass ich erst einmal stehenbleibe und lausche. Es dauert einen Moment, bis ich realisiere, dass die Geräusche aus einem der vielen verrosteten Rohre kommen, die achtlos in einer Ecke des Hofes gestapelt sind.

Ich schiebe die Tüte mit Korn in die Brusttasche meines Kleides und nähere mich vorsichtig den Rohren. Das Gackern wird lauter, je näher ich komme, und es ist offensichtlich, dass Geralt in eines dieser Rohre geklettert ist. Aber welches? Die Rohre liegen kreuz und quer, einige sind an den Enden offen, andere liegen auf der Seite.

»Geralt?«, rufe ich zaghaft. Als Antwort schallt nur ein gedämpftes Gackern aus den Tiefen der metallischen Unordnung zurück, mal hier, mal dort, als würde Geralt sein Bestes tun, um mich im Versteckspiel zu schlagen.

Ich klammere mich mit den Fingerspitzen an der Kante fest und mobilisiere all meine sportliche Erfahrung. Vorsichtig versuche ich, die Rohre zu bewegen, um Geralt zu befreien, aber sie sind schwer und unhandlich. Außerdem ist es schwierig, zu bestimmen, aus welchem Rohr die Geräusche genau kommen.

Ich strecke die Arme aus, taste mich vorsichtig vor, als würde ich ein besonders kniffliges Yoga-Manöver versuchen, bücke mich. Mein Gesicht formt eine Grimasse der Anstrengung, gemischt mit einem Hauch von *Ich habe keinen Schimmer, was ich da eigentlich tue.*

Bei jedem Ruck an den Rohren rufe ich: »Nicht zappeln, Geralt! Gleich hast du‘s geschafft!«, als ob der Hahn meine Anweisungen verstehen und brav anhalten würde.

Ich winde mich durch das Labyrinth aus Rohren und lausche intensiv. Das Gackern führt mich schließlich zu einem speziellen Rohr, aus dessen Ende ein paar Federn hervorlugen.

»Geralt!«, rufe ich erleichtert und knie mich nieder, um näher zu schauen. Da steckt er tatsächlich, mitten in einem der Rohre, eingeklemmt und kann sich keinen Zentimeter bewegen.

»Anscheinend sind die Anwohner so aufmerksam, dass sie ihre Nase in jeden Winkel des Hofes stecken müssen«, höre ich da plötzlich eine Männerstimme und erstarre.

Oh nein!

Kapitel 7
Enno

Nach dem erfrischenden Bad im Meer nutze ich die Morgenstunden auf dem Dach, um die Renovierungsarbeiten voranzutreiben, bevor die Hitze des Tages ihren Höhepunkt erreicht. Mit Kopfhörern, die mir energiegeladene Beats direkt ins Ohr pumpen, gehe ich meiner Arbeit nach. Mit geübten Griffen entferne ich die brüchigen Ziegel und ersetze sie durch neue, sorgsam darauf achtend, dass alles perfekt passt.

Als ich eine kurze Verschnaufpause einlege und nach meiner Wasserflasche greife, bemerke ich aus dem Augenwinkel einen Schatten.

Moment mal, was ist das denn? Ich glaube, ich sehe nicht richtig.

Unten entfaltet sich ein Schauspiel, das mich ungläubig die Augen reiben lässt. Überrascht beobachte ich, wie die Steinwerferin in ihrem lächerlichen Kleidchen, das gerade so das Nötigste bedeckt, durch meinen Hof wirbelt. Sie wirkt so fokussiert und ernst — ein lebendes Beispiel einer *aufmerksamen Anwohnerin.*

Was zum Teufel macht sie hier? Eine Einladung meinerseits

gab es sicher nicht.

Sie scheint recht neugierig, schnüffelt herum, als gehöre der Hof ihr. Dabei wirkt sie ständig so, als könnte sie jeden Moment beim Stehlen erwischt werden. Es ist offensichtlich, dass sie nach etwas sucht.

Wüsste ich nur, was sie hier will. Mal schaut sie in die eine, mal in die andere Ecke, beugt sich vor, steckt ihre Nase überall hinein. Frauen überraschen mich immer wieder, aber diese hier sprengt alle Grenzen.

Eigentlich sollte ich intervenieren, doch irgendetwas hält mich zurück. Ich entscheide mich, sie noch etwas zu beobachten. Ein so amüsanter Start in den Tag ist selten.

Sie steuert auf die Rohre zu, betrachtet sie eingehend und dann ergreift sie eines der Rohre mit einem Stirnrunzeln und bewegt es zur Seite. Was hat sie nur damit vor? Sie mustert sie, als könnte sie in den verwitterten Metallstücken einen verborgenen Wert entdecken. Die Vorstellung, dass sie womöglich plant, diese alten Dinger zu entwenden, lässt mich innerlich schmunzeln. Hat sie etwa vor, einen Schrotthandel zu eröffnen?

Ich entscheide mich, aus meiner Deckung herauszugehen und klettere die Leiter vom Dach herunter. Das Mädchen ist so in ihre Suche vertieft, dass sie nichts um sich wahrnimmt. Sie murmelt etwas vor sich hin. Ruft sie etwa jemanden?

Offen gestanden, amüsiert mich ihr Treiben sehr und ich bin nicht gerade erpicht darauf, mich bemerkbar zu machen. Wie oft erlebt man schon solch ein Spektakel? Als sie das zweite und das dritte Rohr bewegt, habe ich genug vom Versteckspiel.

»Anscheinend sind die Anwohner so aufmerksam, dass sie ihre Nase in jeden Winkel des Hofes stecken müssen!«

Meine Worte sind vielleicht etwas harsch, aber ich bin nicht derjenige, der fremdes Eigentum durchstöbert.

Sie zuckt zusammen, hockt sich hin und erstarrt, als könnte sie so das Geschehene ungeschehen machen und unsichtbar werden. Doch so einfach ist das nicht.

»Komm da raus, ich hab' dich gesehen«, fordere ich sie auf, und sie zuckt erneut zusammen. »Na los, ich warte.«

Langsam, mit zögernden Bewegungen, richtet sie sich auf. Ihre Augen sind groß vor Entsetzen. »Ich ... ich habe nur ...«, stammelt sie, offensichtlich überfordert von der plötzlichen Konfrontation.

»Ich weiß, was du *nur* hast«, unterbreche ich sie mit einem spöttischen Unterton. »Die große Rohrdiebin, auf frischer Tat ertappt. Was hattest du vor? Ein paar verrostete Rohre, als Andenken mitzunehmen?«

Sie blinzelt mich noch verwirrter an. »Nein, ich ... ich habe hier ein wichtiges Anliegen.« Statt sich aufzurichten, geht sie auf die Knie, beugt sich vor und streckt die Hand aus. »Geralt, Schatz, komm zu mir.«

»Hast du dich in der Sonne überhitzt?«, frage ich.

Sie ignoriert meine Frage und sagt stattdessen: »Geralt, komm nach Hause, Oma macht sich Sorgen.«

»Ich würde sagen, ziemlich verrückt«, erwidere ich, lasse aber den spöttischen Ton fallen und betrachte sie nun mit einem Anflug von Neugier. »Wer ist es denn, der sich angeblich in meinem Hof versteckt hält? Ein verlorener Prinz? Oder doch der berüchtigte Geralt, der Hexenjäger?«

Meine ungebetene Gästin zuckt mit den Schultern. »Ein Hahn, der meiner Großmutter gehört. Er ist entlaufen und hat sich anscheinend dort in den Rohren versteckt«, schnauft sie und sieht mich wieder an. »Ich kann ihn nicht erreichen, es klappt nicht. Ich versuche jetzt einfach auf die gegenüberliegende Seite zu kommen, hole ihn und gehe dann sofort.«

»Ein Hahn namens Geralt?«, pruste ich vor Lachen. »Aber gut, lass uns mal sehen.«

Mit einem Kopfschütteln, das mehr Amüsement als Ärger ausdrückt, trete ich näher an das Chaos heran, das sie um die Rohre angerichtet hat. »Gib mir mal einen Moment.«

Ich knie mich neben die Rohre, um den eingeklemmten Hahn zu befreien. Mit sanften Bewegungen beginne ich, das Rohr, in dem Geralt sich versteckt hält, zu manipulieren.

»Geralt, Kumpel, das ist kein anständiger Ort für einen Ausflug«, murmle ich halblaut, »Wie bist du überhaupt hierhergekommen?«, und versuche vorsichtig, das Rohr so zu bewegen, dass der Hahn einen Ausweg findet.

Plötzlich gibt es ein leises, aber beherztes »Gacker« aus dem Rohr, gefolgt von einem überraschend lauten und entrüsteten »Krah«. Mit einer Geschicklichkeit, die ich einem Hahn niemals zugetraut hätte, schlüpft er aus dem Rohr, fast so, als hätte er nur auf meinen ermutigenden Zuspruch gewartet. Er landet mit einem triumphalen Gackern vor uns und schüttelt sein Gefieder.

»Na, sieh mal einer an.« Ich stehe auf und klopfe meine Knie ab. »Geralt, der flüchtige Hahn. Deine Großmutter hat interessante Namen für ihre Tiere.«

Sie erhebt sich ebenfalls, lächelt und hebt den Hahn vorsichtig auf, der wohl zu schwach scheint, um sich zu wehren. »Danke«, antwortet sie mit einem Piepsen und ihr Blick trifft meinen. »Ich ... ich geh' dann mal.«

Sie weicht zurück, ohne mich anzusehen, und das entlockt mir ein Lächeln. Sie ist lustig — stiftet Chaos mit unschuldigem Blick an und errötet nicht einmal.

»Tut mir leid, dass ich eingedrungen bin, aber ich musste Geralt finden.«

»Ich verstehe.« Ich beobachte, wie ungeschickt sie den überraschend großen Vogel in ihren Händen hält. Gerade als ich anmerken will, dass das keine gute Idee ist, ihn so zu halten, spannt Geralt sich an, breitet seine Flügel aus und flattert plötzlich davon, begleitet von ihrem schrillen Schrei. Im nächsten Moment ist er weg.

»Na ja.« Ich streiche mir mit den Fingern durch mein Haar. »Konntest du ihn denn nicht besser festhalten?«

»Er ist so schwer und stark!«, erwidert das Mädchen, und mir kommt ein Gedanke. »Sag mal, *aufmerksame Anwohnerin*, bist du etwa hinter mir her? Du tauchst irgendwie ständig in meinem Leben auf.«

Ihr Gesicht färbt sich bis zum Ansatz ihrer hellbraunen Haare rot, und in ihrem Gesicht blitzt Verärgerung auf. Mit zusammengekniffenen Augen und in die Hüften gestemmten Händen betont sie jedes Wort:

»Wenn jemand sein Ego bis in den Himmel schraubt, sollte er vielleicht professionelle Hilfe suchen. Ich habe echt nichts Besseres zu tun, als dir nachzustellen.«

Sie schnaubt, als wäre dies das Absurdeste, was sie je gehört hat, und ich muss wieder lachen. Ein richtiges Feuermädchen.

»Also gut, bleib hier und klettre nicht mehr herum. Der Hof ist voller Schrott, du könntest dich ernsthaft verletzen. Ich regle das jetzt.«

Sie öffnet den Mund, um wohl zu widersprechen, doch ich gehe kopfschüttelnd, um Geralt aufzufangen. Kaum ist eine Frau aus meinem Leben verschwunden, taucht schon die nächste auf. Ich hätte mir ein Ferienhaus in den Bergen kaufen sollen, eine einsame Hütte, dann wären weder Michelle noch die *aufmerksame Anwohnerin* aufgetaucht, um in meiner Nähe einen Hahn zu jagen.

Kapitel 8
Thea

Ich lehne mich zurück und verschränke die Arme. »Na dann, viel Spaß«, murmle ich, lauter als beabsichtigt.

Enno wirft mir einen Blick über die Schulter. »Wirklich jetzt?« Aber ich bin nicht hier, um Freundschaften zu schließen, sondern um Geralt zu retten.

Ich beobachte Enno. Er bewegt sich vorsichtig, als würde er auf Eierschalen treten, und ich muss kichern, als Geralt mit einem empörten »Gack« erneut die Flucht ergreift.

Warum musste dieser abenteuerlustige Vogel ausgerechnet in diesem Hof Unterschlupf suchen? Es wäre besser gewesen, er hätte sich auf den Feldern versteckt. Dort hätte er ein bisschen herumstreunen und schließlich den Weg zurückfinden können, dann stünde ich jetzt nicht so dumm da.

Enno muss wohl denken, ich sei das personifizierte Chaos auf zwei Beinen. Und irgendwie ... könnte er recht haben. Aber was soll's? Es ist ja nicht so, als würde ich vorhaben, mit ihm durchzubrennen. Lass ihn doch denken, was er will. Hauptsache, der Hahn kommt zurück in seinen Käfig.

Ich höre Enno irgendwo im Unterholz herumkruschteln und

nach Geralt rufen. Genug des Däumchendrehens. Auch wenn Enno meinte, ich solle besser stillhalten, aber es sollte nicht die Aufgabe eines Fremden sein, unser entlaufenes Tier zu suchen.

Ich schleiche mich also vor, navigiere durch ein Minenfeld aus Bauschutt.

»Na, schon Erfolg gehabt?«, rufe ich ihm zu.

Enno dreht sich um. Ein leicht genervtes Lächeln umspielt seine Lippen. »Ah, da bist du ja. Keine Sorge, die Rettungsaktion läuft noch.«

Ich zucke mit den Schultern, versuche, mein Grinsen zu unterdrücken. »Dachte mir, du könntest vielleicht ein bisschen moralische Unterstützung gebrauchen.«

»Moralische Unterstützung, hm?«, gibt er zurück, während er sich wieder dem Durcheinander aus Gestrüpp zuwendet. »Wie wär's stattdessen mit etwas Nützlichem — wie Geralt anzulocken, ohne dass er denkt, es sei sein letztes Stündlein?«

»Fein.« Ich trete einen Schritt näher. »Ich dachte eher an eine spektakuläre Heldentat, weißt du? Etwas, das uns als das ungewöhnlichste Rettungsteam in Erinnerung bleiben lässt.«

Enno wirft mir einen Blick über die Schulter, halb amüsiert, halb skeptisch. »Das ungewöhnlichste Rettungsteam, ja? Na dann, lass mal hören, wie du den großen Geralt anlocken willst.«

Ich überlege kurz, dann rufe ich in Richtung des Gestrüpps: »Geralt, alter Junge, komm da raus! Ich habe frisches Korn für dich, und die Hühnerdamen vermissen ihren strahlenden Ritter!«

Enno kichert leise, schüttelt den Kopf. »Und ich dachte, ich hätte einen exzentrischen Humor. Deiner ist galaktisch.«

Für einen Moment herrscht Stille, dann erklingt ein misstrauisches Gackern. Enno und ich tauschen einen Blick.

»Siehst du«, sage ich, »man muss nur die richtige Sprache sprechen.«

»Okay, du hast gewonnen. Lass uns sehen, ob deine Hühnerflüsterei auch Taten folgen lässt.« Enno tritt vorsichtig näher an das Gestrüpp heran, seine Bewegungen sind geschmeidig, fast so, als würde er mit dem Gras und den Blättern verschmelzen.

Plötzlich macht er eine schnelle Bewegung, seine Hand schießt vor und — schwupp — hat er Geralt am Bein gepackt. Der Hahn setzt zu einem überraschten und empörten Gackern an, aber Enno hält ihn sicher und sanft in seinen Händen.

»Na, mein Freund, wie fühlt sich das an, wieder Bodenhaftung zu haben?«, scherzt Enno, während er den Hahn betrachtet, der jetzt erstaunlich ruhig in seinen Händen sitzt.

»Sollen wir ihn in einen Sack stecken?«, schlage ich vor, woraufhin Enno missbilligend mit der Zunge schnalzt.

»Ich bringe ihn selbst zurück, dir traue ich nicht. Du lässt ihn nur wieder entwischen«, neckt er mich. »Obwohl, bei deiner *Aufmerksamkeit* eigentlich keiner entkommen dürfte.«

Er macht sich eindeutig lustig über mich!

»Jetzt reicht's!« Ich tippe mit meinem Finger auf seine Brust unter dem weißen T-Shirt. »Ich entschuldige mich für den Stein, du hast dich für deine verrückte Freundin entschuldigt. Damit sollte es jetzt gut sein. Verstanden? Damit ist es jetzt gut«, zische ich und ziehe meine Augenbrauen ärgerlich zusammen.

»Als ob wir ein Paar wären«, erwidert er mit einem strahlend weißen Lächeln und legt seine freie Hand auf die Hüfte, sodass seine Muskeln, die nicht besonders ausgeprägt sind, sich unter dem Shirt abzeichnen.

»Großartig. Das hat mir gerade noch gefehlt!«, schließe ich meine Gedanken ab und beende damit auch die zwecklose Unterhaltung. Doch zum Abschluss verkünde ich: »Ich bringe Geralt selbst nach Hause. Danke für deine Unterstützung und entschuldige die Störung.«

Dann sammle ich all mein Können, nehme Geralt Enno ab und verlasse mit erhobenem Haupt, ohne auch nur einmal zurückzuschauen, das Grundstück.

Als ob ich mir seine spitzen Bemerkungen anhören müsste — darauf kann ich gut verzichten. Er soll seine Launen lieber an seiner hysterischen Freundin auslassen, vielleicht gefällt es ihr ja.

»Pass auf, dass er nicht wieder abhaut!«, ruft Enno mir noch hinterher. Ich winke ab, ohne mich umzudrehen.

Trotzdem drücke ich Geralt so fest an mich, dass er leise gackert, fast so, als würde er sich in sein Schicksal ergeben.

Kapitel 9
Thea

»Oma, ich hab' den Übeltäter zurückgebracht!«, rufe ich, als ich den Hof betrete.

Oma winkt mir aus dem Küchenfenster zu. »Gut gemacht, Kind. Ich wusste, du kriegst das hin«, ruft sie zurück und ihr Lächeln wird noch breiter, als sie Geralt in meinen Armen sieht.

Ich bugsiere den wilden Kerl in seinen Käfig, sichere das Schloss und setze zur Sicherheit noch einen langen Nagel ein. »Ich betoniere dich ein, wenn's sein muss«, drohe ich ihm mit einem warnenden Finger. »Benimm dich!«

Natürlich ignoriert Geralt mich. Angelockt von Körnern, beginnt er zu picken.

»Verfressenes Biest«, seufze ich und verlasse nach einem kräftigen Ziehen an der Käfigtür den Stall.

Oma lacht leise, als sie mit einer Schürze um den Bauch aus der Tür tritt.

»Du bist mir eine große Hilfe und wirst mir noch fehlen, wenn du wieder in die Stadt zurückmusst.«

Ich lächle und klopfe mir den Staub von meiner Kleidung. »Oma, du weißt, ich komme immer wieder zurück.«

»Das stimmt wohl«, gibt sie zu und legt einen Arm um meine Schultern. »Komm, lass uns frühstücken. Du hast dir eine Stärkung verdient, nach dieser Aufregung.«

»Oh ja, ich bin halb verhungert.«

»Wo hat sich denn dieser gefiederte Ausbrecherkönig versteckt?«, fragt Oma, als wir uns an den Küchentisch setzen. Vor uns liegen frische Brötchen, die ich mitgebracht habe, und Omas berühmte Pfannkuchen mit Kirschmarmelade.

»Er hat sich in den Rohren verfangen«, erkläre ich, während ich ein Brötchen aufschneide. »Beim Nachbar.«

»Du hast dich in einen fremden Hof geschlichen?«, wundert sich Oma.

»Ja, Geralt hat es geschafft, dort zu landen«, erkläre ich und bestreiche meine Brötchenhälfte mit Butter.

»Und, hast du den Hausherrn getroffen? Wie war er so?«

Ein kühler Hauch des Misstrauens streift meinen Rücken, als Omas Stimme bei der Erwähnung Ennos merklich aufhellt. In ihren noch lebhaften grauen Augen tanzen Schelmerei und aufrichtiges Interesse. Ich nicke zögerlich.

»Ja, wir haben uns unterhalten ... er scheint mir ...«

»Anziehend?«, hakt Oma begeistert nach, doch ich schüttle den Kopf.

Nein, natürlich ist er attraktiv, das habe ich bei Tageslicht gut gesehen, aber ... warum ist Oma so entzückt?

»Er ist ganz normal«, murmle ich und belege mein Brötchen mit einer Käsescheibe. »Ich hatte keine Zeit, ihn genauer zu betrachten.«

Und das stimmt, weder seinen Oberkörper noch seine kräftigen Beine oder seine schönen Hände habe ich wirklich wahrgenommen. Muss ich auch nicht.

»Enno ist ein guter Kerl«, stellt Oma fest und platziert Teetassen mit zierlichen Blumenmustern auf den Tisch. »Er ist vierunddreißig, etwas älter als du. Ist ein Dachdecker von Beruf, ein guter Handwerker und ein Alleskönner, so sagt man. Und ein Herz am rechten Fleck soll er auch haben«, zählt sie Ennos Qualitäten auf und wirft mir prüfende Blicke zu.

Ich sehe sie verwundert an. »Woher weißt du das alles?«

»Kind, in einem kleinen Dorf kennt man seine Nachbarn. Er hat das Haus vor drei Monaten gekauft, wohnt jetzt darin und bringt es auf Vordermann. Er war sogar hier, um mir Netflix zu installieren. Sagte, *The Witcher* wäre etwas, das er gerne schaut.«

»Da hast du wohl unbewusst Inspiration für den Namen des Hahns gefunden«, lache ich.

»Genau so war das«, bestätigt Oma und ich beiße genüsslich in mein Brötchen.

»Außerdem soll er Single sein«, fügt Oma beiläufig hinzu. »Er wohnt in diesem Haus ganz allein.«

»Oma, warum erzählst du mir das? Das interessiert mich doch nicht.«

»Ach, wer weiß?«, sagt sie mit einem Augenzwinkern. »Vielleicht ist es nicht schlecht, ein bisschen mehr über die Menschen in unserer Nachbarschaft zu wissen. Ein guter Handwerker kann immer nützlich sein, und wer sagt denn, dass man nicht auch neue Freunde finden kann?«

Ich schüttle den Kopf. »Oma, ich glaube nicht, dass Enno und ich ... es war nur eine zufällige Begegnung. Nichts weiter.«

»Manchmal«, meint Oma mit einem geheimnisvollen Lächeln, »beginnen die interessantesten Geschichten mit den zufälligsten Begegnungen.«

Nach einem ausgiebigen Frühstück, das von Omas hausgemachten Pfannkuchen mit Kirschmarmelade gekrönt wurde, und einer ausgedehnten Plauderei über den neuesten Dorfklatsch, fühle ich mich ungewohnt müde.

Ich strecke mich auf der altmodischen, aber unglaublich bequemen Hängematte aus, die unter zwei massiven Apfelbäumen gespannt ist. Die Blätter spenden Schatten und halten die Sonne ab.

Omas Garten ist ein kleines Paradies, sorgfältig gepflegt, mit einem Meer aus Blumen in allen erdenklichen Farben, die um die Wette strahlen. Ich frage mich immer, wie sie es in ihrem Alter schafft, den Garten so zu pflegen.

Als mein Vater ihr vorgeschlagen hat, das Haus zu verkaufen und in eine betreute Wohnanlage zu ziehen, hat sie das entschieden abgelehnt. Für sie sind der Garten, die Tiere und das Haus alles, was zählt.

Mein Blick richtet sich auf Ennos Garten. Sein Hof, durch eine Hecke von Omas Garten getrennt, bietet mir einen eingeschränkten, aber dennoch neugierig machenden Blick auf sein Reich. Ich kann die Spitze seines frisch renovierten Dachgiebels sehen und das Gebüsch, unter dem er vorhin versuchte, den entlaufenen Geralt einzufangen.

Ich muss gestehen, Enno ist irgendwie ... attraktiv. Sein Humor hat etwas Anziehendes, und die Art, wie er mit der Situation umgegangen ist, ließ mich mehr schmunzeln, als ich zugeben möchte.

Ich seufze. Nach all unseren kuriosen Begegnungen muss er wohl nichts Gutes von mir denken. Doch warum sollte mich seine Meinung kümmern? Ich beschließe, dass es mir völlig egal ist, was er von mir denkt. Er ist nur ein Nachbar, zufällig der Retter eines entflohenen Hahns, weiter nichts.

Trotzdem ärgert es mich, wie er mich aus der Fassung bringen kann, ohne es zu wissen. Oder vielleicht gerade deshalb. Aber mit jedem Gedanken, den ich an ihn verschwende, spüre ich eine seltsame Verbindung, die ich nicht recht einordnen kann. Ist es Neugier? Oder etwas ganz anderes?

Ich schüttle den Kopf in einem Versuch, diese widersprüchlichen Gefühle zu vertreiben, und konzentriere mich stattdessen auf die sanften Geräusche des Sommers, die mich umgeben. Das leise Summen der Bienen, das Rascheln der Blätter und die fernen Geräusche der Haustiere lullen mich in einen friedvollen Schlaf.

Doch kurz darauf reißt mich ein lautes, schrilles Quietschen aus meinen Tagträumen. Verschlafen blinzelnd, suche ich nach der Ursache des Lärms und merke zu spät, dass es das Seil der Hängematte ist, das unter meinem Gewicht nachgibt. Mit einem Ruck und einem wenig eleganten Purzelbaum lande ich unsanft auf dem Rasen.

»Autsch«, entfährt es mir, während ich versuche, die Welt wieder in die richtige Lage zu drehen.

Als ich mich aufsetze, bin ich ganz verwirrt und kratze mich am Kopf. Dann sehe ich, wie ein Auto vor Ennos Haus hält.

Eine gut aussehende Frau steigt aus dem Auto. Danach kommt ein Mädchen, etwa sechs Jahre alt, das fröhlich lacht und sehr lebhaft wirkt. Enno begrüßt sie sehr herzlich. Er gibt der Frau einen Kuss auf die Wange und umarmt sie lange. Dann hebt er das Mädchen hoch, wirbelt sie herum und ihr Lachen schallt über die Straße.

Sie wirken wie die perfekte kleine Familie: glücklich, unbeschwert, ein Bild, das mein Herz in unerklärlicher Weise schwer macht. Na toll, denke ich, ein Schürzenjäger! Verheiratet, mit Kind und offenbar noch eine Geliebte im Schlepptau, die nachts Dramen veranstaltet. Sogar Oma hat er geschafft, mit seinem Charme zu überzeugen, dass er ein ungebundener Single sei — eine glatte Unwahrheit. Wieder mal ein Mann, der nicht weiß, was er will — oder einfach alles will.

Verärgert über die Tatsache, dass ich überhaupt einen Gedanken an ihn verschwendet habe, rapple ich mich auf. Mit einem Seufzer klopfe ich mir das Kleid ab. Was auch immer zwischen Enno und der Frau vorgeht, es geht mich nichts an. Ich bin hier, um die Zeit mit meiner Oma zu genießen, nicht um mich in das Leben eines Mannes zu vertiefen, der vergeben ist.

Kapitel 10
Thea

»Mögt ihr in der Hölle schmoren, ihr kleinen Racker!«, schallt Johannas frustrierte Stimme aus einem offenen Fenster zu mir, als ich mich ihrem Haus nähere. Es folgt ein lauter Krach. Besorgt um meine Freundin, sprinte ich zum Geräusch, durchquere hastig den Eingangsbereich und stürme ins Haus.

»Johanna, ist alles in Ordnung? Was ist los?«, rufe ich.

In der Küche angekommen, bietet sich mir ein Anblick, der mich sofort zum Lachen bringt. Johanna steht mitten im Kampf mit einem Eimer voll lebendiger Fische, die offensichtlich beschlossen haben, ein Bad in der gesamten Küche zu nehmen.

Überall auf dem Boden verteilen sich Wasserpfützen und ein paar zappelnde Fische, die aus einem umgekippten Eimer neben der Spüle entkommen sind.

Johannas Schürze ist nass und schief gebunden, ihre Haare sind durcheinander, und auf ihrer Stirn stehen Schweißperlen. Ihre Wangen sind vor Anstrengung gerötet, und in ihren Augen liegt Zorn.

»Sie haben einen Ausbruchsversuch gestartet!«, erklärt sie atemlos, und ist gerade dabei, einen flinken Dorsch vom Küchenboden aufzusammeln, der sich mit einem eleganten Schwanzschlag wieder in die Freiheit befördert.

Ich schaue mich um und greife nach einem herumliegenden Handtuch auf der Küchenplatte.

»Brauchst du etwa einen Rettungsschwimmer für deine Küche?«, frage ich amüsiert und versuche vorsichtig, einen der zappelnden Fische zu erwischen.

»Sehr witzig«, erwidert Johanna mit einem gequälten Lächeln. »Ich hatte gehofft, uns ein schönes Fischgericht zu zaubern, aber diese kleinen Biester haben offensichtlich andere Pläne.«

Sie rutscht auf einer Wasserlache aus und landet mit einem Plumps auf dem Hintern. Ein Fisch nutzt die Gelegenheit und schlüpft unter dem Küchenschrank durch.

»Oh nein!«, ruft Johanna, doch dann müssen wir beide lachen.

»Okay, Plan B«, verkünde ich und helfe ihr auf. »Wie wär's, wenn wir die Fische erst einmal in den Eimer zurückbefördern? So können sie nicht mehr ausbüxen.«

Johanna nickt zustimmend, und zusammen machen wir uns daran, die Fische vom Boden einzusammeln.

»Das war von Anfang an eine blöde Idee, einen vollen Eimer noch lebendiger Dorsche zu kaufen«, brummt Johanna und wischt sich eine Strähne aus dem Gesicht.

»Definitiv«, stimme ich zu. »Nächstes Mal solltest du den Fisch vielleicht doch besser filetiert kaufen.«

Johanna seufzt und lehnt sich gegen die Küchenzeile. »Ich dachte wirklich, frischer geht's nicht. Aber vielleicht war das doch zu frisch.«

Ich blicke mich in der Küche um, die jetzt aussieht, als hätte eine kleine Überschwemmung stattgefunden. »Sieh es positiv, Johanna. Jetzt haben wir einen Grund, die Küche mal gründlich zu putzen«, scherze ich und werfe das Handtuch schwungvoll über eine Pfütze.

»Oh ja, das Putzen wird ein Fest.« Sie verdreht die Augen und greift sich ein weiteres Handtuch. Gemeinsam machen wir uns daran, das Wasser aufzuwischen und die Küche wieder in einen bewohnbaren Zustand zu versetzen.

»Ich habe jetzt überhaupt keine Lust mehr auf diesen Fisch«, beschließt Johanna, nachdem die Küche wieder einigermaßen sauber ist.

»Lassen wir sie frei, sie leben ja noch«, schlage ich vor, und Johanna nickt begeistert. Mit dem Eimer voll lebendiger Fische in den Händen machen wir uns zu Fuß auf den Weg zum Strand. Zum Glück ist das Meer nicht weit von Johannas Haus entfernt.

Die Sonne steht hoch am Himmel, malt Schatten auf dem Sand und das Meer glitzert einladend. Die Mittagshitze drückt, meine Füße versinken im Sand am Strand, neben mir keucht Johanna, und ich fürchte, der Fisch könnte sterben, bevor er wieder in seiner natürlichen Umgebung ist.

Wir finden einen ruhigen Abschnitt, abgelegen von den Strandgästen, die die Sonnenstrahlen genießen, und treten ins Wasser.

»Sollten wir ein paar letzte Worte sagen?«, fragt Johanna halb im Scherz, halb ernst. »Vielleicht etwas wie: ›Geht und seid frei, aber bitte startet keine Küchenrevolutionen mehr‹?«

Wir lachen und nicken uns zu, dann neigen wir den Eimer vorsichtig zum Wasser. Mit einem gemeinsamen Schwung unserer Arme gleiten die Fische ins kühle Nass. Zügig schwimmen sie in alle Richtungen davon, zurück in die Freiheit.

Zufrieden mit uns selbst, dass wir den Fischen die Freiheit geschenkt haben, lassen wir uns in den Sand fallen und gönnen uns eine Verschnaufpause. Die sanfte Meeresbrise streichelt unsere Gesichter. Plötzlich fällt mein Blick auf eine Gestalt am

Ufer. Da steht Enno, an der Wasserkante, wo die Wellen seine Knöchel umspielen, bevor sie sich wieder zurückziehen.

Zuerst kann ich sein Gesicht nicht richtig erkennen. Als mein Blick ihn trifft, zieht er gerade sein T-Shirt über den Kopf und steht da in seinen blauen Strandshorts. Sein Sixpack ist unübersehbar.

Ich erstarre und mein Blick ist wie festgenagelt. Ich weiß, dass es unhöflich ist zu starren, doch irgendwie kann ich einfach nicht wegschauen.

Neben Enno breitet die wunderschöne Frau, die vorhin mit dem Auto bei ihm angekommen ist, geschickt eine Decke auf dem Sand aus und lässt sich darauf nieder. Das kleine Mädchen schnappt sich eifrig ihren Spaten und ein kleines Eimerchen und beginnt, ganz vertieft in ihrer eigenen Welt, eine Sandburg zu bauen.

Enno wirft sein Shirt achtlos auf die ausgebreitete Decke und springt mit ein paar kräftigen Schritten ins Meer. Das kühle Wasser umschließt ihn sofort, und er taucht unter.

»Wo starrst du hin?«

Ich zucke zusammen bei der Stimme meiner Freundin, obwohl ich nichts Verwerfliches getan habe.

»Kennst du sie?«, frage ich.

»Wen meinst du?«

»Die hübsche Brünette dort, die aussieht wie ein Modell.« Ich deute mit einem Kopfnicken in Richtung der Frau, die sich mit Sonnencreme einreibt.

Sie überlegt kurz. »Nein, die habe ich noch nie gesehen. Wahrscheinlich eine Touristin. Die gibt es hier jetzt zuhauf. Aber ja, sie könnte tatsächlich als Modell durchgehen.«

Johanna seufzt und richtet wie aus Reflex ihre Haare. Auch sie ist eine auffällige Brünette, aber neben einer solchen Ausstrahlung fühlt sich vermutlich jede Frau ein wenig unscheinbar.

»Ich habe Hunger. Da wir unser Mittagessen freigelassen haben, sollten wir vielleicht ein Fischbrötchen essen gehen. Was hältst du davon?«

Johannas Augen leuchten auf. »Oh, da gibt es diese neue Strandbude, die erst kürzlich aufgemacht hat. Ich habe gehört, dort gibt es die besten Fischbrötchen weit und breit. Wir sollten dort definitiv vorbeischauen.«

Begeistert von der Idee stimme ich zu, und wir machen uns auf den Weg zur besagten Strandbude.

Kapitel 11
Thea

Die Strandbude überrascht uns mit lebhaftem Treiben. Die Bude selbst ist einladend gestaltet, mit einem rustikalen Charme, der perfekt zur Küstenlage passt. Hölzerne Schilder mit kunstvoll geschriebenen Menüangeboten hängen an den Wänden, und die Theke präsentiert eine verlockende Auswahl an frischen Gerichten, die direkt vor Augen der Gäste zubereitet werden.

Der Geruch von frittiertem Fisch, der sich mit dem salzigen Meeresduft mischt, steigt in meine Nase und mein Magen knurrt.

Es gibt sowohl drinnen als auch draußen Sitzplätze, wobei die Außenbereiche durch Sonnenschirme und Holztische eine besonders gemütliche Atmosphäre schaffen. Trotz der brütenden Mittagssonne suchen viele Leute das Freie, angelockt von der frischen Brise und dem unvergleichlichen Blick auf das Meer.

Wir müssen uns durch eine kleine Menschenmenge schlängeln, um einen Blick auf die angebotenen Köstlichkeiten werfen zu können. Die Entscheidung fällt uns angesichts der Vielfalt nicht leicht, aber die Aussicht auf ein leckeres Fischbrötchen gibt uns die nötige Motivation, in der Schlange zu warten.

Als wir endlich an der Reihe sind, geben wir die Bestellung auf und erhalten Pager, die piepen, wenn unsere Bestellung fertig ist und abgeholt werden kann.

»Da, schau, ein freier Tisch!«, ruft Johanna begeistert aus und weist zum hintersten Teil der Strandbude, die brummt vor Lärm und fröhlichen Leuten. Wir schlängeln uns durch die Menge.

»Was für ein Glückstreffer«, freut sich Johanna, als wir die letzten freien Plätze ergattern und uns erleichtert niederlassen.

Gerade als ich durchatmen will, ruft Johanna laut: »Enno, hierher!«

Ich drehe mich widerwillig um und hoffe, dass es vielleicht ein anderer Enno ist, den sie kennt. Aber nein, — es ist genau der Enno, der *Schürzenjäger*, der jetzt mit einem breiten Grinsen auf uns zusteuert.

»Na super, als ob der Tag nicht schon verrückt genug wäre«, flüstere ich Johanna zu, die aber nur mit den Schultern zuckt und mir ein »Sei nett« zuraunt.

Enno erreicht unseren Tisch, sein Lächeln wirkt ansteckend, auch wenn ich es mir nicht eingestehen will.

»Hey, ihr beiden! Was für eine Überraschung, euch hier zu treffen!«, begrüßt er uns, als wäre es das Normalste der Welt, alte Bekannte in einer Strandbude zu finden.

»Wir hatten Glück, gerade noch den letzten freien Tisch erwischt«, erklärt Johanna und macht eine einladende Geste. »Komm, setz dich zu uns.«

Seit wann sind die beiden denn so dicke? Und gibt es wirklich keinen anderen Ort in diesem Dorf, an dem ich Enno nicht über den Weg laufe? Selbst wenn ich mich den Rest des Urlaubs verbarrikadiere, findet sich ein Weg, um ihm zu begegnen. Kein Wunder, dass er inzwischen glaubt, ich würde ihn verfolgen.

Widerwillig rutsche ich ein Stück zur Seite, um Enno Platz zu machen. Die Sitzbank knarzt unter seinem Gewicht, als er sich mit einem zufriedenen Seufzer neben mir niederlässt.

»Es sieht hier fantastisch aus! Ich glaube, dieses Lokal hat erst vor kurzem neu eröffnet.«

Ich werfe Johanna einen Blick zu, der so viel sagen soll wie »Müssen wir ihn wirklich hier haben?«, aber sie ignoriert mich geflissentlich und antwortet:

»Ja, das ist ziemlich neu, und wie man sehen kann, sehr beliebt.«

»Und was führt dich hierher, Enno?«, bemühe ich mich, die Konversation am Laufen zu halten. Johanna scheint sich über meinen Versuch, höflich zu sein, zu amüsieren.

»Ach, ich mache eine Verschnaufpause am Meer und dachte, ich hole mir ein schnelles Mittagessen. Und wie es der Zufall so will, treffe ich euch«, erzählt Enno und sieht mich dabei an. Ein Grinsen spielt um seine Lippen. Soll es mich etwa umhauen? Das wird er nicht erleben!

Bevor wir weiterreden können, kommt eine Kellnerin an unseren Tisch. »Kann ich euch etwas zu trinken bringen?«, fragt sie freundlich. Johanna bestellt für sich und für mich hausgemachte Holunder-Limonade, und Enno eine Cola. Interessant, dass hier der Getränke- und Essensservice separat gehandhabt werden — ein ungewöhnliches Konzept.

»Habt ihr schon bestellt, oder soll ich schnell etwas für uns alle bestellen?« Enno erhebt sich vom Tisch.

»Wir sind gut versorgt«, antworte ich, bevor Johanna etwas sagen kann. »Wir haben bereits Fischbrötchen bestellt.«

»Perfekt, dann hole ich mir auch eines. Und vielleicht noch etwas Kleines zum Teilen? Eine Garnelenbox?«, schlägt er vor und ehe wir etwas erwidern können, ist er auch schon zur Bestellung aufgebrochen.

»Woher kennst du ihn?«, zische ich, als Enno außerhalb der Hörweite ist und ernte von Johanna einen Blick voller Überraschung.

»Er ist ein Nachbar«, erklärt meine Freundin und sieht mich mit einem Blick voller Unverständnis an.

»Natürlich, ein Nachbar«, wiederhole ich seufzend, schließlich wohnt sie nur drei Querstraßen von Großmutters Haus entfernt. »Und seit wann seid ihr so ... vertraut?«

Die Kellnerin bringt unsere Getränke, stellt sie vor uns auf dem Tisch ab und geht, nachdem wir uns bedankt haben.

»Ach, weißt du, Enno ist einfach einer dieser Menschen, mit denen man schnell ins Gespräch kommt. Außerdem ist er ziemlich hilfsbereit. Er hat mir letztens mit meinem Fahrrad ausgeholfen.«

Hilfsbereit? Ja, klar. Johanna hilft er mit dem Fahrrad aus und bei Oma installiert er Netflix. Das ganze Dorf scheint in ihm seinen rettenden Engel gefunden zu haben!

Ich runzle die Stirn. »Das erklärt nicht, warum du ihn zu uns eingeladen hast, als wäre er ein alter Freund.«

»Thea, du bist manchmal wirklich zu misstrauisch.« Johanna nimmt einen Schluck ihrer Limonade. »Ich dachte, es wäre nett, ihn dazu zu holen. Er sah so alleine aus.«

»Alleine«, schnaube ich.

»Was hast du nur gegen ihn?«

Ich seufze und spiele mit dem Strohhalm in meiner Limonade. »Keine Ahnung. Es ist nur ... ich weiß nicht, wie ich mit ihm umgehen soll. Er scheint so ...«

»Charmant? Ungezwungen?«, hilft Johanna.

»Überzeugt von sich selbst«, beende ich den Satz. »Ich bin einfach nicht gewohnt, mit jemandem wie ihm umzugehen.«

»Thea, du musst nicht mit ihm umgehen. Sei einfach du selbst.

Das ist mehr als genug. Und wer weiß, vielleicht ist er ja gar nicht so schlimm, wie du denkst.«

Bevor ich antworten kann, kehrt Enno zurück und legt seinen Pager zu unseren auf den Tisch. »So, jetzt müssen wir nur noch warten, bis die Teile zu vibrieren beginnen.« Er nimmt wieder Platz neben mir ein.

Ich spanne mich an, spiele nervös mit dem Saum meines Kleides, während Enno sich wohlzufühlen scheint. Er streckt lässig seine Beine vor sich und stützt sich auf seine Ellenbogen am Tisch ab. Als sein Ellenbogen versehentlich meinen Arm streift, rücke ich noch weiter ab.

Ich möchte seine Berührung nicht, nicht einmal zufällig. Er hat genug Verehrerinnen, die er berühren kann.

»Ähm«, räuspert sich Johanna und ich sehe an ihrem betretenen Blick, dass sie es allmählich bereut, Enno eingeladen zu haben. »Schönes Wetter heute, nicht?«

Ihr zaghafter Versuch, die Atmosphäre aufzulockern, trägt Früchte. Enno beginnt von seiner Liebe zum Meeresklima zu schwärmen und wie glücklich er ist, hier ein Ferienhaus gekauft zu haben.

»Oh ja, es ist wirklich herrlich hier«, stimmt Johanna zu und trommelt ungeduldig mit den Fingern auf den Tisch. »Findest du nicht auch, Dorothea?«

So viel zur Freundschaft.

»Dorothea?« Enno hebt überrascht die Augenbrauen hoch und schenkt mir ein amüsiertes Lächeln. Mir wird plötzlich bewusst, dass er meinen Namen bis eben nicht kannte. Doch jetzt ist es raus. »Interessant ...«

»Ja, Dorothea«, antworte ich mit einem Achselzucken. So heiße ich eben. »Abgekürzt einfach nur Thea.«

Dass meine Mutter, die deutsche Literatur schätzt, mich

Dorothea nannte, liegt wohl daran. Dorothea klingt fast so bedeutungsschwer wie Goethes Heldin, aber ich habe mich mit dem Namen arrangiert.

Plötzlich brummen unsere Pager, und Johanna springt auf, um die Bestellung zu holen.

»Wie geht's eigentlich Geralt?«, erkundigt sich Enno, als Johanna weg ist. »Hoffentlich ist er nicht schon wieder ausgebüxt?«

»Geralt ist wohlauf«, antworte ich und nehme ein Schluck von meiner Limonade. »Ich habe ihm angedroht, ihn in seinem Käfig einzubetonieren, falls er noch mal abhaut. Vermutlich bringt das nichts, aber ich musste irgendetwas versuchen.«

»Beton klingt nicht nach einer guten Lösung. Als Fachmann kann ich dir das sagen. Hähne mögen Freilauf.«

»Geralt ist kein Hahn. Er ist ein asoziales Element, leidet an Fressattacken und Fluchtversuchen. Ein notorischer Ausbrecher.«

Enno lacht herzlich, was auch mich zum Lächeln bringt. Wie überraschend, dass wir durchaus in der Lage sind, miteinander zu reden, ohne Hohn und ohne gegenseitige Sticheleien.

Als Johanna zurückkommt, wirft sie uns prüfende Blicke zu, fast so, als befürchtete sie, wir wären aufeinander losgegangen.

Plötzlich berührt eine schlanke Hand mit makelloser Maniküre Ennos Schulter, und mein Blick wandert zur Besitzerin dieser Hand. Es ist wieder die umwerfende Schönheit, die ich an seinem Haus und auch am Strand gesehen habe. In ihrer Begleitung ist auch das kleine Mädchen.

»Ach, da bist du ja! Du wolltest dir einen Snack holen und bist nicht wiedergekommen«, sagt die Frau mit einem leichten Vorwurf, aber auch mit einem Lächeln, das ihre Zuneigung nicht verbergen kann. »Milena und ich haben uns Burger geholt, dann gingen wir hier vorbei und haben dich gesehen. Begleitest du uns zurück zum Strand? Milena möchte unbedingt die Burg mit dir weiterbauen.«

In diesem Moment beginnt Ennos Pager auf dem Tisch zu brummen. Er wirft einen kurzen Blick darauf, dann nickt er der Frau zu.

»Ja, sicher«, antwortet er und steht auf. »Es war schön, mit euch zu plaudern. Man sieht sich.«

Mit diesen Worten verabschiedet er sich von uns. Sie gehen zusammen weg, die Frau, das Mädchen an der Hand haltend, und Enno.

Johanna und ich schauen ihnen nach, bis sie in der Menge verschwinden.

»Hmm, eine Freundin oder doch mehr?«, grübelt Johanna, als Enno und seine Begleitung das Lokal verlassen.

»Selbst wenn sie seine Ehefrau wäre, was ginge es mich an?«

Johanna sieht mich prüfend an und kaut nachdenklich auf ihrem Fischbrötchen.

»Er gefällt dir«, konstatiert sie, und ich frage mich, wie sie auf solche Schlüsse kommt. »Gib's ruhig zu, er gefällt dir.«

»Als könnte man mit dir ernsthaft diskutieren. Hast du dir erst einmal was in den Kopf gesetzt, gibst du nicht so schnell auf.«

»Ich gebe nicht auf«, bestätigt sie, woraufhin ich mein Fischbrötchen mit verdoppelter Geschwindigkeit zu mir nehme. »Was hast du jetzt vor?«

»Wieso gehst du davon aus, dass ich irgendwelche Pläne habe?«

»Aber er gefällt dir doch«, lässt Johanna nicht locker.

»Ganz und gar nicht! Ich entspreche nicht seinem Ideal. Und er nicht meinem. Allem Anschein nach ist er verheiratet und hat ein Kind. Damit ist diese Diskussion beendet.«

Johanna nickt zwar, doch in ihren Augen sehe ich einen Schimmer, der mir verrät: Sie wird mir noch Kopfzerbrechen bereiten und versuchen zu beweisen, dass Enno doch zu meinem Schicksal gehört.

Kapitel 12
Enno

Lucy, Milena und ich lassen die Strandbude hinter uns und schlendern locker entlang der Promenade zurück zum Strand. Kurz dachte ich, in Dorotheas Augen einen Funken von Eifersucht zu erkennen, was mir ein schiefes Grinsen entlockt hat. Es gefällt mir, zu sehen, dass meine Anwesenheit bei ihr nicht ganz spurlos vorübergeht.

Lucy, die neben mir hergeht und dabei versucht, Milena davon abzuhalten, jedes zweite Muschelstück aufzuheben, wirft mir einen fragenden Blick zu, als sie mein Grinsen bemerkt.

»Was grinst du so?«

»Ach, nichts«, erwidere ich. »Nur das übliche Männerding, du weißt schon, das mit dem Ego und so.«

Meine Schwester rollt mit den Augen, aber ich kann sehen, dass sie sich bemüht, ihr Schmunzeln zu unterdrücken. »Männer«, seufzt sie theatralisch, »immer auf der Jagd, was? Kannst du nicht mal einen Gang runterschalten?«

»Runter vom Gas? Ich?«, gebe ich vor, geschockt zu sein. »Lucy, du kennst mich doch. Ich bin der Inbegriff von Coolness und Gelassenheit.«

Wir erreichen den Strand, und Milena stürzt sich sofort auf einen Haufen Sand, mit dem Vorhaben, das größte Bauwerk seit den Pyramiden zu errichten. »Sie kommt ganz nach dir, weißt du? Dieses unermüdliche Energiebündel«, merke ich an.

Lucy lacht kurz auf, doch ihr Lächeln verblasst schnell wieder. »Ich mache mir nur Sorgen, Enno. Über Milena ... und darüber, dass sie ohne einen Vater aufwächst.«

Ich nicke meine Schwester verständnisvoll an. »Sie hat dich. Und sie hat mich. Wir sind doch eine Familie, oder?«

»Ja, das stimmt schon. Aber manchmal frage ich mich, ob das genug ist.«

»Du machst dir zu viele Gedanken. Milena ist ein glückliches Kind. Und ich bin für sie da, wenn sie mich braucht. Als Onkel, als männliche Bezugsperson ... oder als Ersatz-Piratenkapitän, wenn es sein muss.«

Lucy lacht wieder, diesmal herzlicher. »Piratenkapitän, huh? Das würde ihr gefallen.« Lucy nimmt einen tiefen Atemzug, dann richtet sie ihren Blick ernst auf mich. »Weißt du, Enno, ich mache mir nicht nur um Milena Sorgen. Auch um dich.«

»Um mich?« Ich sehe sie überrascht an und ziehe eine Augenbraue hoch. »Was soll denn mit mir sein?«

»Du springst von einer Frau zur nächsten, ohne dich wirklich zu binden. Hast du nie darüber nachgedacht, was das für dich langfristig bedeutet?«

Ich zucke mit den Schultern, versuche, die Schwere des Themas mit einem Scherz zu umgehen. »Ach, Lucy, ich genieße einfach das Leben. Warum sollte ich mich niederlassen, wenn es da draußen noch so viel zu entdecken gibt?«

Lucy schüttelt den Kopf. »Es ist nicht nur das Entdecken, Enno. Es geht darum, jemanden zu finden, mit dem du wirklich tief verbunden bist. Jemanden, der dich versteht und mit dem du dein Leben teilen kannst. Du verdienst es, glücklich zu sein — nicht nur für einen Moment, sondern für immer.«

»Und wenn dieses *für immer* einfach nicht in meinem Buch steht?«, gebe ich zurück, doch meine Stimme klingt weniger überzeugt, als ich es beabsichtigt hatte.

»Dann schreib ein neues Buch«, entgegnet Lucy sanft. »Ich möchte nur, dass du glücklich bist, Enno. Dass du jemanden findest, der dir Halt gibt und bei dem du nicht ständig das Bedürfnis hast, weiterzuziehen.«

»Ein neues Buch, huh?«, erwidere ich mit einem Hauch an Spott. »Lucy, ich bin kein Romanautor. Mein Leben ist kein Manuskript, das man einfach umschreiben kann, wenn das Ende nicht passt. Und was, wenn ich es genieße, ohne festen Halt zu sein? Was, wenn mir die Freiheit zu gehen, wann immer ich will, mehr bedeutet als irgendeine *tiefe Verbindung*? Die Erfahrung mit Evelia hat mich genau das erkennen lassen.«

Lucy nickt und richtet ihren Blick aufs Meer hinaus. »Apropos, Evelia heiratet.«

»Na dann, herzlichen Glückwunsch und alles Gute«, antworte ich gleichgültig. »Was soll ich sonst dazu sagen?«

»Das lässt dich völlig kalt?«

»Müsste es?«, gebe ich überrascht zurück, denn für mich ist das Thema längst durch. Es bleiben ein paar nette Erinnerungen, mehr nicht. »Sie liebt ihren zukünftigen Mann, nehme ich an, also soll sie ihr Glück genießen.«

»Ich denke, sie hat immer noch Gefühle für dich.«

Ich mag es nicht, wenn Lucy so tief bohrt.

»Dann soll sie die halt haben, ich halte sie nicht zurück.«

»Und bei dir? Fühlst du noch was?«

Was für eine unerbetene Therapiesitzung!

»Lass gut sein, okay? So eine Neugier. Evelia ist Geschichte, und ihre Hochzeit interessiert mich nicht.«

Evelia und ich sind vor mehr als einem Jahr auseinandergegangen, ohne große Vorwürfe, ohne Drama. Sie wollte heiraten, ich nicht — das war's im Grunde. Vermutlich habe ich sie nie wirklich geliebt, und sie mich auch nicht, wenn man bedenkt, wie schnell sie jemand Neues gefunden hat. Ein paar Mal sind wir uns über den Weg gelaufen, aber zu besprechen gab es nichts. So ging jeder von uns seinen eigenen Weg. Und irgendwann habe ich mich dazu entschlossen, mir ein Haus hier in Ahrenshoop zu kaufen, in der Hoffnung, Evelia und all den anderen Mädchen zu entfliehen.

»Ich schick ihr einen Blumenstrauß«, beschließe ich.

»Einen Blumenstrauß, echt jetzt?«, fährt Lucy mich grinsend an. »Willst du ihr etwa zur Hochzeit gratulieren oder was?«

»Klar, warum nicht?«, erwidere ich mit gespielter Ernsthaftigkeit. »Ich dachte an eine Karte mit den besten Wünschen für die Ehe und einen Gutschein für Paartherapie. Weißt du, präventiv.«

Lucy schüttelt den Kopf, aber ihr Lachen verrät, dass sie meinen Humor zu schätzen weiß. »Du bist unmöglich, Enno. Manchmal frage ich mich, wie ich mit dir verwandt sein kann.«

»Weißt du«, sage ich schließlich, »vielleicht hast du recht. Vielleicht sollte ich mal darüber nachdenken, ein neues Kapitel aufzuschlagen. Aber eins, das ich selbst schreibe, mit ein bisschen weniger Drama und ein paar mehr echten Verbindungen.«

Und für mich denke ich, dass ich, falls ich jemals den Bund fürs Leben schließe, es nur mit jemandem tun werde, der mich gar nicht erst in Versuchung führt, fremdzugehen. Schade nur, dass ich bisher nicht gerade der Typ für Monogamie war.

»Das höre ich gerne«, freut sich Lucy und legt ihren Arm um meine Schultern.

Kapitel 13
Thea

»Also, Thea, erzähl mir noch mal, warum du eigentlich nach Ahrenshoop gekommen bist?«, fragt Johanna, als wir uns am nächsten Tag auf den Liegen gemütlich machen und einen Blick über den sonnengefluteten Strand schweifen lassen. Ich habe eine Luftmatratze mitgebracht und aufgeblasen, mit der Absicht, mich später auf den Wellen treiben zu lassen und zu entspannen. Tobi und ein paar alte Bekannte aus unserer Schulzeit tummeln sich an der Bar, lachen und genießen den Tag.

Ich zucke mit den Schultern und verberge meine Unsicherheit hinter einem sorglosen Lächeln. »Ach, du weißt schon, ein bisschen Abstand gewinnen, das Meer genießen ...«

»Und natürlich, um die Liebe deines Lebens zu finden, oder?«, wirft Johanna ernst ein. »Damit du dich endgültig von deinem Ex löst.«

»Johanna, bitte«, reagiere ich leicht genervt. »Du weißt genau, dass ich nicht hierhergekommen bin, um mir einen Mann zu angeln.«

Sie lehnt sich zurück und betrachtet mich mit einem durchdringenden Blick. »Aber warum nicht? Ahrenshoop ist doch der perfekte Ort. Schau dich um, Thea. Der Strand, die Bar, die Sonne ... das ist doch die perfekte Kulisse für eine Sommerromanze.«

»Eine Sommerromanze? Hörst du dich eigentlich selbst? Das klingt wie aus einem kitschigen Liebesroman.«

»Was ist so schlimm daran?« Sie setzt sich auf, um mir gegenüber ernsthaft zu argumentieren. »Manchmal passieren die besten Geschichten genau dann, wenn man sie am wenigsten erwartet. Und wer weiß, vielleicht ist Mr. Right ja gerade jetzt hier am Strand.«

Ich schüttle den Kopf, amüsiert über ihre Hartnäckigkeit. »Johanna, ich bin froh, hier zu sein, wirklich. Aber ich habe nicht vor, mein Glück zu erzwingen. Wenn es passieren soll, dann wird es passieren. Ohne dass ich krampfhaft danach suche.«

»Aber ein kleiner Flirt hat noch niemandem geschadet, oder?«, insistiert sie.

»Ja, ja, wie du meinst«, erwidere ich, müde von dieser Diskussion. »Geh schon schwimmen.«

»Und du?«

Ich schüttle nur die Sonnencremetube, um ihr zu zeigen, dass ich noch zu tun habe.

»Soll ich auf dich warten?«

»Brauchst du nicht«, wehre ich ab. »Fünf Minuten, und ich komme nach.«

Tobi, Johannas große Liebe, stürmt heran und wirft meine Freundin kurzerhand über die Schulter, um sie ins Meer zu tragen. Sie quietscht vor Vergnügen, fleht ihn an, sie nicht zu kitzeln, doch Tobi zeigt keine Gnade. Aber Johanna sträubt sich nur zum Schein. Ich weiß, wie überglücklich sie in Wahrheit ist.

Ich trage die Sonnencreme auf meine Arme, Beine und meinen Bauch auf, als mir klar wird, dass ich Johanna voreilig gehen ließ. Wer soll mir jetzt den Rücken eincremen? Ich muss mich wohl selbst darum kümmern. Geschickt bemühe ich mich, auch die schwer erreichbaren Stellen zu erwischen, was mir nur unbeholfen gelingt.

»Brauchst du Hilfe?«, höre ich plötzlich eine angenehme Männerstimme ganz in meiner Nähe.

Überrascht drehe ich mich um und beinahe hätte ich den freundlichen Helfer mit meinem Ellenbogen erwischt. Zum Glück weicht er rechtzeitig aus.

»Hilfe beim Eincremen? Danke, aber ich komm' schon klar.« Ich lasse meine Stimme möglichst kalt und distanziert klingen. Innerlich bin ich aufgewühlt, gestern war er mit der Frau und dem Mädchen am Strand. Eine perfekte kleine Familie, so schien es mir zumindest. Wo hat er sie heute gelassen?

Enno sieht mich einen Moment lang überrascht an, dann zuckt er mit den Schultern. »Okay, kein Problem. Dachte nur, ich biete meine Hilfe an.«

»Ich bin sicher, du hast Besseres zu tun«, entgegne ich scharf, ohne zu wissen, warum ich eigentlich so feindselig reagiere. Vielleicht, weil ich glaube, er ist genau der Typ Mann, der Verpflichtungen meidet. Ich habe eine Allergie auf so eine Art von Männern.

Bevor er antworten kann, schallt plötzlich eine Stimme durch die Luft, so laut, dass selbst die Möwen kurz verharren. »Hier kommt der *Funky Fucky* für die schöne Lady!«, verkündet der Kellner mit einer Stimme, die vermutlich noch im nächsten Dorf zu hören ist.

Ich werfe Enno einen Blick zu, der sichtlich Mühe hat, sein Lachen zu unterdrücken. »*Funky Fucky*, wirklich?« Seine Augenbrauen schnellen in die Höhe. »Klingt nach einem interessanten Getränk.«

»Äh, ja«, stammle ich und wünschte, ich könnte im Sand versinken. »Ist nur ... ein lustiger Name, dachte ich. Nicht, dass es ... ähm ... meine Art von Cocktail wäre.«

Enno beugt sich ein wenig näher, ein Schmunzeln spielt um seine Lippen. »Keine Sorge, dein Geheimnis ist bei mir sicher. Aber wenn du mal was Stärkeres brauchst — ohne peinlichen Namen —, ich kenn' ein paar gute Drinks.«

»Danke, aber ich glaube, ich bleibe bei meinem ... *Funky Fucky*«, beschließe ich.

»Na dann, Prost!« Enno hebt sein imaginäres Glas.

In dem Moment sprintet ein kleines Mädchen mit leuchtenden Augen auf uns zu. Sie greift nach Ennos Hand. »Kommst du mit mir eine Sandburg bauen?« Sie zieht ihn ungeduldig an der Hand zum Strand.

»Natürlich, Prinzessin«, antwortet Enno lachend und lässt sich bereitwillig von ihr ziehen. Er wirft mir einen entschuldigenden Blick zu. »Sandburgen-Bauarbeiten warten auf mich. Da muss ich unbedingt mithelfen.«

Mit diesen Worten lässt er sich von dem Mädchen zum Strand führen und ich strecke mich gemütlich auf meiner Sonnenliege aus. Im Grunde ist es genau richtig so: Enno kümmert sich um seine Tochter und verbringt Zeit mit seiner Familie, anstatt fremden Frauen den Rücken einzureiben.

Ich schlürfe an meinem Cocktail. Der Geruch von Kokos und exotischen Früchten ist überwältigend, die Farbe so kräftig, dass es mir vor Augen flirrt. Vorsichtig nippe ich daran und verziehe das Gesicht, zu süß und klebrig, dazu der stechende Rum. Bäh, wirklich nicht mein Fall.

»Echt, Thea, genial, dass du hergekommen bist. Endlich ist die Clique wieder vereint.« Mein alter Freund Olli lässt sich neben mich auf Johannas leeren Liegestuhl plumpsen und räkelt sich wie eine Katze, die in der Sonne döst.

»Das darf man einfach nicht verpassen«, lache ich, als ich sehe, wie Leon aus unserer Clique sich mit einem Hechtsprung ins Meer stürzt, umjubelt von einer Schar kichernder Mädchen.

»Du siehst übrigens umwerfend aus«, macht Olli mir ein Kompliment. »Ein Wunder, dass dich noch keiner weggeschnappt hat.«

»Ich lebe eben lieber ungebunden und setze auf meine Karriere.« Ich nippe erneut an meinem Cocktail. Auch wenn der Geschmack zu wünschen übrig lässt, bezahlt ist, bezahlt — also trinke ich weiter.

»Du raubst der Menschheit was. Solch eine Pracht und alles für die Arbeit. Das sollte verboten sein!«

»Ach, Olli, das ist schon in Ordnung so.«

»Na, wenn du meinst, Prinzessin.«

Olli ist ein Charmeur und einer meiner engsten Verbündeten, doch eine Grenze überschreiten wir nie. Zu lang ist unsere Geschichte, zu tief unsere Freundschaft, als dass wir je mehr füreinander empfinden könnten. Schwer, sich in jemanden zu verlieben, den man in Adamskostüm kennt, lange, bevor man die Unterschiede zwischen den Geschlechtern auch nur begriffen hat.

»Lust, eine Runde zu schwimmen?« Olli rückt sich die Sonnenbrille zurecht und schaut zum glitzernden Meer. »Das Wasser sieht verlockend aus.«

»Warum auch nicht«, entgegne ich. »Ich soll doch nicht umsonst die Luftmatratze mitgeschleppt und aufgeblasen haben.«

Kapitel 14
Thea

Im Meer angelangt, klettere ich geschickt auf meine Luftmatratze. Ein paar Mal rutsche ich fast ab, aber schließlich gelingt es mir, mich stabil darauf niederzulassen. Um mich herum tobt die Clique im Wasser, lacht und spielt Wasserball.

»Thea, komm' und mach' mit!«, rufen Johanna, Tobi und Olli mir zu, doch ich schüttle nur den Kopf.

»Danke, aber ich brauche gerade ein bisschen Ruhe«, rufe ich zurück, lächle ihnen zu und winke kurz. Sie scheinen enttäuscht. Also lasse ich mich ein wenig von der Gruppe wegtreiben, weiter hinaus, wo das Wasser ruhiger ist und die Stimmen meiner Freunde nur noch wie ein fernes Echo zu mir herüberschallen.

Die Wellen wiegen mich sanft, und ich fühle mich endlich ruhig. Der Himmel über mir ist ein endloses Blau, und die Sonne wärmt meine Haut. Ich spüre, wie sich mein Körper entspannt, wie meine Gedanken zur Ruhe kommen.

Langsam schließen sich meine Augen, und ich lasse mich von den sanften Bewegungen der Wellen tragen. Gerade gibt es nur das Meer und mich, eine perfekte Harmonie, die ich schon so lange gesucht habe.

Ich werde jäh aus meinem entspannten Dämmerzustand gerissen, als sich plötzlich ein Schwall kalten Wassers über mich ergießt. Reflexartig stoße ich einen erschrockenen Schrei aus, der wohl bis zum Ufer zu hören ist. Meine Augen reißen auf, und ich blinzle gegen das blendende Sonnenlicht an, um zu erkennen, was geschehen ist.

Bevor ich richtig durchatmen kann, taucht unerwartet eine Gestalt neben mir auf, als würde sie direkt aus den Tiefen des Meeres emporsteigen. Ich bin zu überrascht, um etwas zu sagen oder auch nur zu denken.

»Na, Dorothea«, grüßt Enno und das Wasser rinnt in kleinen Strömen von seinen Haaren über seinen Nacken und die breiten Schultern.

Ich starre ihn sprachlos an, unfähig, meine Gedanken zu ordnen. Mein Herz klopft heftig wegen des Schrecks.

»Bist du des Wahnsinns?!«, fahre ich ihn an. »Wie kannst du nur?! Ich dachte, mein Herz macht schlapp!«

Normalerweise bin ich nicht der Typ, der flucht. Ich sehe mich als gebildet und wohlerzogen. Doch im Augenblick bin ich so aufgebracht, dass ich diesem Kerl am liebsten alles an den Kopf werfen würde, was mir in den Sinn kommt.

»Entschuldigung, ich wollte dich nicht erschrecken«, entgegnet Enno, doch sein Grinsen sagt etwas anderes. Er versucht, seine Belustigung zu verbergen, doch ich kann sehen, wie seine Augen vor Schadenfreude funkeln.

»Das ist nicht witzig, Enno!«, fauche ich, während ich mich auf meiner Luftmatratze zu stabilisieren bemühe, die durch seine plötzliche Tauchaktion ins Wanken geraten ist. »Man macht so etwas nicht. Ich hätte ins Wasser fallen können!«

»Offen gesagt, ich hatte Angst, du verwandelst dich hier ungestört in ein Brathähnchen. Du hast in der Sonne gepennt, als gäbe es keinen Morgen mehr.« Seine Worte triefen vor Sarkasmus, und ich merke, wie meine Verärgerung, neuen Brennstoff bekommt.

»Sehr lustig, wirklich. Ich bin überrascht, dass du nicht mit einem Thermometer ankamst, um zu prüfen, ob ich schon durch bin.«

Ennos Lachen erschallt. »Hätte ich gewusst, dass du so empfindlich reagierst, hätte ich vielleicht doch die Grillzange mitgebracht.«

Anstatt zu antworten, rutsche ich leicht zur Seite auf meiner Luftmatratze, um besser an das Wasser zu gelangen. Mit beiden Händen schöpfe ich so viel vom kühlen Nass, wie ich nur kann, und schleudere es dann mit einer raschen Bewegung in Ennos Richtung. Die Wasserfontäne erwischt ihn voll im Gesicht, seine Augen weiten sich überrascht, und es verschlägt ihm die Sprache.

Ich hätte ihn gerne noch weiter mit Wasser bespritzt, ganz ehrlich, aber Enno taucht plötzlich ab, als hätte er meine Gedanken gelesen. Schnell nutze ich die Gelegenheit und mache mich auf den Weg zurück ans Ufer. Keine Ahnung, was in diesem Kopf vor sich geht, den meine Oma als *talentierten Dachdecker* beschrieben hat. Vielleicht fühlt er sich vereinsamt, weil er zu viel Zeit auf Dächern verbringt, oder er ist einfach ein Dummkopf. Aber es ist definitiv das Beste, ihn zu meiden, um weiteren Ärger und potenzielle Herzattacken zu vermeiden.

Doch dieser Wassermann gedenkt nicht, fernzubleiben. Kaum habe ich einen Fuß auf den trockenen Sand gesetzt, materialisiert sich Enno wie aus dem Nichts wieder neben mir. »Das war wohl ein kleiner Schock für dich, oder? Ehrlich, das war nicht meine Absicht. Ich dachte nur, es wäre lustig ...«

»Lustig?«, unterbreche ich ihn scharf. »Das war wirklich unreif!« Mit diesen Worten schreite ich mit erhobenem Haupt zu meiner Liege. Ich lasse mich von Ennos kindischen Spielchen nicht länger aus der Fassung bringen. Der *talentierte Dachdecker* mag viele beeindrucken, aber mich lässt er kalt.

Ich greife nach meinem Handtuch, das ich sorgfältig auf der Liege drapiert hatte. Mit schnellen Bewegungen reibe ich mir das Salzwasser von meiner Haut.

»Kümmer dich wirklich um deine Angelegenheiten«, murmle ich sauer.

Ich werfe das Handtuch zurück auf die Liege und lasse Enno ohne ein weiteres Wort stehen. Mit schnellem Schritt und dem leeren Cocktailglas in der Hand steuere ich direkt auf die Bar zu. Ein neuer Drink muss her, etwas Beruhigendes, um die Aufregung zu vergessen.

Der Barkeeper erkennt mich sofort und nickt mir zu, als ich das Glas auf die Theke stelle. »Noch so ein *Funky Fucky*?«, fragt er mit einem schiefen Lächeln.

»Nein, diesmal etwas Einfacheres. Einen Gin Tonic, bitte«, antworte ich und bemühe mich, mein Lächeln zurückzugewinnen. Der Barkeeper mischt geschäftig die Zutaten zusammen und ich lasse meinen Blick über die Strandkulisse schweifen. Meine Freunde spielen immer noch Ball im Wasser und haben sichtlich Spaß im Gegensatz zu mir, die versucht, die Anspannung von sich zu schütteln und den Ärger über Ennos kindisches Verhalten zu vergessen.

Der Barkeeper reicht mir das Getränk. Ich lehne mich an die Theke und nehme einen tiefen Schluck vom frisch zubereiteten Gin Tonic. Das erfrischende Aroma des Gins, perfekt ausbalanciert mit der herben Bitternote des Tonics, wirkt beruhigend. Gedanken an den schnellsten Weg nach Hause kreisen in meinem Kopf. Meine Laune ist tief in den Keller gerutscht.

»Ein Wasser mit Eis, bitte«, höre ich neben mir eine allzu bekannte Stimme, und prompt kocht es in mir hoch.

Leise schnaubend rücke ich, ohne Enno auch nur anzublicken, ein Stück zur Seite. Etwas in mir sagt, dass er den Streich wohl nicht wiederholen wird, doch mein Innerstes fühlt sich in sicherer Entfernung einfach wohler.

Er wird schon merken, dass ich kein Wort mit ihm wechseln möchte, und sich jemand anderen für seine Scherze suchen, zum Beispiel seine Frau.

Ich nehme einen weiteren kräftigen Schluck von meinem Drink.

»Dorothea.« Ennos Stimme klingt ganz nah, wie ein sanftes Wispern. »Es tut mir leid, ich wollte dich nicht erschrecken. Ich war ein Idiot.«

Hätte er sich mal früher Gedanken gemacht.

»Entschuldigung akzeptiert«, erwidere ich mit Würde und stelle mein allzu schnell geleertes Glas auf die Theke.

Blöde Idee, denn plötzlich ist Ennos nackte, vom salzigen Wasser benetzte Brust direkt vor mir.

Ich weiche eilig zurück, aber Enno steht, wie ein Unheilsbote, direkt neben mir. Er platziert sogar seine Hände zu beiden Seiten von mir auf die Theke, sodass ich eingekesselt bin.

»Geh bitte«, fordere ich und bemühe mich, seinem Blick zu widerstehen. Er wird nicht erleben, dass ich erröte oder klein beigebe. Genau darauf kommt es ihm doch an, oder?

»Nicht, bevor ich sicher bin, dass du nicht mehr sauer auf mich bist.«

»Ich bin nicht sauer. Bist du jetzt zufrieden?«

»Nein, denn du lügst«, kontert Enno. »Ich sehe es in deinen Augen.«

Ein leichtes Lächeln spielt um seine Lippen, und in seinen Augen funkelt ein schwer zu deutender Ausdruck. Der Gin Tonic in meinem System lässt mich vielleicht Dinge sehen, die nicht da sind, oder?

»Vielleicht sollte ich das als Kompliment auffassen, dass du mich für so gefährlich hältst«, bemerke ich mit trockenem Humor und schiebe ihn von mir weg, woraufhin er endlich einen Schritt zurückweicht und mir Platz macht.

»Wenn du mich so ansiehst, fühle ich mich tatsächlich ein bisschen wie ein Verbrecher«, meint er und nimmt einen Schluck von seinem Wasser. »So hat mich noch niemand angesehen.«

»Die anderen haben deine Späße vermutlich nicht überlebt.« Ich wende mich ab, um zurück zu den Liegestühlen zu gehen.

Mein Kopf fühlt sich leicht schwummrig an. Ich hätte diesen blöden Gin Tonic direkt nach dem ausgiebigen Sonnenbad lassen sollen. Jetzt auch noch angetrunken zu sein, das hat gerade noch gefehlt.

Brummend und fluchend sammle ich meine Sachen zusammen und packe sie in meine Strandtasche. Die Luftmatratze zu entlüften, erscheint mir müßig, also klemme ich sie unter den Arm und hänge meine Strandtasche über die andere Schulter. Meine Freunde sind nirgends zu sehen, wahrscheinlich sind sie alle mit sich selbst beschäftigt, also kann ich den Strand unbemerkt verlassen.

Kapitel 15
Thea

Am Parkplatz angekommen, höre ich jemanden schluchzend weinen. Irritiert und besorgt bleibe ich stehen und sehe mich um. Mein Blick fällt auf ein kleines Mädchen, das allein am Wegesrand sitzt und in ihre Hände weint.

»Warte mal ...«, murmle ich leise vor mich hin, als ich mich ihr nähere. Dann erkenne ich sie. Es ist das gleiche Mädchen, das vorhin am Strand so ausgelassen mit Enno eine Sandburg gebaut hatte.

Trotz meiner Eile und des Ärgers auf Enno fühle ich mich gedrängt, zu helfen.

»Hey, alles in Ordnung?« Ich beuge mich vorsichtig zu ihr hinunter.

Zwischen Schluchzern blickt sie zu mir auf. »Ich ... ich habe mein Kettchen verloren«, stammelt sie mit Tränen in den Augen.

»Oh nein, das tut mir leid!« Ich lasse meine Stimme so sanft wie möglich klingen. »Wie heißt du denn?«

»Milena«, antwortet sie leise.

»Ich bin Thea.«

Das Mädchen sieht mich mit großen Augen an. »Ich habe dich schon mal gesehen. In einem Strandcafé, als ich mit meiner Mama da war. Bist du eine Freundin der Familie?«

»Enno und ich ... wir sind ... Bekannte und Nachbarn«, erkläre ich, bemüht, die richtigen Worte zu finden, ohne Milena zu verwirren. »Erzählst du mir, was passiert ist?«

»Die Kette ... Papa hat sie mir geschenkt. Mama sagte, ich soll sie nicht zum Strand mitnehmen, ich würde sie hier sicher verlieren, aber ich hab's trotzdem gemacht. Und jetzt ist sie weg.«

Ein Stich des Mitgefühls durchfährt mich. »Wo sind denn deine Eltern?«, erkundige ich mich, in der Hoffnung, dass sie in ihrer Furcht nicht davongelaufen ist.

Zögernd zeigt sie auf die Strandbar. Als ich hinüberblicke, erkenne ich Enno und in seiner Nähe jene atemberaubend schöne Frau, die ich schon paar Mal mit ihm gesehen habe. Mein Herz macht einen unwillkürlichen Sprung, aber ich schiebe die Gefühle beiseite. Jetzt ist nicht die Zeit für meinen Stolz oder meinen Ärger auf Enno.

»Komm, wir suchen deine Kette.« Ich reiche Milena meine Hand. Sie nimmt sie zögerlich und zusammen gehen wir zurück zum Strand. Ich mit meiner aufgeblasenen Luftmatratze unter dem Arm, die ich in den Sand fallen lasse und meine Strandtasche daneben abstelle.

Ich sehe mich um. »Kannst du dich erinnern, wo du sie zuletzt gesehen hast?«

Milena zuckt mit den Schultern, wischt sich mit den Händen die Tränen aus dem Gesicht. »Ich weiß es nicht mehr genau ... Wir waren überall am Strand.«

Ich nicke verständnisvoll. »Keine Sorge, wir finden sie schon«, ermutige ich sie. Langsam und systematisch durchkämmen Milena und ich den Strand. Wir verfolgen eine Route, die uns von den Liegestühlen über die Nähe des Wassers bis hin zum Bereich um die Strandbar führt. Trotz unserer Bemühungen und des scharfen Blicks, den ich auf den Sand gerichtet halte, bleibt Milenas Kette unauffindbar.

Die Enttäuschung in ihren Augen verstärkt nur mein Gefühl, dass dieser Urlaub unter einem schlechten Stern steht. Es scheint, als wäre ich dazu verdammt, meine Tage hier mit der Suche nach verlorenen Gegenständen und entlaufenen Hähnen zu verbringen.

»Was genau hast du gemacht, als du die Kette noch hattest?«, frage ich Milena erneut, diesmal mit dem Ziel, unsere Suche besser eingrenzen zu können.

Milena überlegt einen Moment. »Ich ... ich habe eine Sandburg gebaut. Mit ... mit ...«

»Mit Enno?«, helfe ich ihr auf die Sprünge.

»Ja, genau!« Milenas Gesicht hellt sich auf, als sie sich erinnert. »Wir haben eine große Sandburg gebaut, und ich habe die Kette um meinen Hals gehabt. Aber dann ...«, sie stockt, »dann haben wir mit Wasser aus dem Meer den Burggraben gefüllt und ... und ich habe die Kette abgenommen. Ich glaube, ich habe sie auf den Sand gelegt, als wir ... als wir die Burg gebaut haben.«

»Dann sollten wir dort suchen«, beschließe ich. »Zeigst du mir, wo ihr die Burg gebaut habt?«

Milena nickt und führt mich zu der Stelle. Als wir da sind, zeigt sie mir den genauen Ort, an dem sie glaubt, die Kette hingelegt zu haben.

»Hier irgendwo muss sie sein.«

Ich knie mich neben der Sandburg nieder, gewillt, jedes Sandkörnchen umzudrehen, doch da trifft mich eine Erkenntnis.

»Milena, wir müssen vielleicht ...«, ich zögere, weil ich weiß, wie viel Mühe im Bau der Sandburg gesteckt hat, »... die Burg ein bisschen ... umgraben, um die Kette zu finden.«

Ihre Augen weiten sich. »Du meinst, die Burg kaputt machen?«

»Ich fürchte ja.«

Sie überlegt eine Weile. »Okay. Papa hat immer gesagt, manchmal muss man etwas Altes wegräumen, um etwas Wichtiges zu finden.«

»Das klingt nach einem klugen Rat«, bestätige ich.

Bewaffnet mit dieser kindlichen Weisheit, fangen wir an, die Sandburg Stück für Stück abzutragen. Milena mit ihren kleinen Händen, ich mit etwas größerer Kraft, aber mit der gleichen Vorsicht, um die Kette nicht zu beschädigen, falls wir sie finden.

»Hier!«, ruft Milena plötzlich. Mein Herz macht einen Sprung, aber es ist nur eine alte Muschel.

»Weitermachen.« Ich halte meinen Ton bewusst aufmunternd, obwohl in mir langsam der Zweifel hochkriecht. Die Kette in all dem Sand zu finden, dürfte genauso unmöglich sein wie die Nadel in einem Heuhaufen.

Doch dann stößt meine Hand auf etwas Kühles, Metallisches. »Milena!« Ich ziehe vorsichtig einen dünnen, silbernen Gegenstand aus dem Sand. Es ist die Kette, unbeschädigt, ihr kleiner Anhänger glänzt in der Sonne.

»Meine Kette!« Milena springt auf und umarmt mich so fest, dass mir fast die Luft wegbleibt. »Du hast sie gefunden!«

Ich übergebe ihr die Kette, und die Erleichterung in ihren Augen zu sehen, macht all den Aufwand wert. »Versprich mir, dass du das nächste Mal auf deine Mama hörst«, sage ich mit gespielter Strenge.

»Versprochen«, lacht sie.

Nachdem ich Milena geholfen habe, die Kette sicher um ihren Hals zu legen, höre ich plötzlich Enno hinter mir. »Die *aufmerksame Anwohnerin* ist wohl wieder ganz in ihrem Element! Sucht ihr zwei etwa nach Geralt und habt dabei die ganze Gegend umgegraben?«, fragt er mit gespielter Ernsthaftigkeit, während sein Blick zwischen uns hin und her springt.

»Nein, diesmal war es kein entlaufener Hahn. Wir waren auf der Suche nach etwas viel Wertvollerem«, entgegne ich.

»Und das wäre?«, hakt Enno nach.

Milena schaut zu mir hoch. Ich lege beschützend meine Hand auf ihre Schulter. »Das bleibt unser kleines Geheimnis.« Ich werfe ihr einen verschwörerischen Blick zu. Sie erwidert mit einem Lächeln, das ihr ganzes Gesicht erhellt.

Enno runzelt die Stirn. »Ihr beide habt euch also kennengelernt?«

»Ja, Milena hat mir gerade einen sehr besonderen Schatz gezeigt«, antworte ich und sehe dabei zu, wie Milena stolz nickt.

Ennos Grinsen bleibt unverändert, als er einen kurzen Blick auf die zerstörte Sandburg wirft. »Nun, ich hoffe, der Schatz war es wert, mein architektonisches Meisterwerk zu zerstören. Aber ernsthaft, Dorothea ...« Seine Stimme wird weicher, und er scheint nach den richtigen Worten zu suchen. »Ich ... ich wollte mich eigentlich für die Wasserschlacht entschuldigen. Ich dachte, es wäre lustig, aber ich sehe ein, dass es dich vielleicht zu sehr überrascht hat.«

»Wirklich jetzt?«

»Ja«, nickt er und sieht dabei Milena kurz an, als suche er nach Bestätigung. »Um mein Gewissen zu beruhigen, dachte ich, ich lade dich auf einen Drink ein.«

Ich betrachte Enno kurz.

»Ein Drink also?«

»Ja, ein Friedensangebot. An der Bar, auf meine Kosten«, fügt Enno hinzu und nickt in Richtung der Strandbar. »Was sagst du?«

Kapitel 16
Enno

Dorothea lässt mich an der Strandbar stehen und marschiert mit ihrer Luftmatratze unter dem Arm wie eine erzürnte Königin davon. Warum zum Teufel hatte ich sie mit so einer albernen Wasserattacke aufgescheucht? Mein Gehirn musste kurz offline gewesen sein. Die Aktion erinnert mich an meine Schulzeit, als ich Mädchen ärgerte, die ich insgeheim mochte.

Ich denke darüber nach und mir wird klar, dass Thea eine besondere Wirkung auf mich hat, die ich mir nicht erklären kann. Als ich sie in ihrem Bikini sah, wurde mir plötzlich meine körperliche Reaktion auf sie bewusst. Ich bin ja nur ins Meer gehüpft, um herunterzukommen. Hat aber nicht sonderlich gut funktioniert.

Lucys Auftauchen mit diesem Typen, den ich definitiv nicht ausstehen kann, reißt mich aus meinen Gedanken. Vorhin, als er sich an Thea herangemacht hatte, kochte in mir eine seltsame Mischung aus Eifersucht und Irritation. Er lag da, breit grinsend neben ihr auf der Sonnenliege, als hätten sie den Strand für sich allein. Und jetzt taucht Lucy mit ihm an der Strandbar auf, als wäre nichts gewesen.

»Enno, könntest du bitte Milena kurz im Auge behalten?«, fragt Lucy mich, ohne auch nur eine Sekunde zu zögern. Ich seufze innerlich. Der Gedanke, jetzt Babysitter zu spielen, während Lucy mit Mr. Unsympathisch Cocktails schlürft, begeistert mich nicht gerade. Aber was soll's, Milena ist ein cooler kleiner Fratz. Für sie tue ich das gerne.

Ich nicke zustimmend und werfe einen Blick über den Strand, auf der Suche nach meiner Nichte. Zu meiner Überraschung finde ich sie nicht weit von hier, in Begleitung von niemand Geringerem als Dorothea. Was zum Teufel? War sie nicht gerade noch in voller Rage davongestürmt?

Neugierig beobachte ich, wie die beiden den Strand absuchen, sich bücken und dabei jedes Sandkorn umdrehen. Dorothea scheint sich auf irgendetwas zu konzentrieren, während Milena ihr aufgeregt zur Seite steht. Ein Lächeln huscht über meine Lippen. Die Schnüfflerin ist mal wieder ganz in ihrem Element!

Nach einer ganzen Weile sehe ich, wie die beiden direkt auf die prächtige Sandburg zusteuern, die ich mit Milena nur Stunden zuvor mit so viel Hingabe errichtet hatte. Die Burg ist ein kleines Meisterwerk — komplett mit Zinnen, einem Burggraben und einer winzigen Fahne an der Spitze, die stolz im Wind flattert.

Nach kurzem Inspizieren und ohne auch nur den Hauch einer Ahnung, wie viel Schweiß und Tränen in diesem Bauwerk stecken, beginnen sie, mit einer fast schon frevelhaften Begeisterung, unsere Burg Stück für Stück zu demontieren. Dorothea pickt sich einen Turm nach dem anderen heraus und lässt sie mit einer beinahe zärtlichen Zerstörungslust in ihren Händen zerbröseln. Milena nimmt sich der Mauern an.

Was zum Kuckuck tun die beiden da? Sie reißen einfach alles gnadenlos ein!

Meine Hand, die eben noch das kühle Glas mit Eiswasser umklammerte, lässt es klirrend auf der Bartheke zurück. Unfähig, auch nur einen Moment länger tatenlos zu bleiben, eile ich über den heißen Sand zu ihnen, meine Augen weit aufgerissen vor Unglauben.

»Die *aufmerksame Anwohnerin* ist wohl wieder ganz in ihrem Element! Sucht ihr zwei etwa nach Geralt und habt dabei die ganze Gegend umgegraben?«, frage ich mit gespielter Ernsthaftigkeit.

»Nein, diesmal war es kein entlaufener Hahn. Wir waren auf der Suche nach etwas viel Wertvollerem«, entgegnet Dorothea. »Das bleibt unser kleines Geheimnis«, fügt sie mit einem verschwörerischen Blick hinzu.

»Ihr beide habt euch also kennengelernt?«, frage ich, während mein Blick zwischen ihnen hin und her springt.

»Ja, Milena hat mir gerade einen sehr besonderen Schatz gezeigt«, antwortet Thea und sieht dabei zu, wie Milena stolz nickt.

Ich werfe einen kurzen Blick auf die zerstörte Sandburg. »Nun, ich hoffe, der Schatz war es wert. Aber ernsthaft, Dorothea ...«, ich halte inne, »ich wollte mich eigentlich für die Wasserschlacht entschuldigen. Ich dachte, es wäre lustig, aber ich sehe ein, dass es dich vielleicht zu sehr überrascht hat.«

»Wirklich jetzt?«, erwidert Thea skeptisch.

»Ja«, bestätige ich und nicke. »Um mein Gewissen zu beruhigen, dachte ich, ich lade dich auf einen Drink ein.«

»Ein Drink also?«, schmunzelt Thea.

»Ja, ein Friedensangebot. An der Bar, auf meine Kosten«, füge ich hinzu und nicke in Richtung der Strandbar. »Was sagst du?«

Thea wirft einen kurzen, aber bedeutsamen Blick in Richtung

der Bar, der meines Erachtens dort ein wenig zu lange verweilt.

»Danke, aber nein. Ich hatte heute schon genug von Drinks und denke, ich breche lieber auf.«

Sie will ihre Strandtasche und die Luftmatratze vom Sand aufheben und stolpert, wie in einer dieser Slapstick-Komödien, über das aufgeblasene Teil. Mit einem Quicken, der mehr Überraschung als Schmerz zu sein scheint, landet sie unsanft im Sand.

»Alles in Ordnung bei dir?«, frage ich besorgt und eile zu ihr. Sie möchte sich aufrichten, dabei zeichnet sich ein Schmerz in ihrem Gesicht ab.

»Autsch, mein Knöchel«, entfährt es ihr, als sie vergeblich versucht, Gewicht darauf zu verlagern.

»Hier, nimm meine Hand. Ich helfe dir hoch«, biete ich an und strecke ihr meine Hand entgegen. Vorsichtig greift sie danach und lässt sich von mir hochziehen. »Vielleicht ist die Bar doch keine schlechte Idee. Dort kannst du sitzen, und wir sehen uns deinen Knöchel an.«

Zunächst zögerlich, doch dann, angesichts des Schmerzes, nickt Dorothea und stützt sich auf mich. Gemeinsam gehen wir zur Strandbar.

»Kommst du mit, Milena?«, frage ich meine Nichte.

»Ich baue lieber an einer neuen Burg«, lehnt sie ab und lässt sich in den Sand fallen. »Lass dich gut pflegen, Thea! Und danke!«

»Gerne doch, kleine Maus«, kommt es von Dorothea zurück.

In der Bar angekommen, suche ich uns einen ruhigen Platz und helfe ihr, sich auf einem der Stühle niederzulassen. Danach wende ich mich an den Barkeeper, bitte ihn um etwas Eis, das wir auf die Schwellung legen können.

Als ich mit dem Eis, eingewickelt in ein Handtuch, zurückkehre und es vorsichtig auf ihren Knöchel lege, trifft mich Dorotheas dankbarer Blick.

»Tja, sieht so aus, als hätte ich deine Einladung doch angenommen.« Sie lächelt mich schief an.

»Unter ziemlich ungewöhnlichen Umständen.« Ich drücke das Eis gegen ihren Knöchel.

Kapitel 17
Enno

»Du hättest wirklich nicht …«, setzt Dorothea an, doch ich unterbreche sie.

»Quatsch, das ist doch selbstverständlich. Außerdem gibt mir das die Gelegenheit, mein schlechtes Gewissen wegen der Wasserschlacht ein bisschen zu beruhigen.«

Dorothea lächelt, ein wenig gequält wegen des Schmerzes, aber auch dankbar. »Du weißt, das war eigentlich nicht geplant«, sagt sie und wirft einen schiefen Blick auf ihren Knöchel. »Das sind die magnetischen Stürme daran schuld.«

Ich hebe verwundert die Augenbrauen und lache auf. »Magnetische Stürme?«

»Ja«, erklärt Dorothea ernst. »Das sind Störungen im Erdmagnetfeld, verursacht durch die Sonnenaktivität. Manche Leute glauben, dass sie nicht nur technische Geräte beeinflussen, sondern auch das menschliche Verhalten. Vielleicht sind sie ja der Grund für unser heutiges Chaos.«

»Aha«, sage ich, noch immer mit hochgezogenen Augenbrauen, amüsiert über Dorotheas ernsthafte Miene. »Und ich dachte, du wärst einfach auf dem Gummiding ausgerutscht.«

Wir lachen beide, als uns eine Stimme aus dem Hintergrund erreicht. »Hey, was ist denn hier passiert?«

Ich drehe mich um und sehe den Kerl, der vorhin mit meiner Schwester geflirtet hat. Er steuert auf uns mit einer Mischung aus Besorgnis und Neugier zu. Lucy, die offenbar versucht zu verstehen, was vor sich geht, folgt ihm.

»Olli, das ist Enno, mein Nachbar«, stellt Dorothea uns vor. »Und Enno, das ist Olli, mein Freund.«

Ein Freund! Dieses kleine Wort lässt in mir zugegebenermaßen einen Stich der Eifersucht aufkommen. Ich hatte keine Ahnung, dass Dorothea einen Freund hat.

Olli nickt mir zu, dann richtet er seine Aufmerksamkeit auf Dorothea. »Und was ist mit dem Knöchel passiert?«

Bevor sie antworten kann, wendet sich Lucy an mich. »Wo ist denn Milena?«

»Am Strand.« Ich zeige in die Richtung, in der Milena gerade fleißig am Sandumgraben ist. »Sie hat ihre alte Burg plattgemacht und hat beschlossen, eine neue zu errichten.«

Lucy nickt. »Dann gehe ich mal zu ihr.« Damit verabschiedet sie sich und macht sich auf den Weg zurück zum Strand, um Milena Gesellschaft zu leisten.

»Nun, es war eigentlich eine recht unschuldige Mission. Aber dann ...« Sie lacht kurz auf, »dann bin ich über die Luftmatratze gestolpert.«

»Eine Luftmatratze?«, wiederholt Olli.

»Ja, ich wollte sie eigentlich nur aufheben, bin ausgerutscht und habe mir den Knöchel verstaucht. Und dann kam Enno zur Rettung.«

Ich lächle, obwohl ich das Gefühl habe, dass in meinem Bauch etwas zerrt. Es ist merkwürdig, Dorothea so ausgelassen zu sehen, während sie mit Olli spricht.

»Na ja, so heroisch war es nicht«, werfe ich bescheiden ein. »Aber ich konnte dich dort ja schlecht liegen lassen.«

Olli nickt anerkennend. »Echt cool von dir, Mann.«

Das Kompliment fühlt sich gut an, doch ich kann das nagende Gefühl nicht abschütteln.

»Aber wie kommst du jetzt nach Hause?«, hakt Olli nach.

Dorothea sieht betroffen aus. »Gute Frage. Wir sind zu Fuß zum Strand gelaufen und eigentlich hatte ich nicht vor, den Heimweg zu hüpfen.«

»Ich fahre dich«, biete ich schnell an. »Mein Auto ist nicht weit.«

»Das musst du wirklich nicht«, wehrt Dorothea ab. »Ich kann mir ein Taxi rufen. Du hast heute schon genug für mich getan.«

Ihr Angebot, auf meine Hilfe zu verzichten, verunsichert mich kurzzeitig. Sicher könnte sie sich einfach ein Taxi rufen lassen. Aber etwas in mir kann und will das nicht zulassen.

»Es ist kein Umstand. Außerdem ...«, ich suche nach den richtigen Worten, »es würde mein schlechtes Gewissen noch mehr beruhigen, zu wissen, dass du sicher nach Hause kommst.«

Ein leises Seufzen entweicht ihr, und sie sieht mich mit einem Blick an, der mir sagt, dass sie meine Hartnäckigkeit zu schätzen weiß, auch wenn sie es nicht zugeben will.

»Okay«, gibt sie schließlich nach. »Wenn du darauf bestehst. Aber nur unter der Bedingung, dass es dir wirklich keine Umstände macht.«

Sie sieht zum Strand rüber, an dem Lucy und Melina im Sand graben.

»Überhaupt nicht«, versichere ich ihr schnell.

»Prima, dann ist alles geregelt«, sagt Olli, ein wenig zu unbeschwert für meinen Geschmack. Es überrascht mich, wie schnell er bereit ist, Dorothea in meiner Obhut zu lassen. Seine Ruhe, sie einfach so mit jemand anderem fahren zu lassen, lässt mich innerlich die Stirn runzeln.

»Ich geh' dann mal und schaue, was die Clique so treibt. Komm gut nach Hause, Thea.« Mit einem letzten zustimmenden Nicken in meine Richtung verabschiedet er sich und schlendert davon.

Ich wende mich kurz Dorothea zu. »Ich bin gleich wieder da.« Dann eile ich zum Strand, wo Lucy und Milena vertieft im Sand graben.

»Hey«, rufe ich, als ich mich ihnen nähere, »ich fahre Dorothea schnell nach Hause. Sie kann mit dem Knöchel nicht laufen. Ich komme dann wieder zurück.«

Lucy sieht auf. »Oh, das ist lieb von dir. Sag ihr, sie soll sich ausruhen.«

»Bis gleich, Onkel Enno!«, winkt mir Milena zu.

»Alles klar, ich bin wieder da«, rufe ich, als ich zurück bei Dorothea bin.

»Haben die beiden nichts dagegen, dass du eine Frau nach Hause fährst?«, fragt sie ernst.

»Nein, wieso? Du hast ein Problem mit dem Knöchel, ich helfe dir. Das ist doch selbstverständlich.«

Dorothea nickt verlegen, als ich ihr aufhelfe. Gemeinsam sammeln wir ihre Strandtasche und die heimtückische Luftmatratze ein. Ich stütze sie und sie humpelt voran.

»Geht es?«, erkundige ich mich.

»Ja, es geht. Die Kühlung hat wirklich geholfen. Mein Knöchel fühlt sich schon viel besser an, danke dir.«

»Das freut mich zu hören«, antworte ich, erleichtert, dass die Schwellung nachgelassen hat.

Als wir den Parkplatz erreichen, greife ich nach meinem Autoschlüssel und entriegele den Wagen mit einem kurzen Druck auf den Knopf. Das Auto gibt ein leises Piepen von sich, und die Blinklichter zucken kurz auf. Thea bleibt an meinem Auto stehen und stützt sich am Wagen ab. Ich kümmere mich um die Luftmatratze, die uns unterwegs so viel Mühe bereitet hat. Warum schleppt sie eigentlich das nutzlose Ding mit sich herum, anstatt es in die Tonne zu werfen, ist mir unbegreiflich. Ich manövriere die Matratze geschickt in den Kofferraum des Wagens, wo sie mit einem leisen Plopp landet.

»So, die ist auch verstaut«, kommentiere ich.

»Kann ich einsteigen?« Ihre Frage klingt fast schon formell, und auf ihren Wangen zeichnet sich ein lebhafter Rotschimmer ab.

»Klar.« Ich öffne ihr die Tür. Trotz aller Verrücktheiten der letzten Tage habe ich immerhin noch ein paar Manieren behalten.

Ich helfe Dorothea, sich auf den Beifahrersitz zu setzen, achte dabei sorgfältig darauf, dass sie ihren Fuß bequem platzieren kann.

»Sitzt du bequem?«

»Ja, danke«, antwortet sie, legt sich ihre Tasche auf den Schoß, und mir fällt auf, wie ihr Sommerkleid spannt und ihre wohlgeformten Kurven sanft umschmeichelt. Ich muss bei diesem Anblick schlucken.

Nachdem sie es sich auf dem Beifahrersitz gemütlich gemacht hat, schließe ich die Tür und umrunde das Auto, um auf der Fahrerseite einzusteigen.

Die Fahrt startet ganz still, nur das Motorbrummen und die Luftmatratze hinten geben ab und zu ein Geräusch von sich. Plötzlich meint Dorothea:

»Wie wär's mit etwas Musik? Können wir das Radio anschalten?«

Kapitel 18
Thea

»Können wir Musik anmachen?«, frage ich und bemühe mich, den Sicherheitsgurt zu schließen. Der Schlitz will sich mir nicht gleich offenbaren.

Warum sollten wir die Fahrt in völliger Stille verbringen? Musik klingt nach einer guten Idee.

Ich zappe durch die Radiosender, stoße auf Lieder, die mir überhaupt nicht gefallen.

»Blödes Lied, das ist auch blöd, das kann ich nicht ausstehen«, murmle ich vor mich hin und suche weiter nach einer Melodie, die mir zusagt.

Enno legt seine Hand über meine. »Ich kriege gleich Kopfschmerzen«, warnt er mich, und seine Berührung lässt mich kurz erstarren. Ohne weiter darüber nachzudenken, stimme ich zu, als er vorschlägt, einfach den Sender zu wechseln und bei dem zu bleiben, der als Nächstes kommt.

Als er den Knopf drückt, ohne meine Hand loszulassen, spüre ich ein seltsames Kribbeln. Das Lied wechselt zu *Stay* von *The Kid LAROI* und füllt das Auto mit seinem pulsierenden Beat. Ich grinse und Enno wirft einen skeptischen Blick auf das Radio. Vielleicht ist es ein wenig zu poppig für seinen Geschmack, aber gerade ist es perfekt.

»Also, das ist deine Musik?« Enno zieht eine Augenbraue hoch.

»Ja«, bestätige ich.

Der Motor des Autos brummt angenehm, als wir langsam Fahrt aufnehmen und immer schneller werden. Ich bemühe mich, mich auf die Straße zu konzentrieren, aber ich kann nicht anders, als Enno ab und zu beobachten, während ich im Rhythmus der Musik mit dem Kopf nicke und leise mitsumme.

»Können wir die Musik lauter machen?«, fordere ich und rücke mich im Sitz zurecht.

Enno wirft mir einen dieser Blicke zu, die sagen: »Worauf habe ich mich da nur eingelassen?«, bevor er doch nachgibt und die Musik etwas lauter dreht.

»Lust, mitzusingen?«

»Ich? Singen?« Er klingt, als hätte ich ihn gebeten, nackt durch die Stadt zu joggen. »Das passt zusammen wie Wasser und Öl.«

»Komm schon, es ist nicht so, als würden wir bei *The Voice* vorsingen. Es geht nur um den Spaß«, setze ich meine Überzeugungskunst ein, um ihn weiter zu überreden. »Niemand wird es hören außer mir.«

»Genau das ist mein Problem«, erwidert er und greift das Lenkrad fester. »Ich möchte nicht für den Rest meines Lebens bekannt sein als der Kerl, der deine Ohren ruiniert hat.«

Ich lache auf. »Meine Ohren sind ziemlich robust, glaub mir. Sie haben schon Schlimmeres überlebt.«

»Aber mein Stolz vielleicht nicht«, kontert Enno, doch ich sehe, wie sich ein Lächeln in den Ecken seines Mundes bildet.

»Okay, du darfst dich dieses Mal drücken. Aber nächstes Mal entkommst du mir nicht«, warne ich ihn.

Das Lied wechselt, und ich summe weiter vor mich hin, genieße die Musik und die leichte Stimmung zwischen uns. Als wir schließlich vor dem Haus meiner Oma ankommen, werfe ich Enno einen dankbaren Blick zu. »Danke fürs nach Hause fahren ...«

»Gerne doch.«

Er hält an, schaltet die Musik aus, und eine Pause entsteht zwischen uns, die fast unangenehm wirkt.

»Ich gehe dann, *talentierter Dachdecker*.« Mit einem schiefen Lächeln klicke ich den Sicherheitsgurt auf und schwinge mich aus dem Sitz.

Enno steigt eilig aus, umrundet den Wagen und öffnet mir die Beifahrertür. Er reicht mir die Hand und hilft mir beim Aussteigen.

»Nur, wenn du versprichst, als *aufmerksame Anwohnerin* das nächste Mal nicht über die Luftmatratze zu stolpern«, entgegnet er mit einem schiefen Grinsen, das zeigt, wie sehr er diese kleinen Sticheleien zwischen uns genießt.

Wir machen uns auf den Weg zur Haustür. Mein Schritt ist unsicher, der verletzte Knöchel zwingt mich, mich stärker auf Ennos Arm zu stützen, als mir lieb ist.

»Wird gemacht«, versichere ich ihm und konzentriere mich darauf, einen Fuß vor den anderen zu setzen.

Während ich die Stufen zur Veranda hochhumple, verheddert sich mein Fuß unglücklich, als ob unsichtbare Fäden ihn fangen würden. Ich verliere das Gleichgewicht und spüre, wie ich ins Straucheln gerate. Doch bevor ich den Boden erreichen kann, sind Ennos Arme da, fangen mich sicher auf. Mein Herz schlägt heftig, von Überraschung und einem Hauch von etwas durchzogen, das ich nicht einordnen kann und mir Wärme in meine Wangen steigen lässt.

»Danke«, bringe ich mit einem Murmeln heraus. »Das war knapp.«

Enno gibt mir ein beruhigendes Lächeln. »Kein Problem.« Seine Stimme ist sanft. »Heute scheinst du ja nur zu stolpern«, fügt er mit einem schiefen Grinsen hinzu.

Sein Kommentar bringt mich zum Lachen, lockert die Anspannung ein wenig. Doch im nächsten Augenblick berühren meine Lippen seine Wange. Überraschung spiegelt sich in Ennos Gesicht, als er seinen Kopf dreht, und plötzlich, für einen Herzschlag lang, berühren sich unsere Lippen. Ein elektrisierender Moment, der mich aufkeuchen lässt.

Bevor ich einen klaren Gedanken fassen kann, lasse ich von ihm ab und flüchte ins Haus. Mein Herz schlägt bis zum Hals. Hinter mir schließt sich die Tür mit einem leisen Klicken. Was ist gerade passiert? Warum habe ich ihn geküsst, und warum hat Enno seine Bewegung so getimt, dass sich unsere Lippen trafen? Fragen wirbeln durch meinen Kopf und ich rede mir ein, dass an diesem Dilemma einzig und allein die Cocktails am Strand schuld sind.

Kapitel 19
Thea

Ich gieße mir einen Kaffee ein, den meine Oma immer in einer Türkkanne zubereitet. Der Duft des Kaffees mischt sich mit den Sonnenstrahlen, die durch das Fenster fallen. Mein Kopf ist voller Gedanken über die gestrigen Ereignisse. Was muss Enno nur von mir denken?

Aus seiner Sicht habe ich schon wieder herumgeschnüffelt, diesmal am Strand; dann bin ich unglücklich über die Luftmatratze gestürzt, verstauchte mir den Knöchel, weshalb er sich gezwungen sah, mich nach Hause zu bringen. Zu allem Überfluss habe ich ihn im Auto zum Singen angestachelt und dann — wie in einem Kindergarten — geküsst.

Mit dem Kaffee in der Hand gehe ich auf die Veranda hinaus. Mein Knöchel ist schon viel besser, ich humple gar nicht mehr, spüre aber immer noch ein leicht unangenehmes Gefühl. Gegen das Geländer gelehnt steht die Luftmatratze, offensichtlich von Enno hier zurückgelassen, bevor er gestern Abend wegfuhr.

Ich beobachte, wie Oma mit einem Eimer Futter in Richtung Hühnerstall schlendert.

Meine Güte, welch ein Desaster! Warum werde ich in der Nähe dieses Mannes zu einem Bündel von Unannehmlichkeiten und seltsamen Handlungen? Nun hält er mich sicher auch noch für einen Tollpatsch, der es offenbar nicht schafft, sicher auf beiden Beinen zu stehen. Schrecklich!

»Das war's«, murmle ich vor mich hin. »Ich habe nicht vor, ihn überhaupt noch einmal zu treffen. Ich will nicht und werde nicht, bis ich nicht herausgefunden habe, wie ich mich in seinen Augen rehabilitieren kann. Im schlimmsten Fall werde ich einfach durch die Hintergassen gehen, um Enno nicht zu begegnen.«

Ich nehme den letzten Schluck vom Kaffee und stelle die leere Tasse aufs Geländer. Neuer Tag, neue Chance! Vielleicht krieg ich nicht alles auf die Reihe, aber ich kann immerhin versuchen, die Dinge ein bisschen geradezubiegen. Und mal sehen, vielleicht finde ich eine Möglichkeit, Enno zu beweisen, dass ich nicht nur ein wandelndes Missgeschick bin.

»Thea, komm her«, ruft Oma aus dem Garten. Neugierig folge ich ihrer Stimme und finde sie im Hühnerstall, wie sie verdutzt davor steht und diesen mustert.

»Was ist los, Oma?« Ich trete näher heran, um zu sehen, was ihre Aufmerksamkeit so gefangen nimmt.

»Schau mal hier.« Oma führt mich zu einer leicht verborgenen Stelle am Hühnerstall. Unter dem Schutz von hohem Gras und einigen wild gewachsenen Büschen zeigt sie auf eine Öffnung seitlich am Stall.

»Ich glaube, Geralt nutzt diese Leckstelle, um immer wieder auszubüxen.«

Ich knie mich vorsichtig nieder, um das Loch besser in Augenschein zu nehmen. Tatsächlich entdecke ich eine raffiniert verborgene Öffnung, gerade groß genug, dass unser schlauer Hahn sich durchzwängen und aus dem Stall entkommen kann.

»Hmm, und jetzt?«

Oma kratzt sich nachdenklich am Kopf. »Nun, Enno ist doch Handwerker, oder? Vielleicht könnte er sich das mal ansehen. Er hat sicher das nötige Werkzeug und das Know-how, um das zu reparieren.«

Der Gedanke, Enno um Hilfe zu bitten, lässt sogar die Spitze meiner Nase kalt werden. Nachdem, was gestern passiert ist, bin ich mir nicht sicher, wie ich ihm gegenübertreten soll. Doch Oma sieht mich erwartungsvoll an.

»Könntest du das für mich erledigen, Liebes? Ich würde es ja selbst machen, aber mit meinem Rücken ...« Sie zieht eine Grimasse, die verdeutlichen soll, dass sie wirklich nicht in der Lage ist, sich darum zu kümmern.

»Vielleicht rufen wir jemand anderen?«, versuche ich, eine klägliche Gegenwehr, um den Lauf von Omas Gedanken zu ändern, aber sie schüttelt nur den Kopf. »Es gibt doch sicherlich genügend andere Handwerker in der Gegend ...«

Doch sie schüttelt nur den Kopf. »Ach, Kind, heutzutage ist es schwer, einen guten Handwerker zu bekommen, und dann auch noch so kurzfristig. Enno ist ideal für diese Aufgabe. Er ist handwerklich geschickt und wohnt gleich um die Ecke.«

»Aber Oma, muss es denn unbedingt Enno sein?«, versuche ich noch einmal, obwohl ich weiß, dass Omas Entscheidungen selten umkehrbar sind.

»Nein, geh zu Enno. Aber stürme nicht wieder hinein, sonst denkt er, du bist unerzogen.«

Ich glaube, unerzogen ist das Einfachste, was Enno von mir denken könnte. Aber ich werde Oma sicher nicht von all unseren Begegnungen erzählen.

»Los, Thea. Warum bist du so langsam? Ich erkenne dich gar nicht wieder«, drängt sie mich.

»Okay, ich mach's«, gebe ich schließlich nach, wenn auch nur ungern. »Ich gehe dann mal rüber und frag Enno, ob er uns helfen kann.«

Oma lächelt zufrieden. »Danke, Thea. Das wäre wirklich wunderbar.«

Mit einem tiefen Atemzug schlendere ich zu Ennos Haus. Nun, letztlich bin ich kein Kind mehr, das sich auf dem Dachboden versteckt, und als Kind habe ich mich ohnehin nie versteckt. Man muss den Problemen mutig ins Auge blicken, selbst wenn man sich am Tag zuvor bis auf die Knochen blamiert hat.

Je näher ich seinem Zaun komme, desto angespannter werde ich. Mein Herz klopft unregelmäßig. »Nur ein kleiner Gefallen«, sage ich mir immer wieder.

Mit zittrigen Fingern betätige ich die Klingel an Ennos Haustür, mein Herz schlägt mir bis zum Hals. Nach einem Moment, der mir wie eine Ewigkeit vorkommt, höre ich Schritte von innen. Die Tür öffnet sich schwungvoll, und vor mir steht Milena. Als sie mich sieht, geht ihr Gesicht sofort in einem freudigen Lächeln auf.

»Hallo, Thea!«, ruft sie aus, als hätte sie nichts Sehnlicher erwartet als meinen Besuch. Ihre kindliche Begeisterung wärmt mein Herz ein wenig, doch ehe ich darauf reagieren kann, tritt eine Gestalt aus dem Schatten des Flurs.

Milenas Mama, diese wunderschöne Frau, stampft hinter ihrer Tochter hervor. Ob ich überrascht bin? Nein, tatsächlich fühle ich mich sogar eher erleichtert. Jetzt, da ich sie in Ennos Haus zusammen sehe, Milena und diese Frau, die so fürsorglich wirkt, glaube ich zu wissen, wo ich stehe.

Jetzt bin ich fest davon überzeugt, dass diese wunderschöne Frau Ennos Ehefrau sein muss. Diese Gewissheit erleichtert mich ungemein, denn weitere Bedenken sind nun unnötig. Er hat jemanden in seinem Leben, also wird er sich wahrscheinlich nicht an die kleinen Peinlichkeiten von gestern erinnern und nachhaken, ob mein merkwürdiges Verhalten üblich für mich ist.

Und den ungeschickten Kuss ... nun, den wird er sicherlich auch vergessen haben.

Kapitel 20
Thea

»Hallo Thea!«, ruft Milena mit einem strahlenden Lächeln aus, als sie die Tür öffnet. Sie trägt einen Pyjama und ihr Gesichtsausdruck wandelt sich blitzschnell von Überraschung zu unverhohlener Freude, sobald sie mich sieht. »So begegnen wir einander wieder!«

»Ja, das stimmt«, lächle ich und bin froh über die freundliche Begrüßung.

»Milena, Liebling, könntest du bitte ins Zimmer gehen und dich fertig anziehen?«, richtet sich die Frau an das Mädchen. Milena nickt verständnisvoll und hüpft davon.

»Guten Morgen«, starte ich zögernd. »Entschuldigung, dass ich so früh störe, aber ich muss mit Enno ... hm ... reden.«

Die Frau schenkt mir ein verständnisvolles Lächeln, das mich für einen Moment alles um mich herum vergessen lässt. »Kommen Sie doch herein.« Sie deutet mir, ihr zu folgen.

»Ich hoffe, ich störe nicht«, erwidere ich ihr Lächeln, denke aber insgeheim, dass ich wahrscheinlich doch störe. »Ich habe ein dringendes berufliches Anliegen an ihn.«

»Keine Sorge, Sie stören nicht. Enno wird sich sicherlich freuen, Ihnen zu helfen«, entgegnet sie, während wir den Ess- und Wohnbereich betreten. Der Raum, in den ich eintrete, ist durchflutet von sanftem Tageslicht, das durch große Fenster fällt und die moderne Einrichtung in warme Farben taucht. Der Duft von frischem Kaffee schwebt verführerisch in der Luft.

Seit dem Tod der Besitzerin vor einigen Jahren hat sich in diesen Räumen viel verändert. Wo einst dunkle Holzmöbel und schwere Vorhänge das Bild prägten, dominieren nun helle Farben und offene Gestaltungen das Ambiente. Es ist offensichtlich, dass jemand mit einem guten Gespür für Raumgestaltung am Werk war.

»Haben Sie ein Problem mit dem Dach?«, erkundigt sie sich, während wir uns am Küchentisch niederlassen.

»Nicht ganz«, antworte ich nervös. »Es geht um den Hühnerstall meiner Oma. Es gibt eine kleine Öffnung, durch die unser Hahn immer wieder entwischt. Wir dachten, Enno könnte vielleicht helfen, sie zu reparieren.«

Ihr Interesse scheint geweckt. »Das klingt nach einer Aufgabe, die genau in Ennos Bereich fällt. Er ist ziemlich geschickt in solchen Dingen.« Sie sieht mich aufmerksam an und gießt sich Kaffee ein. »Möchten Sie vielleicht auch eine Tasse?«, bietet sie freundlich an.

»Danke, ich hatte bereits mein Morgenkaffee«, lehne ich höflich ab, und kaum habe ich die Worte ausgesprochen, erscheint Enno in der Tür. Sein überraschter Blick, als er mich sieht, lässt mein Herz einen Schlag aussetzen.

»Enno, du hast Besuch von der Nachbarin«, sagt sie und in diesem Moment ertönt Milenas Stimme aus einem benachbarten Raum. »Mama, kannst du mir helfen, meine Haare zu machen?«, ruft sie ungeduldig.

»Natürlich, Schatz. Ich werde gefordert«, entschuldigt sie sich und verlässt den Raum, um Milena zu helfen. Enno und ich bleiben allein.

»Hallo, Sängerin«, lächelt er. »Du bist früh dran. Hast du mich vermisst?«

Sein Ton trifft mich wie ein kalter Schauer. Gestern, als er mich nach Hause gefahren hat, schien er mir beinahe greifbar und echt. Doch bei Tageslicht belebt er die Skepsis in mir neu. »Wenn du glaubst, ich hätte eine schlaflose Nacht deinetwegen, dann überschätzt du dich maßlos«, kontere ich scharf.

»Aber du bist trotzdem hier. Ist dein Knöchel schon verheilt?«

»Fühlt sich schon viel besser an«, nicke ich.

Enno geht gefährlich nah an mich heran. Sein Blick, so direkt und durchdringend, lässt mich kurz stocken. Er trägt ein T-Shirt und Shorts, seine feuchten, dunklen Haare umrahmen seine Stirn, und auf seinen Lippen liegt jenes Lächeln, das etwas in mir zusammenzieht, was sich einfach nicht lösen will.

Ich mache einen Schritt zurück, um Distanz zwischen uns zu bringen, und hebe herausfordernd das Kinn. »Keine Ahnung, was du vorhast, deine ... Frau ist im Nebenzimmer«, erinnere ich ihn mit eisigem Tonfall.

»Meine was?«

Ich spüre, wie mein Ärger steigt.

»Freundin, Partnerin oder was auch immer. Mich interessiert es nicht«, fahre ich fort, »aber vielleicht solltest du dich lieber auf sie konzentrieren, statt auf andere Frauen.«

Enno lacht nur, ein tiefes, raues Lachen, das mich noch wütender macht. Ich spüre, wie die Hitze in mir aufsteigt.

»Du scheinst sehr interessiert an meinem Beziehungsstatus zu sein. Sicher, dass du nicht doch ein kleines bisschen eifersüchtig bist?«

Ich presse die Lippen zusammen, mein Ärger brodelt. »Eifersüchtig? Auf dich? Bitte, mach dich nicht lächerlich.«

»Du bist amüsant. Weißt du das?« Enno beugt sich vor und platziert geschickt seine Hände auf den Tisch, jeweils rechts und links von mir, sodass ich zwischen ihm und der Tischoberfläche eingeschlossen bin. Ich lasse mich nicht von ihm verunsichern und schlüpfe unter seinem Arm hindurch, um freizukommen.

»Wenn du ein polygamer Kerl bist, dann ist das deine Sache. Mich geht das nichts an.«

»Ganz und gar?«

»Ganz und gar.«

»Schade, ich dachte, wir könnten über Polygamie diskutieren. Ein faszinierendes Thema, findest du nicht?«

»Das einzige Faszinierende hier ist, wie du es schaffst, so unsympathisch zu sein.« Mein Herz klopft wild, vor Ärger oder etwas anderem, das ich nicht zugeben will.

»Unsympathisch, hm? Ich hätte eher gedacht, der gestrige Kuss hat uns einander nähergebracht.«

»Der gestrige Kuss war ein Fehler«, werfe ich entschieden ein.

Enno neigt den Kopf, ein schiefes Lächeln umspielt seine Lippen. »Ein Fehler, den du gemacht hast, oder einer, den wir beide genossen haben?«

»Bilde dir nichts darüber ein. Ich bin ausgerutscht und habe versehentlich deine Wange mit meinen Lippen gestreift«, knurre ich. Mein Fokus bleibt direkt auf ihn gerichtet, und ich bemühe mich, das heftige Klopfen meines Herzens zu überhören.

»Nun, ich denke, der Kuss war kein Fehler. Und wenn, sind Fehler doch die interessantesten Teile des Lebens. Meinst du nicht auch?« Er lehnt sich lässig gegen den Tisch, als wäre dies ein gewöhnliches Gespräch unter alten Freunden.

»Deine Philosophie interessiert mich nicht. Und jetzt, wenn du mich entschuldigst, ich habe Besseres zu tun, als hier mit dir zu streiten.«

Ich drehe mich um und gehe zügig zur Tür. Mein Herzschlag dröhnt immer noch laut in meinen Ohren. Ennos Lachen verfolgt mich. Im Flur atme ich tief durch. Warum lässt er mich nicht kalt? Warum berührt mich seine Provokation so sehr?

»Warum bist du überhaupt gekommen?«, höre ich ihn noch rufen. Ich murmle ein genervtes »Verdammt« vor mich hin. Warum eigentlich? Wegen des blöden Hühnerstalls ...

Kapitel 21
Enno

Dorothea kehrt in den Raum zurück. Etwas an ihr fasziniert mich. Vielleicht ist es das Feuer in ihren Augen, das jedes Mal aufflammt, wenn wir aneinandergeraten. Sie ist amüsant, auf eine Art und Weise, die ich bei niemand anderem kenne. Man weiß nie bei ihr, was als Nächstes kommt, und das macht's spannend.

»Also, du hast es dir anders überlegt?« Ich verschränke die Arme vor der Brust und betrachte sie aufmerksam.

»Meine Oma hat mich geschickt.« Ihre Stimme klingt fester, als ich es erwartet hätte. »Es geht um den Hühnerstall.«

Ich nicke, signalisiere ihr, fortzufahren.

»Wir haben herausgefunden, warum Geralt immer wieder entkommt.« Ich merke, wie sie sich bemüht, gefasst zu bleiben. »Es gibt eine kleine Öffnung in der Rückwand, ein offenstehendes Loch.«

»Aha. Und du dachtest, ich könnte dabei helfen, das zu reparieren?«

»Genau.«

»Okay, klingt, als ob ich da mal vorbeischauen sollte.«

»Wäre nett«, gibt sie zurück.

»Ich schaue mir das nachher an. Sag deiner Oma, ich komme im Laufe des Vormittags vorbei.«

Sie sieht mich an, als würde sie überlegen, ob sie mir trauen kann. Dann nickt sie. »Danke, Enno.«

»Kein Ding. Wirst du denn auf mich warten?«

Ihre Augen rollen so theatralisch, dass ich beinahe lachen muss.

»Behalt dein charmantes Lächeln für jemanden, der's ernst mit dir meint, Enno. Das könnte dir mal nützlich sein.«

»Ich werde es mir merken. Und falls du Lust hast, uns mit deiner Gesangskunst zu beglücken, nur zu.« Ich grinse provokant.

»Idiot«, kontert sie scharf und zischt dann an mir vorbei, so schnell, dass ich kaum Zeit habe, zu reagieren. Beinahe rennt sie Lucy über den Haufen, die gerade mit Milena aus ihrem Zimmer kommt.

»Oh, gehst du schon?«, fragt Milena mit Bedauern. »Ich wollte nach dem Frühstück meine Lieblingszeichentrickfilme anschauen und wollte dich fragen, ob du mitgucken magst.«

Dorothea hält inne, offensichtlich unschlüssig. Ihr Blick wandert von Lucy zu Milena und dann zurück zu mir. Sie scheint zu überlegen, dann zuckt sie mit den Schultern und ein flüchtiges Lächeln huscht über ihr Gesicht.

»Vielleicht ein anderes Mal«, sagt sie schließlich.

Milena wirkt ein wenig enttäuscht. »Okay, dann beim nächsten Mal.«

Dorothea murmelt ein halbherziges »Tschüss, bis dann« und verschwindet durch die Tür. Ich schüttle den Kopf und muss einfach herzlich lachen.

»Was war denn das?« Lucy wirft mir einen fragenden Blick zu.

»Ach, nur ein wenig Kabbelei mit unserer Nachbarin.« Ich zucke mit den Schultern. »Ich glaube, ich habe soeben einen Hühnerstall zu reparieren versprochen.«

Lucy schüttelt amüsiert den Kopf. »Das wirst du schon meistern, Bruderherz.«

»Sicher«, erwidere ich grinsend. »Wie schwer kann es schon sein, ein paar Bretter zusammenzunageln?«

Milena blickt zu mir auf. »Kann ich helfen, Onkel Enno? Ich kann schön malen! Vielleicht können wir den Hühnerstall bunt anmalen!«

Ich hebe eine Augenbraue. »Ich weiß nicht, Milena. Ob das den Nachbarinnen so gefallen wird?«

»Aber Thea wird sich bestimmt darüber freuen! Ich werde ihr das einfach vorschlagen«, lässt sich Milena nicht bremsen. Sie und Dorothea scheinen sich seit der gestrigen Aktion am Strand nahe gekommen zu sein.

»Na gut«, gebe ich nach. »Wenn Dorothea einverstanden ist, warum nicht?«

Lucy lacht. »Ich sehe schon, das wird ein Projekt für die ganze Familie.«

»Ich male ein paar Bilder, die ich dann Thea zeigen kann«, verkündet Milena fröhlich und eilt los, um ihre bunten Ideen zu zeichnen.

Lucy blickt kurz zur Tür, durch die ihre Tochter gerade verschwunden ist, schlendert zur Küchenanrichte und gießt sich in ihre Tasse Kaffee nach. »Dorothea scheint ganz nett zu sein, wenn man mal von eurem Geplänkel absieht.«

»Sie hat Feuer. Das gefällt mir.«

»Worum ging es?«

»Stell dir vor, Dorothea denkt, du bist meine Frau und Milena unsere Tochter.«

Lucy verschluckt sich fast vor Überraschung und hustet.

»Was?«, bringt sie zwischen zwei Husten hervor. Ihre Augen sind vor Ungläubigkeit weit aufgerissen.

Ich reiche ihr ein Stück Küchenrolle, um den verschütteten Kaffee aufzuwischen. »Ja, wirklich. Sie denkt das tatsächlich.«

Lucy nimmt das Papier, wischt die Flecken weg und schüttelt den Kopf. »Und, hast du sie aufgeklärt?«

»Na ja, es kam irgendwie nicht dazu ...«, gestehe ich und zucke mit den Schultern.

Lucy sieht mich an, als hätte ich gerade den Verstand verloren. »Enno, bitte sag mir, dass du sie aufklären wirst. Das ist doch verrückt.« Sie wirft mir einen vorwurfsvollen Blick zu.

»Klar«, versichere ich, ein wenig unsicher, wie ich das Thema bei nächster Gelegenheit ansprechen soll. »Ich dachte nur, es wäre offensichtlich.«

Lucy seufzt und schüttelt den Kopf. »Offensichtlich ist hier gar nichts. Das arme Mädchen ... Jetzt wird mir klar, warum sie so fluchtartig davongestürmt ist. Du musst das klären, Enno. Bevor es noch mehr Missverständnisse gibt.«

Meine Schwester hat natürlich recht, doch irgendwie finde ich Gefallen daran, Dorotheas Reaktionen zu deuten. Sie mag zwar behaupten, gleichgültig zu sein, doch ihre Blicke und ihr Auftreten sprechen Bände. Gleichgültigkeit sieht definitiv anders aus!

»Na gut, ich werde mit ihr reden. Versprochen«, sichere ich zu.

Lucy lächelt zufrieden und nimmt einen vorsichtigen Schluck von ihrem Kaffee. »Gut so. Wir wollen doch nicht, dass unser Nachbarschaftsfrieden wegen einer solchen Verwechslungsgeschichte leidet.«

»Das wollen wir natürlich nicht«, pflichte ich ihr bei. »Okay, ich mach' mich dann mal an den Hühnerstall. Die Arbeit schläft nicht.«

»Als ob du dich jemals vor der Arbeit gedrückt hättest«, neckt mich Lucy und winkt mir zum Abschied. »Und denk daran, mit Dorothea musst du noch ein ernstes Wörtchen reden. Nicht, dass sie noch denkt, du führst ein Doppelleben.«

Ihr Lachen schallt mir nach, als ich die Küche verlasse. Lucy hat vollkommen recht. Ich sollte ein klärendes Gespräch mit Dorothea führen, doch irgendwie haben unsere kleinen Scharmützel jeden Tag ein bisschen aufregender gemacht.

Kapitel 22
Enno

Kaum habe ich einen Fuß vor die Tür gesetzt, höre ich Milenas Stimme hinter mir. »Warte, Onkel Enno!« Sie rennt aufgeregt auf mich zu.

»Ich möchte mitkommen und mir Theas Hühnerstall ansehen!«, erklärt sie atemlos. »Es wäre so schön, mal Hühner zu sehen. Außerdem habe ich was gemalt.« Sie hält mir stolz ein Blatt Papier entgegen, auf dem bunte Skizzen von einem Hühnerstall zu sehen sind, der mehr einem Märchenschloss gleicht als einer Unterkunft für Federvieh. »Ich möchte meine Ideen Thea zeigen.«

Ihr Enthusiasmus ist ansteckend, und trotz aller Bedenken stimme ich zu. »Na gut, dann lass uns gehen. Aber wir müssen Thea erst fragen, ob es in Ordnung ist«, wiederhole ich und wir machen uns auf den Weg zum Haus der Nachbarin.

Milena hüpft neben mir her. Als wir Theas Haus erreichen, drücke ich die Klingel. Doch bevor der Ton verklungen ist, hören wir Dorotheas Oma von drinnen rufen: »Wir sind draußen. Das Tor steht offen!«

Ein schneller Blick zu Milena, die vor Vorfreude zappelt, genügt, bevor ich das Tor öffne und wir eintreten. Wir folgen dem Klang der Stimme, die uns in den Garten führt. Das Gras ist vom Morgentau noch leicht feucht, und die Sonne wirft warme Strahlen auf den kleinen, aber gepflegten Garten voller Blumen, Apfel- und Kirschbäumen. Milena kann ihre Aufregung kaum zügeln und läuft ein paar Schritte voraus. Ihre Augen suchen neugierig nach den Hühnern.

»Enno, guten Tag«, begrüßt mich meine Nachbarin, Doris Römer, mit einem Lächeln und wischt sich die Hände an ihrer Schürze ab. Sie hat offensichtlich gerade im Garten gearbeitet und hält ein paar Gartenwerkzeuge in der anderen Hand.

»Hallo, Doris. Schön, dich zu sehen«, erwidere ich und nicke in Richtung Milena, die sich bereits eifrig umsieht, »Ich habe Verstärkung mitgebracht.«

Doris' Blick folgt meinem hin zu Milena. »Und wer ist dieses junge Fräulein?«, fragt sie interessiert.

»Das ist Milena«, erkläre ich. »Sie ist ganz begeistert von der Idee, den Hühnern ihr Zuhause bunter zu gestalten. Sie hat sogar einige Skizzen für den Hühnerstall mitgebracht.«

Milena nickt stolz.

»Das ist wunderbar! Wir können jede Hilfe gebrauchen«, freut sich Doris und lächelt Milena an. »Komm, ich zeige dir den Hühnerstall.«

Wir folgen Doris durch den Garten, vorbei an blühenden Beeten, bis wir den Hühnerstall erreichen. Die Hühner laufen frei herum, und Geralt spaziert majestätisch zwischen ihnen umher.

Milena beobachtet fasziniert das Treiben. »Kann ich die Hühner füttern?«

Doris lächelt und schüttet ihr liebevoll etwas Hirse in die Hand. Milena streut es vorsichtig auf den Boden, und die Hühner, angelockt von der Futtergabe, beginnen eifrig zu picken.

Während Milena sich mit den Hühnern vergnügt, lässt Doris mich den Schaden begutachten. Einige Bretter sind lose, und an einer Stelle klafft tatsächlich eine Öffnung. Kein Wunder, dass Geralt immer wieder ausbüxt.

»Ich dachte mir schon, dass es nicht allzu schlimm sein kann.« Ich knie mich hin, um das Ausmaß besser einschätzen zu können. »Ein paar neue Bretter, ein bisschen Arbeit, und es sollte wieder sicher sein.«

Doris nickt zufrieden. »Ich freue mich, dass du so schnell helfen kannst, Enno.«

»Kein Problem, Doris. Wir kriegen das hin«, versichere ich ihr und stehe wieder auf. »Ein paar Bretter, etwas Draht und ein paar stabilere Scharniere sollten das Problem lösen. Ich habe das meiste Werkzeug schon im Haus wegen der Renovierung. Es müssen nur noch ein Holzschutzmittel, ein paar robuste Bretter und vielleicht noch zusätzliche Nägel und Draht aus dem Baumarkt geholt werden, dann kann ich auch schon loslegen.«

Doris nickt, sichtlich erleichtert, dass die Reparatur machbar ist. »Das klingt wunderbar, Enno. Ich wusste, dass wir auf dich zählen können. Mit Netflix hast du mir damals auch gut geholfen.«

»Wo ist denn Thea? Ich habe etwas für sie gemalt«, meldet sich Milena zu Wort.

»Oh, Thea ist dort hinten am Kirschbaum. Sie pflückt gerade Kirschen.« Doris deutet in die Richtung des Gartens, wo ein prächtiger Kirschbaum voller roter Früchte steht.

Milena sieht sich kurz um und sprintet los. »Thea!«, ruft sie aus der Ferne, aber Dorothea, die auf einer Leiter steht und sich auf die oberen Äste konzentriert, scheint sie nicht zu hören.

Ich folge Milena mit den Augen und sehe, wie Dorothea geschickt von Ast zu Ast greift, um die besten Kirschen zu erwischen. Sie bewegt sich mit einer Leichtigkeit, die mich erstaunt — ihr Knöchel muss inzwischen gut verheilt sein, wenn sie so flink eine Leiter erklimmen und sogar ein wenig darauf herumtanzen kann. Ihr Anblick bringt mich zum Schmunzeln.

»Thea!«, ruft Milena wiederholt, doch Dorothea bleibt unbeeindruckt von ihren Rufen, vertieft in ihre Kirschpflückaktion. Milena wirkt ein wenig frustriert und blickt sich Hilfe suchend um.

Ich gehe auf sie zu, und als ich mich dem Baum nähere, fällt mir auf, dass Dorothea Kopfhörer trägt, die an ihr Handy gestöpselt sind, was erklärt, warum sie Milenas Rufe nicht hört. Die Musik muss wohl ihre ganze Aufmerksamkeit beanspruchen. Tatsächlich kann ich die Klänge, die durch die Dämpfung dringen, bis nach unten hören. Sie wippt mit dem Bein im Takt zur Musik und singt hin und wieder mit. Sie sieht wunderschön dabei aus und ich nutze den Augenblick, um sie zu betrachten.

Für jede Kirsche, die sie in den Korb legt, steckt sie sich eine andere in den Mund, genießt den süßen Geschmack und spuckt dann geschickt den Kern auf den Boden. Bei diesem Anblick muss ich unwillkürlich schmunzeln.

Ich greife nach ein paar heruntergefallenen Kirschen vom Boden und werfe sie sanft in ihre Richtung. Die ersten paar Würfe verfehlen ihr Ziel, aber schließlich landet eine Kirsche genau so, dass sie aufblickt.

Sie zieht einen Kopfhörer ab und schaut verdutzt in unsere Richtung. Kurz treffen ihre Augen meine.

»Enno? Hast du gerade Kirschen auf mich geworfen?«, fragt sie mit einem Stirnrunzeln.

»Äh, ja«, gebe ich zu, und versuche, mein Grinsen zu unterdrücken. »Es schien der einzige Weg zu sein, um durch die Musik in deinen Ohren durchzudringen.«

Sie erwidert nicht und wendet sich an Milena.

»Oh, Milena!«, ruft sie daraufhin, als sie meine Nichte neben mir entdeckt, und beginnt, die Leiter herunterzusteigen, wobei sie mich geschickt ignoriert. Ich muss über ihre Reaktion lächeln. Ist sie immer noch verärgert wegen unseres letzten Aufeinandertreffens? Oder hat sie tatsächlich beschlossen, dass ich aus irgendeinem Grund nicht ihrer Aufmerksamkeit würdig bin? Vielleicht hat sie sich in den Kopf gesetzt, dass ich bereits vergeben bin und sieht mich jetzt als den typischen Nachbarsjungen, der nicht der Mühe wert ist. Wie auch immer, ich halte ihre offensichtliche Gleichgültigkeit für amüsant.

Dorothea landet geschickt auf dem Boden und Milena streckt ihr das Blatt entgegen. »Ich habe etwas für den Hühnerstall gemalt! Schau mal!«, präsentiert sie aufgeregt ihre kunterbunten Ideen.

Dorothea nimmt sich die Zeit, um die Zeichnung genau zu betrachten. Ihre Augen leuchten auf, als sie den kreativen Vorschläge sieht. »Das ist ein fantastischer Entwurf, Milena! Du hast dir wirklich viel Mühe gegeben. Ich bin beeindruckt.«

»Enno hat gesagt, wir könnten vielleicht den Stall anmalen, wenn du einverstanden bist«, fügt Milena schnell hinzu und blickt kurz zu mir herüber, als wolle sie meine Unterstützung suchen.

Dorothea mustert mich prüfend. »Ist das so?«

Ich nicke.

»Nun, ich denke, das können wir bestimmt machen. Es wird den Hühnern sicher gefallen, in einem so farbenfrohen Zuhause zu leben«, beschließt Dorothea und wendet sich wieder Milena zu, deren Gesicht vor Freude strahlt.

»Thea, wir brauchen noch ein paar Dinge aus dem Baumarkt für die Reparatur des Hühnerstalls«, verkündet Doris, die gerade um die Ecke kommt. »Einige Bretter, Scharniere und vielleicht noch ein wenig Farbe.«

Dorothea nickt verständnisvoll. »Kein Problem, ich kann das besorgen. Ich bin ohnehin mit dem Auto hier.«

Doris schaut skeptisch. »Liebes, hast du deinen Aygo mal gesehen? Wo willst du da die Bretter hinlegen? Das wird ein kleines Kunststück.«

»Ich wollte eh noch ein paar Sachen für die Renovierung holen und hatte vor, zum Baumarkt zu fahren. Ich kann Dorothea mitnehmen«, biete ich mich an.

Dorothea schnaubt. »Ich schätze die Hilfe wirklich, aber ich dachte daran, allein zu fahren.«

»Es wäre aber viel praktischer, wenn Enno dich mitnimmt«, meint Doris. »Als Handwerker hat er Erfahrung, weiß genau, was gebraucht wird und kann dir helfen, die schweren Bretter zu verladen.«

»Genau, und in meinem Wagen ist genug Platz für alles«, ergänze ich.

Dorothea beißt sich nachdenklich auf die Lippe. »Na gut! Ich sehe schon, dass ich gar keine andere Wahl habe.«

Doris lächelt zufrieden. »Wunderbar! Dann ist das geklärt. Ihr zwei macht das zusammen und sorgt anschließend mit Milena dafür, dass unser Hühnerstall das schönste Zuhause weit und breit bekommt.«

»Wir werden den Hühnerstall ganz schön bunt anmalen!«, bestätigt Milena zufrieden.

Plötzlich ertönt ein lauter Kikeriki, und Geralt, mit dem unverkennbaren Federkleid, stolziert ein paar Schritte zu weit vom restlichen Geflügel weg, als gedenke er schon wieder auszubrechen.

»Geralt, du kleiner Schlawiner, wehe, du gedenkst schon wieder auszubrechen«, schimpft Doris und eilt davon, um sicherzustellen, dass der Hahn nicht wieder seine Ausbruchsversuche startet.

»Also, Dorothea«, sage ich und mache mich mit Milena auf zum Gehen, »sei in einer Stunde bereit. Dann fahren wir los.«

An der Türschwelle drehe ich mich noch einmal um und füge leise hinzu:

»Mach Oma bitte keine unnötigen Sorgen. Sie vertraut mir.« Dorothea rollt mit den Augen, und ich verlasse das Haus, bemüht, mein Lachen zu unterdrücken.

Die Fahrt wird bestimmt interessant. Vorausgesetzt natürlich, einer von uns kommt lebend zurück.

Kapitel 23
Thea

»Oma, soll ich nicht doch lieber allein fahren?«, rufe ich meiner Großmutter zu. »Bis Enno zurück ist und wir losfahren, hätte ich das bereits erledigt.«

Tief in mir brodelt der Ärger. Ich kann diesen Kerl einfach nicht ausstehen, und jetzt muss ich auch noch mit ihm Zeit verbringen? Oma besteht darauf, dass wir dieses Projekt gemeinsam angehen sollen.

»Thea Schatz, stell dich nicht so an«, sagt Oma mit einem liebevollen Lächeln und tätschelt mir aufmunternd die Wange, so wie sie es schon getan hat, als ich noch ein Kind war. »Du kennst dich nicht aus, der nächste Baumarkt ist zwanzig Kilometer entfernt, und Enno weiß genau, welche Materialien wir benötigen. Außerdem kann er dir beim Verladen der schweren Bretter helfen. Es ist doch praktisch, jemanden dabei zu haben, der sich auskennt.«

Ich presse die Lippen zusammen, nicht bereit zuzugeben, dass Omas Argumente durchaus Sinn ergeben. Sie ist die einzige Person, gegen die ich trotz aller Versuche einfach nicht ankomme, obwohl ich es immer wieder versuche. Denn auch sie hat einen starken Charakter.

Resigniert klettere ich die Leiter langsam wieder hoch, um meine Arbeit fortzusetzen, und Oma wendet sich der Gartenarbeit zu. Die leckeren Kirschen bieten mir einen kleinen Trost, versüßen mir wortwörtlich den bitteren Gedanken an die bevorstehende Fahrt.

Doch je mehr ich versuche, mich auf die Kirschen zu konzentrieren, desto mehr kreisen meine Gedanken um Enno. Was genau stört mich so an ihm? Ist es seine Art, wie er mit dieser selbstsicheren Ruhe durch die Welt geht, oder dass Oma ihn offensichtlich mehr schätzt als meine Skepsis ihm gegenüber?

»Hi Thea!«, höre ich Johannas Stimme. Ich blicke hinunter und sehe das aufmunternde Lächeln meiner Freundin.

»Hey Johanna. Was führt dich hierher?«

Johanna bleibt am Fuße der Leiter stehen und schaut skeptisch zu mir hoch.

»Olli hat erzählt, was passiert ist. Gestürzt und den Knöchel verstaucht, hm? Und jetzt turnst du schon wieder auf Bäumen herum. Sieht so aus, als wäre es dir doch nicht so schlecht ergangen.«

Ich klettere die Leiter langsam wieder hinunter. »Ach, es war wirklich nichts Ernstes. Nach etwas Ruhe fühle ich mich wieder fit«, winke ich ab und lande sicher auf dem Boden. »Magst du einen kühlen Eistee?«

»Oh ja, das klingt perfekt«, antwortet Johanna und folgt mir in die Küche.

Ich bereite schnell zwei Gläser Eistee zu, komplett mit Eiswürfeln und einem Spritzer Zitrone für den extra Frischekick. Mit den gefüllten Gläsern in den Händen steuern wir einen gemütlichen Platz im Schatten auf der Terrasse an.

Wir lassen uns auf die weichen Kissen der Gartenmöbel nieder, die kühle Brise wiegt die Hitze des Tages etwas auf. Johanna nimmt einen tiefen Schluck von ihrem Eistee, schließt genüsslich die Augen und seufzt zufrieden.

»Das ist genau das Richtige gerade«, meint sie und öffnet die Augen wieder.

Ich nicke und genieße ebenfalls den kühlenden Effekt des Getränks.

»Ich bin eigentlich vorbeigekommen, um dich für heute Abend einzuladen. Tobi veranstaltet eine Poolparty«, erklärt sie. »Ich dachte, du hättest vielleicht Lust, zu kommen.«

Ich lehne mich zurück, die Idee einer Party klingt verlockend, vor allem jetzt. »Das kommt mir gelegen. Ich könnte wirklich eine Pause von Enno gebrauchen. In letzter Zeit scheint mir dieser Kerl überall über den Weg zu laufen, dabei will ich eigentlich nichts mit ihm zu tun haben.«

Johanna setzt ihr Glas ab und sieht mich überrascht an. »Was ist denn mit Enno?«

Kurz erzähle ich ihr von Omas Plan, Enno und mich für die Reparatur des Hühnerstalls zusammenzubringen, und dass er mich in ungefähr einer Stunde abholen wird. »Dieser Kerl hat eine Frau und ein Kind und flirtet auch noch mit mir. Ich verstehe einfach nicht, was Oma sich dabei denkt.«

Johanna nickt verständnisvoll. »Ja, die Party ist definitiv eine gute Ablenkung. Und wer weiß, vielleicht magst du einen von Tobis Freunden kennenlernen. Sie sind definitiv Single.«

Ich möchte das Thema nicht weiter vertiefen, besonders weil Oma in der Nähe hantiert und etwas hören könnte, was nicht für ihre Ohren bestimmt ist. Das Letzte, was ich brauche, sind hundert Fragen zu meiner Beziehung — oder besser gesagt Nichtbeziehung — zu Enno.

Johanna und ich plaudern eine Weile, bevor kurz vor zwölf ein

Autohupen von draußen ertönt. Ich seufze tief und werfe einen Blick auf meine Freundin.

»Er ist pünktlich«, stellt Johanna fest. »Lauter Vorteile!«

»Du bist genauso wie Oma«, murmle ich mit leichtem Unmut und erhebe mich widerstrebend.

»Vielleicht«, gibt sie zu und steht ebenfalls vom Stuhl auf. »Gib ihm doch eine Chance. Wer weiß, vielleicht überrascht er dich ja positiv.«

Ich rolle mit den Augen. Als ob sie sich alle gegen mich verschwört haben.

Also gut, wir fahren einfach zum Baumarkt, holen die benötigten Teile, und das war's. Knappe zwei Stunden in seiner Gesellschaft werde ich irgendwie überstehen. Wenn er allerdings wieder mit seinen albernen Witzen anfängt, dann werde ich mit ihm nie wieder ein Wort reden. Das habe ich gerade beschlossen und fühle mich sogar etwas besser.

Ich hole meine Handtasche und begleite Johanna nach draußen. Auf dem Weg durch den Garten laufen wir an Oma vorbei, die gerade damit beschäftigt ist, einige Kräuter zu schneiden.

»Hallo, Großmutter Doris«, grüßt Johanna herzlich und bleibt kurz stehen, um ein paar Worte zu wechseln. »Wie geht es Ihnen heute?«

Oma Doris blickt auf. »Ach, Johanna, immer eine Freude, dich zu sehen. Mir geht es gut, danke der Nachfrage. Und dir?«

»Danke, auch gut. Ich bin hier, um Thea zu einer Poolparty einzuladen. Sie könnte sicher ein wenig Ablenkung gebrauchen.«

»Das klingt nach einer wunderbaren Idee«, heißt Oma das Vorhaben gut. »Thea muss sich definitiv entspannen. Sie arbeitet entschieden zu viel.«

»Keine Sorge«, entgegnet Johanna, »wir werden auf jeden Fall Spaß haben.«

Sie verabschieden sich mit einem herzlichen »Bis bald!« und wir treten gemeinsam durch das Gartentor. Draußen empfängt uns erneut Ennos ungeduldiges Hupen.

»Möchte er die ganze Nachbarschaft aufwecken?«, werfe ich kopfschüttelnd ein.

Vor dem Haus lehnt Enno lässig an der Tür seines Autos und blickt erwartungsvoll in unsere Richtung. Als er Johanna sieht, hebt er die Hand zum Gruß.

»Hey, Johanna!«, ruft er mit einem breiten Lächeln.

Johanna erwidert den Gruß mit einem freundlichen Winken und wendet sich dann zu mir.

»Viel Erfolg heute«, wünscht sie, bevor sie sich auf den Weg macht.

»Fahren wir los?«, fragt Enno und stützt sich von der Autotür ab. Seine Stimme klingt dabei so selbstsicher, dass es fast rhetorisch wirkt.

»Du erinnerst dich daran, dass sie mich dazu gezwungen hat, oder? Es war nicht meine Idee, sondern Omas und deine.«

»Ich hatte eh vor, zum Baumarkt zu fahren«, entgegnet er locker und richtet sich auf, sodass er über mir zu thronen scheint. Ich frage mich, warum ich mich immer so klein und dumm fühle, wenn ich neben ihm stehe.

Er lächelt erneut, ein Lächeln, das etwas in mir zum Schwingen bringt, und öffnet mir galant die Tür. Ein Gentleman, schaut euch das an! Klar, gestern hielt er mir ebenfalls die Tür auf, aber da tat mir mein Knöchel weh.

Ich steige ein und mein Blick fällt unweigerlich auf seine Hände, die die Autotür halten. Ich bemerke die glatte Haut, die gut gebräunt ist, was für Dachdecker nicht ungewöhnlich ist, hervorstehende Adern, die unter der Haut pulsieren, und seine starken, langen Finger. Für einen kurzen Moment fange ich mich dabei, wie ich mir wünsche, diese Hände länger und genauer betrachten zu können, jede Einzelheit zu erforschen.

Ich schüttle den Kopf, um die unerwünschten Gedanken zu vertreiben, und schnalle mich an.

Also gut, lass uns diesen Tag hinter uns bringen.

Kapitel 24

Thea

Enno startet den Motor und das Auto setzt sich in Bewegung. Sofort wende ich mich nach draußen, um der drückenden Nähe zwischen uns zu entfliehen. Die vorbeiziehenden Straßen bieten eine Ablenkung, doch die Anspannung in meiner Brust will sich nicht wirklich lösen. Trotz allem bleibt Ennos Gegenwart eine unausweichliche Realität neben mir, die mir mehr zu schaffen macht, als ich zugeben möchte.

»Also, was brauchen wir alles?«, frage ich, um das Schweigen zu brechen und vielleicht auch, um meine ungewollten Gedanken zu unterdrücken.

»Nun, Bretter, Nägel, vielleicht ein paar Scharniere und natürlich Farbe. Ich dachte, du hättest vielleicht eine Vorstellung davon, wie der Stall am Ende aussehen soll?«

»Ich? Ich dachte, das ist dein Fachgebiet.«

»Komm schon, Dorothea. Auch Großstadtmenschen haben doch eine Vorstellung von Ästhetik.« Ein schiefes Grinsen umspielt seine Lippen.

Ich lasse seine Anmerkung unkommentiert und schaue stattdessen aus dem Fenster. »Ich dachte an etwas Schlichtes ... Vielleicht ein helles Blau oder Grün? Etwas, das den Hühnern gefällt.«

Enno lacht leise. »Du glaubst also, Hühner haben eine Farbpräferenz?«

»Wer weiß? Vielleicht sind sie wählerischer, als wir denken.«

Der Motor brummt sanft unter uns, und ich bemerke, wie Ennos Hände das Lenkrad sicher umfassen. Ich lehne mich zurück und versuche, mich zu entspannen. Eine innere Unruhe treibt mich jedoch kurz darauf dazu, das Schweigen zu brechen, und ich wende mich erneut Enno zu.

»Ich hätte nicht gedacht, dass deine ... Partnerin uns heute nicht begleitet. Ist sie zu beschäftigt mit dem Haushalt?«, lasse ich mit sarkastischem Unterton fallen und bin gespannt auf seine Reaktion, vielleicht sogar ein wenig zu sehr.

Enno wirft mir einen schnellen Seitenblick zu. »Partnerin?«, wiederholt er, und ich spüre, wie ich innerlich triumphiere. Vielleicht habe ich ja einen Nerv getroffen.

»Ja, deine Ehefrau. Oder ist sie *nur* deine Freundin?«, hake ich nach, und habe nicht vor, das Thema so schnell fallen zu lassen. Etwas in seiner Haltung sagt mir, dass ich auf dem richtigen Weg bin.

Enno klappt die Sonnenblende im Auto runter, damit ihn die Sonne nicht blendet.

»Hausdame, wirklich? Du hast interessante Vorstellungen von modernen Beziehungen, Dorothea.«

»Oh, ich dachte nur, es wäre höflich, sie zu informieren, dass ihr Mann eine fremde Frau mit zum Baumarkt nimmt. Oder ist sie etwa schon an Bord mit all deinen kleinen Abenteuern?« Oh, diese Fragen, die aus mir heraussprudeln, als kämen sie aus einem Füllhorn!

Enno lacht, ein tiefes, warmes Lachen, das durch das Auto

hallt. »Du bist wirklich einzigartig, Dorothea. Immer bereit, das Schlimmste zu denken.«

»Nun, klär mich auf. Hat sie kein Problem damit, dass du mit mir unterwegs bist?«, insistiere ich.

»Ach, Dorothea!« Er schüttelt den Kopf. »Du scheinst wirklich von dem Gedanken fasziniert zu sein, dass ich irgendein dunkles Geheimnis habe.«

»Nicht fasziniert, nur neugierig. Es gibt einen Unterschied«, korrigiere ich ihn schnell.

»Gut, dann lass es mich so ausdrücken: Unsere Beziehung basiert auf Vertrauen und gegenseitigem Verständnis.« Sein Tonfall ist leicht, spielerisch, und es ist offensichtlich, dass er meine Neugier eher amüsant findet.

»Vertrauen, hm? Sehr edel von euch«, gebe ich zurück und beiße mir auf die Unterlippe.

»Sehr edel«, bestätigt er. Mir scheint es, als macht er sich über mich lustig.

»Weiß sie, dass kürzlich jemand extra hergefahren ist, um dir zu sagen, was für ein Mistkerl du bist?«

Oh, bitte, kann mir jemand einen Knebel in den Mund stecken!

»Lucy weiß alles über mich, wir haben fast keine Geheimnisse«, und wieder klingt es in seiner Stimme, als würde Enno sich mit aller Kraft beherrschen, nicht zu lachen.

»Lucy ist ein schöner Name«, sage ich aufrichtig. »Und sie selbst ist auch hübsch. Keine Schauspielerin zufällig?«

Enno lacht unaufhörlich und schüttelt den Kopf, während er von der Landstraße auf die Autobahn abbiegt.

»Nein, sie ist Innenarchitektin. Sie versteckt ihre Schönheit zwischen Stoffmustern und Farbpaletten.«

»Und auch noch klug«, murmle ich niedergeschlagen und mir

wird plötzlich klar, warum Ennos Haus so modern und offen wirkt — kein Vergleich zu dem, wie es vorher bei Frau Grams ausgesehen hat. Offensichtlich war Lucys Talent als Innenarchitektin maßgeblich an der Gestaltung beteiligt.

»Eifersüchtig, wirklich? Das schmeichelt mir ja fast.«

»Übertreib nicht.«

»Du verleugnest es.«

»Langsam wird es monoton.«

»Ich bleibe dabei, bis du endlich ehrlich zu dir selbst bist.«

Das Ganze eskaliert zu schnell. Er ist vergeben, und trotzdem fordert er von mir eine Reaktion. Absurd!

»Ich möchte aussteigen.«

»Das kann ich nicht zulassen. Ich kann dich doch nicht einfach hierlassen; Doris würde mir den Kopf abreißen.«

»Ich will hier raus!« Ich betone jedes Wort, während ich Enno ansehe, als könnte ich ihn allein mit meinem Blick dazu bringen, anzuhalten.

»Nein, das geht nicht.«

»Du hältst mich fest? Sehr wohl, dann finde ich einen anderen Weg.«

Ich suche hektisch nach einem Weg, die Tür zu öffnen, getrieben von der verzweifelten Idee, aus dem fahrenden Auto zu entkommen.

»Sie ist verriegelt«, merkt Enno trocken an, doch ich gebe nicht auf.

»Dann zerstöre ich eben das Schloss«, protestiere ich.

»Du schaffst es nicht, das Auto zu beschädigen«, bleibt er ruhig.

Ich brodle innerlich, frustriert über seine überlegene Haltung.

»Deine Annahme, ich hätte Interesse an dir, ist lächerlich. Du bist mir vollkommen gleichgültig!«

»Wieder eine Lüge. Wann hörst du auf, dich selbst zu täuschen?«

Enno seufzt theatralisch, und ich spüre, wie mein Zorn wächst. Was für ein Albtraum! Seit unserem ersten Zusammentreffen komme ich nicht von ihm los, als wäre er eine Art Fluch.

»Lass es uns ohne Umschweife angehen«, schlägt er vor und biegt zum Parkplatz des Baumarktes ab. »Wir machen ein Geständnis nach dem anderen. Du gibst zu, dass du eifersüchtig bist, und ich verrate dir ein Geheimnis. Ein faires Spiel, nicht wahr, Dorothea?«

Er zieht meinen Namen in die Länge, was eine Gänsehaut bei mir auslöst.

»Und zu welchem Geständnis bist du bereit? Dass du immer zwei verschiedene Socken trägst, weil du nie ein passendes Paar findest, oder dass du heimlich *Gute Zeiten, schlechte Zeiten* schaust? Deine kleinen Geheimnisse interessieren mich nicht.«

»Ich denke, mein Geheimnis wird dir gefallen.«

Ich überlege einen kurzen Moment. »Also gut«, gebe ich nach. »Angenommen, ich wäre ein kleines bisschen ... neugierig, was du zu verbergen hast. Zufrieden? Aber ich warne dich, meine Antwort bleibt die gleiche: Eifersucht ist mir fremd.«

Ennos Lächeln verbreitert sich. »Sehr zufrieden. Und jetzt zu meinem Geheimnis ...«

Er macht eine dramatische Pause, und ich warte ungeduldig. »Ich bin absolut unfähig, Pflanzen jeglicher Art am Leben zu erhalten. Jeder Kaktus, den ich je besessen habe, ist elendig verendet.«

»Das ist es?«, entfährt es mir ungläubig, nachdem ich Ennos *Geheimnis* gehört habe. »Ich dachte, wir sprechen von echten Geständnissen, und du kommst mir mit deinem schwarzen Daumen?«

Enno zuckt unbeeindruckt mit den Schultern, sein Grinsen weicht nicht. »Ich dachte, ein bisschen Leichtigkeit könnte die Stimmung aufhellen.«

»Leichtigkeit?«, wiederhole ich und klammere mich an den letzten Rest meiner Geduld.

Enno parkt das Auto geschickt in eine Parklücke und schaltet den Motor aus. Dann wendet er sich mir vollständig zu.

»Mein Geheimnis ist: Lucy ist nicht meine Ehefrau.«

Stille.

»Freundin? Geliebte? Mutter deines Kindes?«

Bevor ich weiter fragen kann, beugt sich Enno vor und küsst mich. Nicht sanft oder zögerlich, sondern fordernd und intensiv, als wolle er mir jegliche Worte rauben. Instinktiv möchte ich mich ihm entziehen, mich wehren, doch gleichzeitig zieht etwas an mir. Genauso plötzlich löst er sich wieder.

»Du sprichst zu viel«, sagt er und lächelt, während seine Hand sanft meine Wange streift. »Lucy ist meine Schwester. Und ihre Tochter Milena ist meine Nichte.«

Kapitel 25
Enno

»Schwester und Nichte, also?«, wiederholt Dorothea, und in ihrem Gesicht arbeitet es. »Und du hast die ganze Zeit geschwiegen?«

»Ich konnte einfach nicht widerstehen, dich zappeln zu lassen«, gebe ich zu. »Immerhin bist du ja nicht eifersüchtig und findest mich auch nicht ansprechend, oder?«

Dorothea blickt mich nachdenklich an. »Ich muss zugeben, das ändert die Dinge ... ein bisschen.«

»Nur ein bisschen?«

»Nun, vielleicht auch ein bisschen mehr«, gibt sie zu und ein leichtes Lächeln umspielt ihre Lippen. »Ich bin überrascht von dem Kuss, muss ich sagen.«

»Ein guter oder schlechter Schock?«, erkundige ich mich, lehne mich etwas näher.

»Ich bin mir noch nicht ganz sicher ...«, antwortet sie, dieses Mal ist ihr Lächeln breiter. »Warum hast du mich überhaupt geküsst?«

»Impulsiv, aus Verlangen, um dir zu zeigen, dass da mehr ist, als nur Necken und Sticheln.« Ich beobachte ihre Reaktion.

»Und du denkst, das war der richtige Weg?«

»Wer weiß?« Ich zucke mit den Schultern. »Vielleicht war es der Beginn von etwas Neuem. Oder zumindest der Anfang, uns besser zu verstehen.«

Dorothea sieht mich an, als wäge sie ihre nächsten Worte sorgfältig ab. Dann atmet sie tief durch, und in ihren Augen blitzt etwas auf, das ich nicht ganz deuten kann. »Also gut, Mr. Impulsiv, lass uns diesen Baumarktbesuch hinter uns bringen. Doch eines möchte ich unmissverständlich festhalten — Eifersucht war nie Teil des Spiels. Ich hätte mich einfach nicht auf einen vergebenen Mann eingelassen. Das ist alles.«

»Natürlich nicht«, antworte ich und steige aus dem Auto. »Und ich möchte unmissverständlich festhalten, dass ich dir vermutlich mehr gefalle, als du zugeben willst.« Ein spielerisches Funkeln liegt in meinen Augen, als ich ihr die Hand reiche, um ihr aus dem Auto zu helfen.

Dorothea zögert kurz, dann ergreift sie meine Hand. »Vielleicht«, sagt sie verschwörerisch, »solltest du deine Energien besser auf die Auswahl der Farben und Materialien richten, als auf das Lesen von Gefühlen, die es nicht gibt.«

Ich lache auf, schließe das Auto ab, und nachdem wir einen Wagen geholt haben, machen wir uns auf den Weg zum Eingang des Baumarkts.

»Farben und Materialien also«, wiederhole ich nachdenklich, als wir den Baumarkt betreten. Die automatischen Türen öffnen sich mit einem leisen Summen, und uns schlägt die kühle Luft des gut klimatisierten Raumes entgegen. Wir steuern direkt die Holzabteilung an.

»Wir brauchen erst einmal stabiles Holz für die Reparatur«, erkläre ich und zeige auf einige Bretter, die für den Außenbereich geeignet sind. »Diese hier sind wetterbeständig. Sie halten länger, auch wenn sie dem Regen ausgesetzt sind.«

Dorothea nickt und sieht sich die Bretter genauer an. »Und wie erkennen wir, welche die besten sind?«

»Man schaut auf die Maserung und prüft, ob das Holz keine großen Risse oder Astlöcher hat«, erläutere ich und beobachte, wie Dorothea aufmerksam zuhört. Ihre Bereitschaft, zu lernen und sich einzubringen, beeindruckt mich.

Unvermittelt ertappe ich mich dabei, wie ich es genieße, mit Dorothea durch die Regale zu schlendern. Es beeindruckt mich, wie aufmerksam sie zuhört, und wie ihre Augen leuchten, voller Interesse und Neugier. Ihr offenes, ehrliches Lächeln, auf diesen markanten Lippen, erwischt mich jedes Mal unvorbereitet.

Nachdem wir die passenden Bretter ausgesucht haben, geht es weiter zu den Scharnieren und Nägeln. Mit den wichtigsten Materialien im Wagen schlendern wir schließlich zur Farbabteilung.

»Welche Farbe soll es sein? Hast du eine Vorstellung?«

Dorothea sieht mich nachdenklich an. »Etwas Helles vielleicht ... wie wäre es mit einem sanften Grün? Das passt zur Umgebung und Natur.«

»Grün ist eine gute Wahl«, stimme ich zu. Doch bei der einen Farbe bleibt es nicht. Dorothea kann sich am Ende nicht entscheiden und nimmt verschiedene Farbeimer mit.

Nachdem wir alles Nötige eingekauft haben, fahren wir zurück. Die Fahrt verläuft größtenteils schweigend, doch dieses Mal ist es eine angenehme Stille, unterbrochen nur von gelegentlichen Blicken, die wir austauschen. Der unerwartete Kuss zwischen uns scheint eine neue Art von Verbindung geschaffen zu haben. Wir steigen aus und gehen zum Kofferraum, um die Einkäufe zu entladen. Als ich mich vorbeuge, um die schweren Bretter zu greifen, spüre ich, wie Dorothea mir näher kommt.

Unsere Blicke treffen sich, und für einen Moment scheint alles um uns herum zu verblassen.

Plötzlich rutscht ihr Griff ab, als sie versucht, einen der schweren Farbeimer zu nehmen. Instinktiv fangen meine Hände ihre auf, um ihr zu helfen. Ihre Nähe überwältigt mich, und als ich mich leicht vorbeuge, dränge ich sie sanft gegen die Kofferraumkante. Mein Blick ist fest auf sie gerichtet, mein Herz schlägt schneller.

Sie sieht zu mir hoch — ihre Augen grau wie ein stürmischer Himmel. Ich fahre mit meinem Daumen sanft über ihr Kinn, dann etwas höher, nur ein paar Millimeter, umfahre die Konturen ihrer Lippen. Zuerst die Unterlippe, dann die obere, und Dorothea öffnet den Mund leicht, als ob sie darum bittet, nicht aufzuhören, sich ein wenig mehr zu erlauben.

Und ich erlaube mir mehr, finde in mir nicht die Kraft zu stoppen. Ich muss ihren Geschmack noch einmal kosten, denn nachdem ich ihn einmal probiert habe, kann ich ihn nicht vergessen.

Meine Finger vergraben sich in ihrem seidigen Haar am Hinterkopf, meine Lippen nähern sich den ihren, nur einen Hauch entfernt. So süß, bis zum Zittern. Die Vorfreude hat ihren eigenen Reiz, wie man es auch dreht und wendet. Ich will mich nicht beeilen, aber die Bremsen scheinen gnadenlos gelöst.

»Du bist wunderschön«, hauche ich gegen ihre Lippen, und Dorothea errötet. Unter meinen Fingern, die ihre Haut streicheln, spüre ich ein feines Zittern, und das erregt mich noch mehr als alles andere. »Ich ...«

»Oh!«, schreit Dorothea auf und stößt mich kräftig weg. Sie starrt entgeistert über meine Schulter, und als ich mich umdrehe, sehe ich Michelle am Tor, wie sie versucht, auf mein Grundstück zu gelangen. Was zum Kuckuck?

Kapitel 26
Enno

Mein Herz setzt einen Schlag aus, als ich Michelle am Tor sehe. »Verdammt«, entfährt es mir leise, mehr zu mir selbst als zu Dorothea. Ich drehe mich zu ihr um. In ihrem Gesicht spiegelt sich Irritation.

»Entschuldige. Gib mir einen Moment, ich muss das klären«, bitte ich sie und gehe auf Michelle zu. Die Erinnerungen an die Nacht, in der sie vor Dorotheas Fenster stand und mich zum Mistkerl stempelte, sind noch allzu präsent. Diese Szene will ich sicher nicht wiederholen. Vor allem jetzt nicht, da sich zwischen Dorothea und mir eine unerwartete Nähe entwickelt hat, die ich nicht gefährden will.

»Was willst du hier, Michelle?«, fahre ich sie an, kaum dass ich die Pforte erreicht habe. Ich kenne die Antwort bereits, aber es frustriert mich, dass manche Menschen es einfach nicht beim ersten Mal verstehen. »Haben wir das nicht schon dreihundertmal durchgekaut?«

Michelle blinzelt mich mit tränenfeuchten Augen an. Warum können manche Menschen einfach nicht endgültig Abschied nehmen? Müssen sie wirklich alle guten Erinnerungen zerstören?

»Wir müssen reden«, fordert sie.

Ich atme tief durch. »Reden? Michelle, wir haben alles gesagt. Was erhoffst du dir?« Meine Stimme ist schärfer als beabsichtigt.

Sie zögert, ihre Augen flackern. »Ich kann es nicht akzeptieren, Enno. Nach allem, was war ...«

»Es gibt nichts zu akzeptieren, Michelle. Es ist vorbei. Du musst weitermachen.«

Ich bin mir sicher, dass all diese Auftritte nur eine Phase sind, die bald vorüber sein wird. Es fällt manchen einfach schwer, sich damit abzufinden, dass die Liebe nicht ewig währt.

Es gibt Frauen, die überzeugt sind, dass man sie nicht vergessen und verlassen kann. Michelle gehört definitiv dazu. Warum habe ich mich nur vor einigen Monaten auf dieser Party auf sie eingelassen? Sie hat sich an mich geklammert wie ein Parasit und lässt nicht mehr los.

»Enno, du bist ein Mistkerl, aber ich liebe dich.«

Michelles Worte treffen mich wie ein Schlag ins Gesicht, roh und unverblümt. Ein Teil von mir möchte ihr gegenüber Mitgefühl zeigen, doch die Erfahrung lehrt, dass dies nur zu weiterem Herzleid führt.

»Liebe?«, wiederhole ich kalt und distanziert. »Das, was du empfindest, Michelle, das ist keine Liebe, das ist lediglich Abhängigkeit. Liebe lässt frei, klammert nicht.«

Ihr Gesichtsausdruck verändert sich. Sie ist sichtlich getroffen von der Wahrheit meiner Worte. Doch sie scheint nicht nachgeben zu wollen. »Wie kannst du so kalt sein? Nach allem ...«

»Genau deshalb«, unterbreche ich sie erneut. »Weil es immer *nach allem* ist. Wir drehen uns im Kreis. Es endet hier, jetzt. Michelle, geh nach Hause, schlaf dich aus. Du wirst langsam zur Stalkerin.«

Ich bin so erschöpft von ihr und ihren Dramen, dass ich mir wünschte, ich könnte die Zeit zurückdrehen und diese verfluchte Party meiden. Und falls doch, dann zumindest keinen Alkohol trinken, damit ich nicht in diesen ganzen Schlamassel gerate. Sie mag vielleicht attraktiv sein, aber mit ihr zusammen zu sein, ist unerträglich langweilig.

»Es lief doch alles so gut zwischen uns«, wundert sie sich, obwohl es außer dem Sex eigentlich nichts gab, dass man als gut bezeichnen könnte. »Hast du etwa jemand anderen gefunden?«

Am liebsten hätte ich ihr direkt ins Gesicht gesagt: Ja, ich habe jemand anderen gefunden. Einfach nur, damit sie endlich Ruhe gibt und mich in Frieden lässt.

»Michelle, solange ich mich noch im Griff habe, geh bitte.«

Ich schiebe sie sanft, aber bestimmt mit der Hand zurück von meinem Tor.

Michelle weicht meinem Druck widerwillig nach. Ihre Augen funkeln vor ungläubiger Wut und Enttäuschung. »Du kannst mich nicht einfach wegschieben, Enno.«

»Geh einfach. Lass uns das wie zivilisierte Menschen beenden. Das ist doch nicht zu viel verlangt.«

»Du hast jemand anderen, stimmt's? Sag's!«

Meine Geduld schwindet endgültig. Tief atme ich durch, aber es bringt kaum Linderung. Der Druck, der sich in meinem Inneren aufbaut, sucht sich seinen Weg nach außen. »Hör zu«, erhebe ich leicht meine Stimme. »Ich liebe dich nicht, habe dich nie geliebt und werde dich nie lieben. Wir hatten Sex, mehr nicht. Kapier das endlich.«

Es fällt mir schwer, so hart zu ihr zu sein, aber ihre Unfähigkeit, die Realität zu akzeptieren, treibt mich an meine Grenzen. Ihre Lippen beginnen zu zittern, Tränen sammeln sich in ihren Augen, und obwohl es mir widerstrebt, sie so verletzt zu sehen, weiß ich, dass Klarheit die einzige Lösung ist.

»Das Leben ist kein Wunschkonzert«, füge ich hinzu, und das ist eine bittere Wahrheit, die wir beide akzeptieren müssen.

Michelle nickt und ihre Augen suchen die meinen. Ein stummes Flehen liegt in ihrem Blick. »Kannst du mich noch ein letztes Mal umarmen?« Ihre Worte hängen schwer in der Luft.

Bevor ich mich entscheiden kann, schließt Michelle die Distanz zwischen uns. Sie umarmt mich, ihre Arme umschlingen mich, ein starker, verzweifelter Griff, der sagt, was Worte nicht können.

Und just in dem Moment, als ich dachte, es könnte nicht schlimmer kommen, knallt hinter mir die Autotür zu. Dorothea betrachtet uns mit einem Blick, der Bände spricht.

Michelle nutzt die Gelegenheit, drückt sich noch enger an mich, fast so, als wolle sie mich für sich beanspruchen oder Dorothea eins auswischen. In mir brodelt es vor Wut über mich selbst. Welch ein Trottel ich doch bin. Kein Selbstvorwurf kann jedoch jetzt die Lage ändern.

»Verdammt«, murmle ich, während Dorotheas Blicke mir den Rücken herunterlaufen wie kaltes Wasser. Es muss jetzt ein Ende haben.

»Michelle, es ist genug. Du musst jetzt gehen.« Ich löse ihre Umklammerung.

Sie schaut mich an, Tränen glitzern immer noch in ihren Augen, bevor sie sich abwendet und geht. Endlich.

Ich fühle mich elend und erleichtert zugleich, drehe mich um und gehe auf Dorothea zu. Es ist offensichtlich, dass eine Entschuldigung fällig ist, aber wie erklärt man ein solches Chaos?

»Ich würde sagen, es ist nicht das, was du denkst, aber das lasse ich besser.« Ihr Gesichtsausdruck ist undurchdringlich, auch wenn ich mir sicher bin, dass ihr Kopf voller Gedanken ist.

»Lass uns jetzt endlich das Material hereintragen«, bittet Dorothea, und ich spüre, dass das fragile Vertrauen, das zwischen uns zu keimen begonnen hatte, in tausend Stücke zersprungen ist.

Jetzt wird Dorothea wieder eher dazu neigen, mir mit einem Stein eins überzubraten, als sich noch einmal von mir küssen zu lassen.

Kapitel 27
Thea

Umarmen sie sich? Umarmen sie sich wirklich? Ich reibe mir die Augen, weil ich glaube, etwas Falsches zu sehen. Aber nein, da gibt es nichts Falsches zu sehen. Die beiden umarmen sich tatsächlich, als wäre es die natürlichste Sache der Welt.

Ich dagegen stehe hier wie jemand, der versehentlich in die Dreharbeiten einer kitschigen Liebesszene geraten ist, nur dass das hier das echte Leben ist und ich leider keine Regieanweisungen geben kann.

Nach einer gefühlten Weile lösen sie endlich ihre Umarmung. Enno verabschiedet das Mädchen und geht auf mich zu. Ich kann sehen, wie er nach den richtigen Worten sucht.

»Ich würde ja sagen, es ist nicht das, was du denkst, aber …«

»Lass uns jetzt endlich das Material hereintragen«, unterbreche ich mit einer Stimme, die fester klingt, als ich mich fühle. In meinem Kopf dreht sich alles. Obwohl ich nicht überrascht bin, doch ich hatte das Gefühl, als ob zwischen uns etwas Besonderes entstanden wäre. Ein Funke, wie er in Romanen beschrieben wird? Liebe auf den ersten, nein eher auf den zweiten Blick?

Nein, das ist es nicht, aber ich dachte wirklich, in Ennos Augen echtes Interesse zu sehen. Und der Kuss ... so süß, dass ich seinen Geschmack immer noch auf meinen Lippen spüre.

Enno und ich laden die sperrigen Bretter und andere Einkäufe aus dem Auto, schweigend. Wir legen alles im Hof ab, und als Oma zu uns herbeieilt, beginnt Enno sofort voller Eifer zu erzählen, wie er sich gleich an die Arbeit machen wird.

»Wenn wir die Wand hier verstärken ...«, erläutert Enno und zeigt mit dem Finger auf die betroffene Stelle.

»Ach, Enno, immer so tüchtig«, lobt Oma und schenkt ihm ein warmherziges Lächeln, das bei mir nur für ein genervtes Ziehen der Mundwinkel sorgt. »Ein wahrer Segen bist du!«

Ich beobachte die Szene und rolle innerlich mit den Augen. »Danke, Doris«, erwidert Enno mit einem strahlenden Lächeln und wirft mir einen kurzen, suchenden Blick zu, den ich nicht recht deuten kann. Ist es schuld? Hoffnung? Ich möchte es gar nicht wissen. Ich fühle mich gerade einfach nur überfordert.

»Möchtet ihr vielleicht etwas zu trinken? Ich habe frische Limonade gemacht. Und ein paar Schnittchen könnte ich auch schnell zubereiten, Enno, du musst dich stärken, damit es sich besser arbeitet.«

Enno nickt begeistert. »Das klingt fantastisch, Doris. Danke!« Er wirft mir wieder diesen Blick zu, als würde er hoffen, ich würde bleiben und teilnehmen.

Ich aber fühle mich wie ein Fisch auf dem Trockenen. »Äh, danke, Oma, aber ich glaube, ich setze aus. Kopfschmerzen«, murmle ich und hoffe, dass meine Ausrede nicht zu durchsichtig wirkt. »Ich glaube, ich lege mich etwas hin. Heute Abend ist ja die Party, und ich möchte fit sein.«

»Oh, das tut mir leid, Liebes!« Omas Stirn faltet sich vor Sorge. »Soll ich dir einen kühlen Waschlappen bringen? Oder einen Tee machen?«

»Nein, danke, Oma. Ich lege mich einfach hin. Das wird schon helfen.« Ich lächle, will überzeugend wirken, doch in meinem Inneren tobt ein aufgewühltes Meer.

»Okay, aber wenn du etwas brauchst, ruf einfach.«

»Danke, Oma. Wirklich.« Ich zwinge mir ein Lächeln auf, bevor ich mich umdrehe und davonstampfe. Beim Weggehen höre ich Oma weiter schwärmen und Enno, der höflich antwortet. Ihr Lob fühlt sich an wie Salz in einer offenen Wunde. Die Situation mit Enno, der Kuss, Michelles unerwartete Erscheinung und ihre innige Umarmung — alles dreht sich in meinem Kopf zu einem verwirrenden Knoten.

In meinem Zimmer lasse ich mich auf das Bett fallen. Ich schließe die Augen und bemühe mich, meine Gedanken zu ordnen. Aber alles, was mir in den Sinn kommt, ist Ennos Blick, der mir folgt, und die Stille, die zwischen uns liegt.

Die Ruhe währt jedoch nicht lange. Trotz der geschlossenen Fenster dringen schon bald Geräusche zu mir herauf: das rhythmische Sägen, das gelegentliche Bohren und das stetige Hämmern. Enno hat keine Zeit verloren und ist bereits dabei, den Hühnerstall zu reparieren.

Um mich abzulenken, greife ich nach meinem Handy und öffne Candy Crush. Die bunten Farben und das zufriedenstellende Klacken, wenn die Bonbons zerplatzen, sind normalerweise eine zuverlässige Methode, um meinen Geist nach einem langen Arbeitstag zu leeren. Heute jedoch schweifen meine Gedanken immer wieder ab. Zu Enno, zu der seltsamen Dynamik zwischen uns, die gerade noch voller Möglichkeiten schien und im nächsten Moment so brüchig wirkt.

Um achtzehn Uhr ebben die hämmernden Geräusche endlich ab. Hoffentlich bedeutet das, dass Enno seine Arbeit für heute beendet hat. Der Gedanke, ihm auf dem Weg zur Party im Hof zu begegnen, lässt mich innerlich zusammenzucken.

Ich lege mein Handy zur Seite und erhebe mich. Es wäre wirklich das Letzte, auf der Party aufzutauchen und den Eindruck zu erwecken, als hätte ich den gesamten Tag trübsinnig im Bett verbracht.

Ich öffne den Kleiderschrank, ein massives, dunkles Holzmöbel, das vermutlich noch aus den Kaiserzeiten stammt. Mein Blick wandert über die ordentlich aufgereihten Kleider, bis er an einem ganz besonderen Stück hängen bleibt — dem perfekten Kleid für heute Abend. Ein tiefes, leuchtendes Rot, das im Licht tanzt und mit jedem Schritt neue Schattierungen offenbart. Kurz und frech, mit einem tiefen Ausschnitt, der genug verspricht, um die Fantasie anzuregen, ohne alles preiszugeben.

Ich schlüpfe hinein und es passt perfekt, umschmeichelt jede Kurve, als wäre es genau für mich gemacht. Beim ersten Blick in den Spiegel blitzt kurz die Sorge auf, es könnte vielleicht zu kurz sein. Doch dann lache ich leise in mich hinein. Heute Abend will ich nicht in der Menge verschwinden. Das Kleid ist gewagt, sicher, aber heute ist genau der Abend für ein wenig Mut.

Ich trage mir mein Make-up auf und style meine Haare, die in lockeren Wellen über meine Schultern fallen.

Ein letzter Blick in den Spiegel, ein tiefes Durchatmen, und ich verlasse das Zimmer. In der Küche treffe ich auf Oma, die gerade dabei ist, Kräuter zu sortieren.

»Ich gehe jetzt zur Party, Oma. Mach dir keine Sorgen, du musst nicht auf mich warten.«

Oma schaut auf und ein Lächeln umspielt ihre Lippen. »Und, wie steht's mit deinen Kopfschmerzen? Hat sich das gelegt?«

»Ja, danke, Oma. Mir geht's schon viel besser.«

»Pass auf dich auf, mein Kind. Und viel Spaß!«, ruft sie mir nach, als ich zur Tür hinauseile.

Ich schnappe meine Tasche und schlüpfe in meine Schuhe. Mit dem Gedanken, dass Enno längst seine Arbeit beendet hat und wohl schon auf dem Weg zu seinen eigenen Abendplänen ist, öffne ich die Haustür und trete hinaus in die Dämmerung. Die laue Sommerabendluft streicht mir um die Wangen, und ich atme tief ein.

Gerade als ich den Pfad entlanggehe, durchbricht ein plötzlicher Pfiff die Stille. Irritiert drehe ich mich um und sehe Enno, wie er, mit seinem Werkzeugkasten in der Hand, vom Hühnerstall in Richtung Ausgang marschiert. Er mustert mich, und ein Grinsen umspielt seine Lippen.

»Sieht so aus, als würden wir uns doch nicht aus dem Weg gehen können.«

Kapitel 28
Thea

»Haben sich innig umarmt?!«, staunt Johanna, als wir uns Tobis zweistöckigem Haus nähern. Es leuchtet mit Lichtern und Girlanden, und das Plätschern des Wassers im Pool ist selbst durch den Zaun zu hören. »Direkt vor seinem Haus?!«

Ich seufze bitter und wir passieren das Tor, das offensteht.

»Und nun? Was willst du dagegen unternehmen?«, fragt Johanna.

»Was soll ich dagegen unternehmen? Und warum überhaupt?« Ich verstehe wirklich nicht, was Johanna von mir erwartet. »Wir schulden einander nichts, er ist ein freier Mann. Er hat sein Leben, ich meines. Damit ist es vorbei.« Ich mache eine entschiedene Handbewegung, als wollte ich jede weitere Diskussion im Keim ersticken. Was auch immer da für einen kurzen Moment war, ich habe nicht vor, mich als gedemütigt oder beleidigt zu zeigen.

»Und du hast nichts von ihm verlangt? Ihn nicht zur Rede gestellt?«, insistiert Johanna. »Du solltest wirklich mit ihm sprechen. Man kann das nicht so im Raum stehen lassen! Vielleicht hat er eine Erklärung?«

»Ich sage es noch einmal für die, die es beim ersten Mal nicht verstanden haben: Er muss mir nichts erklären. Wir sind Fremde.«

»Fremde küssen sich nicht so! Und er hat dich geküsst!«, wirft Johanna ein, als wäre das der entscheidende Beweis.

»Bist du meine Freundin oder nicht? Erinnere mich nicht daran, okay?«, entgegne ich genervt, während ich mich umsehe und beschließe, dass ich nicht mehr darüber sprechen will. Aber um Johanna zufriedenzustellen, erzähle ich ihr doch noch die ganze Geschichte.

»Er hat den Nachmittag am Hühnerstall herumgewerkelt, hat nichts erklärt, und ich habe ihn nicht danach gefragt. Dann bin ich auf mein Zimmer gegangen. Und heute Abend, als ich mich zur Party aufgemacht habe, lief er mir über den Weg. Ich ging, ohne etwas zu sagen. Ende der Geschichte.«

Wir schlendern durch die Menge, vorbei an tanzenden Paaren und Gruppen, die sich angeregt unterhalten. Die Musik pulsiert im Hintergrund, und die Stimmung auf der Party ist ausgelassen.

»Und jetzt?«, fragt Johanna.

Ich zucke mit den Schultern. »Jetzt genieße ich den Abend. Was sonst?«

Johanna sieht mich skeptisch an. »Trotzdem. An deiner Stelle hätte ich mit ihm gesprochen. Vielleicht hast du etwas missverstanden oder es war alles nur eine Einbildung?«

»Schon wieder das Gleiche. Johanna, es ist wirklich egal. Lass uns das vergessen und über etwas Angenehmes sprechen.«

Enno und dieses Mädchen, das Mädchen und Enno ... wahrscheinlich hatten sie einfach nur einen Streit. Er dachte wohl, es wäre amüsant, sich die Zeit mit mir zu vertreiben. Ein paar Küsse, albernes Flirten — und ich wäre beinahe darauf hereingefallen. Hat mich die Geschichte mit Jens etwa nichts gelehrt?

»Okay, ganz wie du willst. Jetzt aber lass uns etwas trinken.«

Bevor ich erwidern kann, zieht sie mich mit sich in Richtung der Bar. Bar ist eigentlich ein großes Wort. Es ist mehr ein breiter Plastiktisch, auf dem Flaschen mit den verschiedensten Spirituosen nebeneinander aufgereiht sind, für jeden Geschmack etwas dabei. Ein Stapel makellos weißer Plastikbecher ragt wie ein Turm empor.

»Einen Cocktail?«, ruft Johanna, um die laute Musik zu übertönen, und ich runzle die Stirn, als ich mich an den *Funky Fucky* erinnere. Br-r, daran möchte ich lieber nicht denken.

Ich schüttle den Kopf und entscheide mich gegen die Komplikationen, die Alkohol mit sich bringen könnte.

»Etwas Einfaches«, antworte ich, und Johanna nickt, bevor sie sich dem *Bartender* zuwendet, einem von Tobis Freunden, der sich heute Abend freiwillig hinter dem Tisch verpflichtet hat.

Während Johanna unsere Bestellung aufgibt, lasse ich meinen Blick noch einmal über die Party schweifen. Die ausgelassene Stimmung, das Lachen und die Musik stehen in schönem Gegensatz zu dem Durcheinander in mir.

Johanna reicht mir eine Limo mit Eis. »Auf uns«, verkündet sie und stößt mit mir an.

»Auf uns«, wiederhole ich und entscheide mich, den Abend nicht von meinen Sorgen überschatten zu lassen. Was auch immer zwischen Enno und mir ist oder nicht ist, es kann warten. Jetzt ist Zeit zum Feiern, zum Lachen und Tanzen.

»Schau nur, wie viele attraktive Männer hier sind. Du solltest dir einen Urlaubsflirt angeln!«

Natürlich hat Johanna recht, aber das ist leichter gesagt als getan. Trotzdem habe ich vor, den heutigen Abend in vollen Zügen zu genießen, und was danach passiert, wird sich zeigen.

Wir sind gerade bei unseren Getränken, als Olli in Lucys Begleitung überraschend neben uns auftaucht, was mich beinahe aus den Socken haut. Sicher, ich hatte bemerkt, dass sie sich am Strand unterhalten haben, aber dass sie tatsächlich zusammen hier auftreten, hätte ich nicht erwartet. Klar, Olli gehört zu unserem Freundeskreis, aber Lucy, die aussieht, als wäre sie einem Mode-Magazin entsprungen, schien mir in einer ganz anderen Liga zu sein.

»Hey, Thea, Johanna!«, begrüßt uns Olli mit einem breiten Grinsen. »Schaut mal, wen ich mitgebracht habe.«

Lucy winkt uns fröhlich zu. »Hallo, ihr beiden! Endlich mal wieder herauskommen, das tut echt gut.«

Wir tauschen ein paar belanglose Sätze aus, wie es auf Partys eben so üblich ist, bevor Lucy beiläufig erwähnt: »Enno war übrigens total dafür, dass ich heute Abend hierherkomme.«

»Ach ja?«, hakt Johanna interessiert nach, und ich halte meine Neugier im Zaum, um nicht zu offensichtlich zu wirken.

Lucy nickt und lächelt etwas wehmütig. »Ja, er meinte, ich hätte mal eine Auszeit verdient. Er ist deswegen bei Milena geblieben, hat sich freiwillig als Babysitter angeboten.«

Diese Information überrascht mich. Enno, der Babysitter — wer hätte das gedacht?

»Das ist wirklich nett«, sage ich schließlich. »Ein guter Onkel.«

Lucy lacht leise. »Oh, das ist er definitiv. Manchmal zu gut, wenn du mich fragst. Aber ich beschwere mich nicht. Ein Abend für mich ist Gold wert.«

Nach einem kurzen Plausch verabschieden sich Lucy und Olli, um sich unter die anderen Gäste zu mischen. Johanna stößt mich sanft an. »Siehst du? Vielleicht ist nicht alles so schwarzweiß, wie du denkst.«

»Keine Ahnung«, antworte ich und schüttle die Gedanken ab. »Wo ist denn eigentlich Tobi?«

»Bestimmt irgendwo hier.« Johanna schaut sich in der Menge um.

Plötzlich ertönt ein lauter Nieser direkt neben mir. In meinem Schreck greife ich hastig zur Seite und reiße dabei fast den Stapel aus Plastikbechern um. Mit einem geschickten Manöver fange ich den wankenden Turm im letzten Moment auf.

»Geschickte Rettungsaktion!« Ich drehe mich um und sehe einen großen Kerl mit einem schiefen Grinsen, der offenbar den kleinen Vorfall beobachtet hat.

Er hebt kurz die Hand, als wollte er helfen, sieht dann aber, dass ich die Situation schon gemeistert habe.

»Ich bin übrigens Jaris«, stellt er sich vor und schiebt eine Strähne seines dunklen Haares zurück, die ihm frech ins Gesicht gefallen ist.

Ich mustere den Fremden, der mir gegenübersteht, und merke, wie mir sein Gesicht irgendwie bekannt vorkommt. Zuerst kann ich ihn nicht ganz einordnen — ist er vielleicht ein Kumpel von Tobi aus Rostock? Er hat etwas Sympathisches an sich, und sein Lächeln — so echt und ansteckend — zwingt mir automatisch auch ein Lächeln aufs Gesicht.

Dann macht es Klick in meinem Kopf. Ich erinnere mich, wo ich dieses Gesicht schon mal gesehen habe. »Warst du nicht der, der mich fast umgerannt hätte? In der Bäckerei, vor ein paar Tagen.«

Er lacht. »Genau der. Ein kleines Missgeschick bei unserem ersten Treffen, aber hey, es hat uns ja hier zusammengebracht, oder? Und wenn ich richtig liege, bist du Thea?«

Ich blinzle überrascht. Wie kann er meinen Namen kennen? Doch Jaris lässt mir keine Zeit, mich zu wundern.

»Mir wurde zugetragen, dass in dieser Gegend ein Engel namens Thea weilt. Liege ich da richtig?«

»Mein Gott, was für ein Klischee«, lache ich und auch Johanna neben mir kichert.

»Habe ich etwa einen Fehler gemacht?«, gibt Jaris vor, schockiert zu sein und hält sich dramatisch die Hand ans Herz. »Das darf nicht sein!«

»Nur teilweise«, lächle ich, amüsiert über die Situation. »Ich bin zwar Thea, aber von einem Engel weit entfernt.«

»Das möchte ich lieber selbst beurteilen«, entgegnet Jaris. »Für mich bist du das schönste Mädchen hier. Ein wahrer Engel.«

»Was für ein Albtraum«, murmelt Johanna neben mir, und ich muss mich zusammenreißen, um nicht laut loszulachen. Kein Flirtversuch, sondern eher ein Lehrbuchbeispiel für angehende Aufreißer.

Jaris ist groß und schlank, gekleidet in ein eng anliegendes schwarzes T-Shirt, das seinen trainierten Körper betont, und seine Jeans sitzen so tief, dass ich mich frage, ob sie nicht jeden Moment herunterrutschen.

»Darf ich dir einen Saft anbieten?«, unterbricht er die Stille. »Oder einen Eistee? Vielleicht Wein? Einen Cocktail?«

Johanna gibt mir einen sanften Stoß in die Seite, als Zeichen, dass sie gehen und Tobi suchen will.

»Soll ich bleiben?«, flüstert sie.

Ich winke ab, und nachdem Johanna mir einen Kuss auf die Wange gedrückt hat, verschwindet sie. Ich bleibe allein mit Jaris zurück.

»Also, was darf es sein, Engel Thea?«

Kapitel 29
Thea

»Also, was darf es sein, Engel Thea?« Jaris zieht eine Augenbraue hoch.

Ich hebe meinen Becher mit Limo hoch. »Danke, ich bin schon bestens ausgestattet.«

»Ach, schade. Ich hatte gehofft, dir deinen Wunsch erfüllen zu können«, scherzt er, ohne seinen Blick von mir zu wenden. »Na, wenn du schon alles hast, was du brauchst ... Wie findest du die Party?« Sein Blick schweift kurz über die tanzenden und lachenden Gruppen, bevor er sich wieder mir zuwendet.

Ich zucke mit den Schultern und nehme einen Schluck von meinem Getränk. »Ist ganz nett. Gute Musik, nette Leute.«

»Gute Musik, hm?« Er wirft einen Blick zur Tanzfläche. »Das klingt, als ob du tanzen möchtest.«

Die Musik wechselt zu einem Song, der die Menge augenblicklich in Bewegung versetzt. »Siehst du? Perfektes Timing. Wie wär's?«

Ich muss nicht lange überlegen. Schließlich bin ich hier, um mich zu amüsieren. »Klar, warum nicht?«

Auf dem Weg zur Tanzfläche, die quer über den weitläufigen Hof verteilt ist, nutzt Jaris jede Sekunde, um ausgiebig von sich zu erzählen. Er plaudert locker über seinen Job in der IT-Branche, seine Leidenschaft fürs Surfen und wie eine spontane Einladung von Tobi ihn nach Ahrenshoop geführt hat.

Geschickt manövriert er uns durch die Menge, schiebt Leute beiseite und legt dabei gelegentlich seine Hand auf meinen Ellbogen, als wollte er mich führen. Offen gestanden fühle ich mich dabei nicht ganz wohl. Seine Berührung wirkt fremd, fast unangenehm, und ich ertappe mich dabei, wie ich instinktiv ein wenig zurückweiche. Es ist nicht so, dass ich ihn unsympathisch finde, aber irgendetwas an der Art, wie er die Nähe sucht, lässt mich innerlich zurückweichen.

Auf der Tanzfläche mischen wir uns unter die anderen Tänzer, und ich muss zugeben, dass das Tanzen befreiend wirkt. Ich kann Enno vergessen und mich einfach der Musik hingeben.

Jaris versucht sein Bestes, im Rhythmus zu bleiben, aber seine Bewegungen sehen unbeholfen aus. Seine Hände zappeln in der Luft und suchen ihren Platz. Trotz der fehlenden Eleganz ist seine Begeisterung ansteckend, und ich lasse mich von seiner Unbeschwertheit mitreißen.

Kaum haben wir unseren Rhythmus gefunden, wechselt der DJ unerwartet zu einer langsamen Melodie. Perfektes Timing, denke ich ironisch. Während Jaris schon fast hoffnungsvoll aussieht, als wäre jetzt der Moment für einen nahen Tanz, halte ich instinktiv einen Schritt Abstand.

»Ich glaube, ich setze diesen aus«, lehne ich mit einem entschuldigenden Lächeln ab.

Jaris scheint kurz enttäuscht, aber er versteht schnell und nickt.

»Klar, wir können auch so tanzen«, erwidert er und wir tänzeln unbeholfen nebeneinander her.

Als die Musik wechselt, erklingen die ersten Takte von *Don't Start Now* von *Dua Lipa* aus den Lautsprechern. Der Beat wird schneller, und die Atmosphäre auf der Tanzfläche ändert sich schlagartig.

Fast im selben Augenblick taucht Johanna neben mir auf, mit einem breiten Grinsen im Gesicht.

»Da bist du ja!«, ruft sie, packt mich am Arm und zieht mich zurück in die Mitte des Geschehens. Tobi materialisiert sich wie aus dem Nichts neben uns. Jaris schaut einen Moment überrascht zu, dann folgt er uns, und so tanzen wir alle zusammen.

Jetzt habe ich wirklich Spaß und es ist mir völlig egal, was der *talentierte Dachdecker* gerade macht. Lass ihn sich einen Harem zulegen oder in genau diesem Moment jemanden heiraten — es kümmert mich nicht.

Schwer zu sagen, wie viele Lieder gespielt wurden, als wir fast erschöpft die Tanzfläche verlassen. Ich habe wahnsinnigen Durst und möchte einfach nur sitzen und die Party beobachten.

»Ich brauche dringend was zu trinken«, keuche ich.

Tobi nickt verständnisvoll. »Ich hol' uns was. Bin gleich wieder da«, verspricht er und verschwindet in Richtung der Getränkestation. Kurze Zeit später kehrt er mit einem Tablett zurück, darauf eine Auswahl an Getränken für uns alle —Wasser, Bier und sogar einige Cocktails.

»Du bist ein Lebensretter, Tobi«, sage ich dankbar und greife mir ein Wasser. Die Kälte des Bechers fühlt sich gut in meiner erhitzten Hand an.

»Kein Ding, Thea. Ich hoffe, ihr habt alle Spaß«, erwidert Tobi und sein Blick schweift stolz über die ausgelassene Menge.

»Du hast wirklich eine tolle Party geschmissen. Ich kann mich nicht erinnern, wann ich das letzte Mal so viel Spaß hatte«, lobe ich ihn aufrichtig und nehme einen langen Schluck Wasser. Die Erfrischung tut gut und bringt meine Gedanken wieder in Ordnung.

Tobi grinst breit. »Das freut mich echt zu hören. Das Ziel war es, dass sich alle amüsieren.«

»Und wie! Hast du Olli gesehen, wie er um Lucy herumscharwenzelt?«, wirft Johanna amüsiert ein. »Ich wusste gar nicht, dass er so charmant sein kann, wenn er will.«

Ich lache. »Oh ja, der hat definitiv seinen Spaß. Und Lucy scheint es zu genießen. Sie tanzen, als gäbe es kein Morgen.«

Tobi nickt vergnügt. »Ich sag's euch, heute Abend werden noch Wetten abgeschlossen, wie lange das noch geht. Olli hat wirklich alles gegeben. Habt ihr den Blick gesehen, den er ihr zugeworfen hat? Als wäre sie die einzige Frau auf der Welt.«

»Ach, Liebe liegt in der Luft«, sagt Johanna gespielt dramatisch und tut so, als würde sie eine Träne wegwischen. »Aber ernsthaft, es ist schön zu sehen, wie sie beide aufblühen. Wer hätte das gedacht, bei unserem Olli, dem kleinen Dorfcasanova?«

»Na, wenn das so weitergeht, müssen wir bald eine Hochzeit planen. Ich ruf' schon mal bei *Four Weddings* an«, meint Tobi und sein Lachen steckt uns an.

Wir tauschen ein paar Worte über die Party aus, lachen gemeinsam über die ein oder andere Tanzaktion und lassen die gute Stimmung auf uns wirken.

Dann macht Tobi Johanna den Vorschlag, sich kurz vom Trubel zu entfernen und am Strand zu entspannen. Johanna ist sofort begeistert, und nach einem kurzen »Passt auf euch auf« an Jaris und mich machen sie sich auf den Weg.

Die beiden verschwinden schnell in der Dunkelheit, und ich spüre, wie die Energie um uns herum merklich nachlässt. Um die plötzliche Stille zu überbrücken, versucht Jaris, das Gespräch am Laufen zu halten, aber es gelingt ihm nicht, mein Interesse zu wecken. Seine Themen drehen sich im Kreis, und je mehr er spricht, desto mehr schweifen meine Gedanken ab. Es ist nicht so, dass er unangenehm wäre, aber seine Konversation fühlt sich zunehmend zähflüssig an.

Die Langeweile kriecht langsam in mir hoch, verstärkt durch die eintönigen Geschichten, die Jaris zum Besten gibt. »Weißt du, Jaris, ich denke, ich werde jetzt nach Hause gehen«, unterbreche ich ihn schließlich.

Er wirkt überrascht, fängt sich aber schnell. »Sicher? Ich könnte ...«

»Es ist okay«, schneide ich ihm freundlich das Wort ab. »Ich brauche etwas Ruhe.«

»Soll ich dich dann begleiten? Es ist schon ziemlich spät«, bietet er an, und trotz meiner vorherigen Langeweile kann ich die Freundlichkeit in seinem Angebot nicht ignorieren.

»Das wäre nett, danke«, stimme ich zu, froh darüber, dass ich den Heimweg nicht alleine antreten muss.

Jaris und ich schlendern durch das geöffnete Tor. Ringsum herrscht eine beruhigende Stille, unterbrochen nur vom Zirpen der Grillen und dem entfernten Meeresrauschen.

»Ich bin das erste Mal hier auf Ahrenshoop«, gibt Jaris von sich.

»Wirklich noch nie hier gewesen?«, frage ich aus Höflichkeit, und mein Begleiter lächelt fröhlich.

»Ich bin ein Stadtkind: Schule, Kurse, Sportvereine, Goldmedaille, Pokale ...«

Innerlich rolle ich mit den Augen. Es scheint, als hätte seine Selbstdarstellung kein Ende. In dieser Liste fehlt nur noch eine Fahne und die Tapferkeitsmedaille für einen Feuerwehreinsatz.

»Warst du denn nie am Meer?«

»Klar, aber meistens waren es Pauschalreisen mit meinen Eltern. Nie wirklich hier, an der Ostsee.«

»Es ist schön hier. Die Natur, das Meer ... und die Hähne, die frei herumlaufen.«

Jaris wirkt überrascht. »Hähne?«

Ich erzähle ihm die kuriose Geschichte von Geralt. Als ich fertig bin, lacht Jaris so herzlich, als wäre er bei einem Comedy-Abend. Selbst ich muss mitlachen.

Die Nacht ist mild, Jaris unerwartet unterhaltsam, sodass die vorherige Langeweile fast vergessen ist. Auch wenn seine anfänglichen Geschichten übertrieben wirkten, jetzt, in diesem Moment, ist seine Gesellschaft definitiv nicht das Schlimmste.

»Danke, dass du mich begleitet hast«, sage ich, als wir vor meinem Tor stehen. »Ich sollte wohl reingehen.«

Jaris hält einen respektvollen Abstand, doch dann verändert sich etwas in seiner Haltung.

»Darf ich noch einen Moment bleiben?« Er wirkt eine Spur unsicher.

Bevor ich antworten kann, verringert er den Abstand zwischen uns. Seine Nähe wird plötzlich intensiver, und ich spüre den Duft seines Parfüms stärker als zuvor.

»Thea, ich ...«, beginnt er und ich merke, wie seine Hand zögerlich nach meiner sucht. Gerade als ich überlege, wie ich reagieren soll, durchbricht ein leises Hüsteln die Stille der Nacht.

Wir fahren beide herum und sehen eine Menschensilhouette, die am Gartenzaun steht, die Arme verschränkt, ein undurchdringlicher Ausdruck auf dem Gesicht.

Enno.

Kapitel 30

Thea

Enno tritt einen Schritt näher. Seine Hände vergräbt er tief in den Taschen und sein Gesichtsausdruck bleibt undurchsichtig. Innerlich frage ich mich, warum er hier ist, doch gleichzeitig ist klar, dass Jaris unter diesen Umständen kaum einen Versuch wagen würde, mich zu berühren.

»Guten Abend«, grüßt Enno, als er neben Jaris zum Stehen kommt. Unwillkürlich vergleiche ich die beiden Männer miteinander und stelle fest, dass Enno in meiner stillen Bewertung die Nase vorn hat. »Dorothea, ist alles in Ordnung?«

»Ja, absolut. Wir genießen gerade den nächtlichen Charme, wie du siehst«, antworte ich mit einem Hauch von Sarkasmus, bemüht, gleichgültig zu wirken. Innerlich frage ich mich allerdings, wie lange Enno schon da steht und was er von der Situation mitbekommen hat.

»Ich heiße Jaris«, lockert mein Begleiter die angespannte Atmosphäre mit einer freundlichen Geste und streckt Enno die Hand entgegen. Enno allerdings lässt Jaris links liegen, ohne dessen Hand auch nur eines Blickes zu würdigen.

Stattdessen sieht Enno mich mit einer Intensität an, die mich innerlich wanken lässt, auch wenn ich es nie zugeben würde.

»Hör mal, ich bin mir nicht sicher, was du hier willst, aber du störst«, meldet sich Jaris, der sich offensichtlich durch Ennos Ignoranz nicht abschrecken lässt.

Ennos Augen verengen sich. Er hält seinen Blick fest auf mich gerichtet, unbeeindruckt von Jaris' Versuch, sich durchzusetzen.

»Was genau hast du hier vor, Enno?«, fahre ich ihn verärgert an.

»Ich dachte, es wäre offensichtlich. Ich will sicherstellen, dass alles in Ordnung ist.« Ich mag seinen Ton nicht, ich mag seinen schweren finsteren Blick nicht, der mir eine Gänsehaut verursacht.

»Du siehst doch, mir geht's gut.«

»Ja, das habe ich gesehen.« Seine Antwort kommt schnell, doch in seinem Ton schwingt etwas mit, das mich stutzig macht. Höre ich da etwa Eifersucht heraus? Warum sonst würde er so reagieren, so ... besitzergreifend?

Jaris steht etwas unsicher da und möchte offensichtlich keinen Streit provozieren. »Ich glaube, ich sollte dann wohl besser los.«

»Es wäre das Beste«, erwidert Enno kalt.

Ich spüre, wie die Luft zwischen den beiden Männern vibriert — ein unsichtbares Kräftemessen.

»Danke, Jaris, für deine Begleitung«, sage ich schnell, um die aufgeladene Atmosphäre mit einem dankbaren Lächeln aufzulockern.

Er nickt mir zu. »Kein Problem, Thea. Pass auf dich auf.« Er wendet sich ab und geht.

»Warum musstest du Jaris so behandeln?« Meine Stimme zittert vor unterdrücktem Ärger.

»Er war im Weg«, antwortet Enno knapp, während er mich immer noch ansieht.

»Im Weg? Er hat mich einfach nur nach Hause begleitet. Er hat nichts getan!«

Enno zuckt mit den Schultern, scheinbar unberührt von meiner aufgebrachten Reaktion. »Für mich sah es so aus, als würde er versuchen, dich zu küssen.«

»Und du willst jetzt von jedem Mädchen die Männer verjagen, die sie küssen wollen?«

»Nein, nur von dir«, verkündet Enno und ich stocke. In seinen Worten liegt eine Überzeugung, der man nicht widersprechen kann. Aber die Erinnerungen daran, wie dieses Mädchen an ihm hing, lassen mich nicht los. Ich kann das einfach nicht aus meinem Kopf werfen, es funktioniert nicht. Obwohl ich es versuche.

»Ich kann ihn zurückholen, wenn er dir wichtig ist!«, fügt Enno hinzu.

»Nein, lass mal. Das ist nicht nötig.« Ich schüttle entschieden den Kopf. »Ich brauche niemanden, der mich beschützt! Schon gar nicht auf diese Weise.«

Enno betrachtet mich nachdenklich, bevor er langsam nickt. »Bist du sauer auf mich?«

Meine Hand greift nach dem Torgriff und signalisiert, dass ich hereingehen möchte.

»Warum sollte ich sauer sein?«

»Ich kann es in deinem Blick und an deinem Verhalten sehen.« Sein Grinsen ist ein Mix aus Spott und einer seltsamen Wärme. »Gib zu, dass es dir nicht egal ist. Was denkst du über mich? Dass ich jedem Mädchen nachlaufe?«

Ich beiße mir auf die Lippe. Verdammt, warum kann er nicht einfach gehen? »Ich halte dich nicht für einen Casanova, Enno. Und ehrlich, ich denke nicht ständig über dich nach.«

»Du bist mutig, Dorothea. Aber etwas hält dich zurück.«

»Vielleicht weil ich nicht weiß, was ich von dir halten soll, Enno. Einerseits stehst du hier und spielst den Beschützer, andererseits ...«, meine Stimme bricht ab. Ich will nicht über das Mädchen reden, mit dem er sich umarmt hatte; will nicht zugeben, dass es mich mehr betrifft, als es sollte.

»Dorothea, ich will, dass du eines weißt. Ich mache viele Dinge im Leben, aber ich spiele nicht mit Gefühlen. Was immer du über mich denkst, lass es nicht zu, dass es zwischen uns steht.«

»Also wirklich, Enno, kümmere dich um deine eigenen Angelegenheiten. Es ist mir völlig egal, was du denkst.« Jedes Wort, das ich ausspreche, scheint Enno nicht zu berühren; sein anfängliches Grinsen wird nur breiter.

»Ich dachte mir, du würdest das sagen.« Es klingt fast, als würde er sich über mich lustig machen. Ich drehe mich um, in der Absicht, diesem unsinnigen Gespräch zu entkommen.

»Du kannst wirklich alle Frauen auf dieser Welt beeindrucken, Enno, aber bei mir zieht das nicht«, werfe ich noch über die Schulter, bevor ich mich abwende. »Außerdem, solltest du nicht auf Milena aufpassen?«

»Woher …« Er sieht mich überrascht an.

Ohne ihn ausreden zu lassen, drehe ich mich um und gehe die letzten Schritte zu meinem Haus. Hinter mir bleibt Stille; Enno sagt nichts mehr. Ich eile davon, aber vor wem? Vor Enno, vor meiner seltsam starken Verärgerung oder vor mir selbst?

Ich betrete das Haus und schließe die Tür hinter mir. In der Stille der vertrauten vier Wände atme ich tief durch und schüttle die Anspannung ab.

Ich steuere direkt das Badezimmer an. Mit dem Abschminktuch bearbeite ich mein Gesicht, und es fühlt sich fast so an, als würde ich jeden Ärger und jede Spur des Abends einfach wegwischen können.

Das freizügige, rote Kleid landet zusammengefaltet auf einem Stuhl. Stattdessen schlüpfe ich in ein bequemes, oversized T-Shirt, das bis zu den Schenkeln reicht, und stecke mir die Haare hoch. So fühlt es sich viel besser an.

In meinem Zimmer trete ich an das Fenster und öffne es, um die kühle Nachtluft hereinzulassen und den Raum vor dem Zubettgehen zu lüften. Die Frische des Abends berührt meine Haut und die Gerüche der Sommernacht streichen meine Nase. Das nervige Gespräch mit Enno und seine offensichtlichen Andeutungen haben mich mehr aufgeregt, als ich zugeben möchte.

Warum verlangt er von mir dauernd eine Art Geständnis? Was will er damit erreichen? Was ändert es für ihn, wenn ich meine wahren Gefühle offenbare? Diese Fragen kreisen in meinem Kopf, während ich nach Antworten suche, die ich nicht habe.

Mein Blick richtet sich auf Ennos Haus. Es brennt Licht im Fenster des ersten Stocks. Ist er dort oben? Was macht er wohl gerade? Liest er, oder ist er in Gedanken genauso versunken wie ich?

Es spielt keine Rolle.

Was auch immer Enno tut, es sollte mir egal sein.

Plötzlich öffnet sich sein Fenster sperrangelweit und ich erhasche einen Blick auf ihn. Er steht da, die Arme locker auf dem Fensterbrett abgestützt. Das Licht von drinnen wirft Schatten auf sein Gesicht.

Es überrascht mich, wie gefangen ich von diesem Anblick bin. Unsere Auseinandersetzung, sein plötzliches Auftauchen, all das scheint gerade in den Hintergrund zu rücken. Ich beobachte ihn einfach nur, frage mich, was in seinem Kopf vorgeht.

Dann, als ob er meine Blicke spürt, schaut er direkt zu meinem Fenster und unser Blick trifft sich. Enno hebt seine Hand und winkt mir zu. Ich erwidere den Wink nicht, muss allerdings so breit lächeln, dass mir sogar die Wangen schmerzen.

Dann dreht Enno sich um und verschwindet aus dem Blickfeld, zurück in das Licht seines Hauses. Wahrscheinlich geht er schlafen oder hat keine Lust mehr auf dieses Spiel, aber ich bleibe noch kurz am offenen Fenster stehen, lehne mich gegen den Fensterrahmen und blicke in die sternenklare Nacht.

Ich wende mein Gesicht dem Himmel zu und schließe die Augen. Der leichte Wind kitzelt meine Haut und wirbelt meine Haare durcheinander. Es riecht nach reifen Kirschen und Lindenblüten. Ich atme tief ein, als wäre es der beste Duft überhaupt.

Gerade, als ich das Fenster schließen und ins Bett gehen will, höre ich ein leises, ziehendes »Pssst!«. Überrascht schaue ich nach unten, wo das Geräusch herkam.

Im schwachen Licht der Straßenlaternen erkenne ich Enno. Er ist leger gekleidet in einer gut sitzenden Sommerhose und einem ärmellosen Träger-Shirt, das seine beeindruckenden, sonnengebräunten Oberarme zur Schau stellt. In seinen Händen hält er eine Flasche Wein und zwei Gläser. Er hebt die Hand mit der Flasche in einer einladenden Geste hoch.

»Dorothea, wie wär's mit Wein? Komm raus.«

Kapitel 31

Enno

Ich stehe im schwachen Licht der Straßenlaternen und fühle mich wie ein moderner Romeo.

»Pssst!«, zische ich leise.

In den Händen halte ich eine Flasche Roséwein und zwei Gläser. »Dorothea, wie wär's mit Wein? Komm raus«, rufe ich ihr zu, flüsternd, fast verschwörerisch, als würden wir gemeinsam einen Streich planen.

Ich bin mir sicher, sie wird erst die Augen verdrehen und vielleicht sogar ein genervtes Schnauben von sich geben. Sie könnte all mein Selbstvertrauen mit einem einzigen abweisenden Blick pulverisieren. Und obwohl ich mir alle Mühe gebe, nicht zu offensichtlich zu wirken, dass ihre Nähe nicht nur meine Hände, sondern auch meine Knie schwach macht und bei mir eine schreckliche Erektion auslöst, frage ich mich, wie lange ich noch standhalten kann, ohne den Kopf zu verlieren.

»Hast du den selbst ausgesucht?« Sie lehnt sich vor, sodass ihr T-Shirt noch ein wenig mehr verrutscht. Oh Mann, bitte nicht. Das ist mein sicheres Ende.

»Natürlich. Bin ja nicht nur auf dem Dach ein Profi«, rufe ich zurück, mit einem Grinsen, das ich mir mühsam abringe.

Sie verharrt kurz, als würde sie überlegen, und dann verschwindet sie einfach. Sie schaltet das Licht im Zimmer aus.

Stille.

Lässt sie mich jetzt so stehen, als wäre ich ein kompletter Idiot, der sich irgendetwas zusammenfantasiert hat und ihr im Endeffekt egal ist? Ich sehe mich um, und nehme einen tiefen Schluck Wein direkt aus der offenen Flasche, spüre den bitteren Geschmack auf meiner Zunge, als wäre es eine Art Trost für die enttäuschte Hoffnung. Es gibt niemanden, den ich dafür verantwortlich machen könnte, außer vielleicht mich selbst, weil ich die Situation falsch eingeschätzt habe.

Ein knackendes Geräusch zerreißt die Nachtstille, und ich höre, wie ihre Schritte näher kommen.

»Ich hoffe, der ist nicht schlecht geworden«, wirft Dorothea ein, und greift nach einem der Gläser, nachdem ich beide gefüllt habe. »Riecht ja schon mal nicht nach Essig.«

»Wart's ab, bis du ihn probiert hast. Der wird dich vom Hocker hauen«, verspreche ich. Vielleicht, nur vielleicht, nimmt der Abend ja doch noch eine spannende Wendung.

Nachdem wir beide unsere Gläser in der Hand halten, stoße ich mit einem verschmitzten Lächeln mein Glas gegen ihres. »Auf die Nacht«, sage ich und genieße den Moment unter dem flackernden Licht der Straßenlaternen.

Dorothea nippt skeptisch am Wein, lässt sich aber ein Moment Zeit, bevor sie ein überraschtes »Okay, der ist tatsächlich gut« von sich gibt. Ihr Blick wandert von dem Glas in ihrer Hand zu mir.

»Nicht schlecht, oder? Hab extra den ausgesucht, von dem ich dachte, er könnte dir gefallen.« Ich beobachte, wie sie das Aroma des Weins noch einmal prüft, ihn im Glas schwenkt und dann einen weiteren, bedächtigeren Schluck nimmt. Ein Lächeln umspielt ihre Lippen, das mich hoffen lässt.

Doch dann fixiert sie mich mit diesem Blick, der schon ganze Armeen zum Schweigen gebracht hat. »Solltest du nicht eigentlich auf Milena aufpassen? Warum treibst du dich hier nachts herum?«

Ich lege den Kopf schief. »Die Kleine schläft tief und fest seit Stunden. Keine Sorge, ich bin ein verantwortungsvoller Onkel.« Ich mache eine kurze Pause, bevor ich hinzufüge, »Lucy ist auf einer Party. Aber sag mal, woher weißt du das eigentlich?«

»Ich war auch dort. Bin Lucy begegnet, und sie hat mir erzählt, dass du heute Abend Babysitter spielst«, antwortet sie. Interessant.

»Warum stehen wir eigentlich hier auf der Straße? Komm schon, lass uns lieber auf meine Terrasse gehen«, schlage ich vor. Dorothea zögert kurz, erklärt sich jedoch einverstanden. Wir schlendern los.

»Und wieso bist du mit Wein rübergekommen?« Sie runzelt die Stirn.

»Ich mag es nicht, wenn du sauer auf mich bist, Dorothea. Lieber sorge ich für schöne Momente zwischen uns, statt uns in Missverständnissen zu verlieren.«

Ihr Seufzen ist leise, und ich kann nur erahnen, was in ihr vorgeht. Doch als sie neben mir hergeht, habe ich das Gefühl, dass wir uns auf etwas Größeres zubewegen als nur eine einfache Versöhnung unter dem Sternenhimmel.

Auf dem Weg zur Terrasse passieren wir einige Kirschbäume. »Schau dir diese Pracht an«, sagt sie. »Frau Grams und meine Oma haben diese Bäume vor geraumer Zeit gepflanzt.«

»Ah, das erklärt, warum sie so prächtig blühen und Früchte tragen.«

Dorothea betrachtet die Bäume und lächelt. »Diese Kirschbäume ... sie erinnern mich an meine Kindheit. Ich habe die Kirschen immer direkt vom Baum genascht.« Ein Lächeln spielt um ihre Lippen, und mir kommt die Erinnerung, wie sie gestern genau das tat — jede zweite Kirsche landete in ihrem Mund.

»Und hast die Kirschkerne auf den Boden gespuckt?«

»Nein, die hab' ich in die Sonne gelegt, bis sie trocken waren, und dann ...«, sie schaut mich direkt an, »... dann hab' ich mit meiner Oma Kirschkernsäckchen daraus genäht. Für kalte Wintertage, verstehst du?«

Ich nehme einen Schluck von meinem Wein und antworte mit einem zustimmenden Blinken meiner Augen. »Klingt nach einer tollen Kindheit. Ich hätte damals wohl eher die Kerne zu irgendwelchen Wurfgeschossen umfunktioniert.«

Ihr klares Lachen füllt die Luft und ich verspüre einen stechenden Schmerz in meiner Lendengegend. Ihr Gelächter ist ansteckend, und offen gestanden, habe ich gerade das Bedürfnis, die Wände hochzugehen, besonders nachdem ich sie vorhin in diesem aufreizenden Mini-Kleid gesehen habe. Und ehrlich, es hat mir überhaupt nicht gefallen, dass dieser zwielichtige Kerl sie nach Hause begleitet und versucht hat, sie zu küssen.

»Ja, das kann ich mir denken. Neulich hast du auch mit Kirschkernen nach mir geworfen«, wirft sie mir lachend vor.

»Hey, nur zu meiner Verteidigung, du hast nicht auf Milenas Rufe reagiert!«

Sie nimmt einen Schluck von ihrem Wein und stellt das Glas auf dem Terrassentisch ab. »Apropos Milena, ich finde es toll, wie du dich mit ihr verstehst. Ihr baut zusammen Sandburgen am Strand, und du passt auf sie auf, während ihre Mama auf eine Party geht. Das ist wirklich lieb von dir.«

»Lucy brauchte etwas Zeit für sich, und Milena ist einfach toll.

Es macht mir Spaß, Zeit mit ihr zu verbringen. Und ja, manchmal fühlt es sich an, als wäre ich wieder ein Kind«, gebe ich zu und lächle bei dem Gedanken an die Strandburg.

»Schön, wie du dich in diese Rolle einfindest.«

Ich seufze. »Nachdem Lucy ihren Mann vor zwei Jahren verloren hat, war es eine schwere Zeit für sie beide. Lucy war immer überzeugt, dass Milena eine stärkere männliche Präsenz in ihrem Leben braucht. Ein bisschen Stabilität und Sicherheit, die ich ihr vielleicht geben kann.«

Dorotheas Blick wird weicher. »Das ist wirklich bewundernswert von dir. Nicht jeder wäre bereit, so viel Verantwortung zu übernehmen.«

»Ich sehe es nicht als Last«, sage ich ehrlich. »Milena zu helfen, etwas Normalität in ihr Leben zu bringen, fühlt sich richtig an. Und Lucy ... sie braucht auch Unterstützung. Zu wissen, dass Milena in guten Händen ist, gibt ihr die Freiheit, sich um ihre eigenen Bedürfnisse zu kümmern.«

»Gut, dass du für deine Familie da bist. Und wie Milena aufblüht, wenn sie bei dir ist. Ihr beiden habt eine besondere Verbindung.«

»Es ist das Mindeste, was ich tun kann. Familie ist wichtig, und ich will sicherstellen, dass sowohl Milena als auch Lucy wissen, dass sie auf mich zählen können. Es hat mich sogar dazu bewogen, dieses Haus zu kaufen, um einen Ort für solche Momente zu schaffen. Lucy lebt in Nürnberg, ich war in Rostock. Wir haben uns einfach zu selten gesehen. Mit einem Ferienhaus hier auf Ahrenshoop wollte ich das ändern. Jetzt können wir uns hier in den Ferien treffen.«

Ich verstumme und in der Stille meldet sich Dorotheas Magen mit einem vernehmlichen Knurren zu Wort, was mich lächeln lässt. »Scheint, als würde jemand neben gutem Wein auch etwas

Festes vertragen können, hm?«

Sie sieht verlegen aus. »Ja, auf der Party gab's leider nur Getränke und nichts zu essen.«

»Ich hab' da was im Kühlschrank ... Oliven, etwas Käse und ein wenig von diesem italienischen Prosciutto. Wie klingt das für dich?«

»Klingt fantastisch. Begeisterst du dich etwa fürs Kochen?«

Ich lache laut auf. »Nein, ehrlich gesagt, darum hat sich Lucy gekümmert. Sie sorgt dafür, dass der Kühlschrank nicht ganz leer ist. Bei mir würde sich eine Maus erhängen.«

»Das klingt trotzdem sehr lecker. Ich sage ja zu den Snacks«, erwidert Dorothea und ich stehe auf.

»Dann mach' ich uns mal was zurecht. Fühl dich wie zu Hause, ich bin gleich wieder da.«

Mit diesen Worten verschwinde ich ins Haus und bin, ehrlich gesagt, froh, einen Moment für mich zu haben. Dorotheas Anwesenheit, ihr Lachen, die Art, wie ihr T-Shirt ihren Körper umspielt — all das bringt mich um den Verstand. Am liebsten würde ich sie jetzt zu mir ziehen, eng an mich drücken und den Abend eine ganz andere Richtung nehmen lassen.

In der Küche versuche ich, mich auf das Zurechtmachen der Snacks zu konzentrieren, doch mein Kopf ist voller Gedanken an Dorothea. Es ist klar, sie ist niemand für eine flüchtige Nacht. Dorothea hat etwas an sich, das mehr verlangt, mehr bedeutet. Und plötzlich wird mir bewusst, dass ich mehr von ihr will, dass ich sie brauche, und zwar nicht nur für ein flüchtiges Abenteuer, wie Michelle es war.

Ich lege die Oliven in eine Schale, schneide den Käse, drapiere den Prosciutto und frage mich, was ich wirklich will. Eine Beziehung? Kann ich mir das mit Dorothea vorstellen? Bisher hat das Konzept einer festen Bindung mich eingeschüchtert, doch bei ihr fühlt sich alles anders an.

Ich reibe mir das Gesicht mit den Händen, kneife die Augen zusammen und merke nicht einmal, dass ich nicht alleine im Raum bin.

»Du warst so lange weg, ich dachte, du könntest vielleicht etwas Hilfe gebrauchen.«

Als ich mich umdrehe, steht Dorothea unmittelbar hinter mir, spielt gedankenverloren mit dem Saum ihres unverschämt sexy aussehenden T-Shirts. Ihr Gesicht zeigt eine Mischung aus Gefühlen, so intensiv und fesselnd, dass mir die Sprache verschlägt.

Ich greife nach ihrer Hand und ziehe sie sanft näher zu mir. Ihre Finger zögern einen Herzschlag weit entfernt von meiner Haut, und ich spüre, wie sie leicht zusammenzuckt, fast so, als stünde sie am Rand einer Entscheidung.

»Ich möchte, dass du weißt, ich bin im Moment alleine.« Meine Stimme ist leiser als beabsichtigt, ehrlich und roh.

»Und ...«, beginnt sie, doch ich unterbreche sie sanft.

»Es gibt niemanden«, versichere ich ihr, alle möglichen Einwände im Keim erstickend. »Alles, was du am Gartentor gesehen oder gedacht hast ... es war Abschied.«

Ihre Nähe lässt mich jeden klaren Gedanken vergessen, macht es schwer, die richtigen Worte zu finden. Aber ich muss es ihr sagen, muss ihr zeigen, dass dies, hier und jetzt, das Einzige ist, was zählt.

Vielleicht möchte Dorothea etwas sagen, vielleicht hat sie Zweifel oder Ängste, die sie zurückhalten. Aber ich sehe auch das Zögern in ihren Augen schwinden, ersetzt durch ein stilles Einverständnis, das keine Worte braucht. Sie fürchtet, was zwischen uns entsteht, vielleicht sogar mehr, als ich es tue. Doch gerade ist es der Mut, der über die Furcht siegt.

Von einem Impuls geleitet, den ich nicht unterdrücken möchte, neige ich mich zu ihr und unsere Lippen treffen sich in einem zärtlichen, forschenden Kuss. Was morgen sein wird, spielt keine Rolle. Die Vergangenheit, die Zukunft — alles verschwimmt zu einem unwichtigen Hintergrundrauschen.

Ihre Lippen sind weich, reagieren auf meine mit einer Süße, die mehr nach Verlangen als nach Zucker schmeckt. Dorothea legt ihre Arme um meinen Hals, zieht mich näher, und ich erwidere die Umarmung, lasse mich vollständig in die Empfindungen fallen, die sie in mir auslöst.

Etwas fällt auf den Boden und zerbricht, während ihre Arme mich umschlingen, doch es ist unwichtig. Alles, was zählt, ist hier und jetzt — die Wärme ihrer Haut, das leise Seufzen, das sie ausstößt, und das Gefühl der Vollkommenheit, das sich einstellt, als würden zwei Puzzlestücke zusammenfinden.

»Noch ein bisschen, und ich werde nicht aufhören können«, warne ich vorsichtshalber. Dorothea streicht mit ihren Nägeln über meinen Rücken und stimmt allem ohne Worte zu, was als Nächstes passieren könnte.

Ich küsse sie, wieder und wieder, meine Hände können nicht stillhalten und ziehen sanft an ihrem T-Shirt. Kleidung erscheint als eine unnötige Barriere, ein Hindernis, das den unmittelbaren Kontakt unserer Haut verhindert. Ich will nichts zwischen uns haben, will die Verbindung spüren, die uns so intensiv vereint. Gerade als ihr T-Shirt den Weg zum Boden findet und ich mich darauf vorbereite, diesen Moment voller Sehnsucht zu genießen, hören wir eine leise, unschuldige Stimme.

»Onkel Enno, ich kann nicht schlafen.«

Kapitel 32

Enno

Milenas Stimme erklingt in der Stille. Ich zucke zusammen und merke, wie Dorothea neben mir erstarrt. Schnell hebe ich ihr T-Shirt und reiche es ihr. Sie zieht sich zügig an.

Ich wende mich der kleinen, unschuldigen Gestalt zu, die im Türrahmen steht und sich schläfrig ihre Augen reibt.

»Hey, kleine Prinzessin.« Ich spreche so beruhigend wie möglich, obwohl in mir ein Sturm der Emotionen tobt.»Was ist denn los? Hast du vielleicht einen schlechten Traum gehabt?«

Dorothea zieht ihr T-Shirt glatt und schenkt Milena ein warmes, einladendes Lächeln.

»Ich weiß nicht ... Ich bin nur aufgewacht und konnte dann nicht mehr schlafen«, murmelt Milena und drückt ihr Lieblingsstofftier *Flecki* an sich.

»Komm her, ich bring' dich wieder ins Bett. Vielleicht hilft eine kleine Geschichte zum Einschlafen?«

»Ich möchte nicht zurück ins Bett, Onkel Enno. Kann ich bei euch bleiben? Ich habe Durst.«

Ihr Wunsch rührt mich, und ich kann ihr kaum etwas abschlagen. »Natürlich, Kleines. Ich gebe dir etwas zu trinken.« Ich wende mich um, um ihr ein Glas Wasser zu holen.

»Komm, setz dich«, sagt Dorothea und klopft auf einen Hocker, der neben ihr am Küchentisch steht.

»Aber ich möchte lieber Milch, bitte. Warme Milch«, wirft Milena ein. Sie geht auf Dorothea zu und setzt sich auf den Küchenhocker. Ihr Stofftier legt sie sich fürsorglich auf ihren Schoß.

»Na gut«, seufze ich, »dann eben warme Milch.«

Ich hole ein Tetrapak aus dem Kühlschrank, gieße die Milch in ein Glas und stelle sie in die Mikrowelle. Das sanfte Summen füllt die Küche, das von gelegentlichen Klicks begleitet wird.

Dorothea nimmt neben Milena Platz. »Weißt du, Milena«, beginnt sie sanft, »warme Milch vor dem Schlafengehen ist ein echtes Wundermittel. Als ich klein war, hat mir meine Oma immer warme Milch mit Honig gemacht, wenn ich nicht schlafen konnte. Glaubst du, das hilft dir auch?«

Milena nickt eifrig und ihr Gesicht hellt sich bei dem Gedanken auf. »Ja, das klingt lecker. Kann ich auch Honig in meiner Milch haben, Onkel Enno?«

»Natürlich kannst du das«, antworte ich lächelnd. Ein klarer Piepton ertönt und signalisiert, dass die Milch fertig erwärmt ist. Ich öffne die Mikrowelle und nehme das warme Glas heraus, füge einen kleinen Löffel Honig hinzu und rühre ihn sorgfältig unter, bevor ich das Glas vor Milena stelle.

»Danke, Onkel Enno«, entgegnet sie und greift nach dem Glas mit beiden Händen. Ich sehe zu, wie Dorothea sie liebevoll dabei beobachtet. Es ist offensichtlich, dass sie ein natürliches Talent dafür hat, sich um andere zu kümmern, und ihre sanfte, beruhigende Präsenz hat eine spürbar positive Wirkung auf Milena. Das war mir schon am Strand aufgefallen.

»Wie fühlt sich das an?«, fragt Dorothea, nachdem Milena ein paar Schlucke genommen hat.

»Warm und kuschelig«, seufzt die Kleine zufrieden, bevor sie ihr Glas absetzt und uns genauer mustert. »Onkel Enno, Thea, habt ihr gerade geknutscht, als ich kam? Seid ihr verliebt?« Ihre Frage kommt mit jener unverblümten Ehrlichkeit, die nur ein Kind aufbringen kann.

Dorothea und ich werfen uns einen kurzen, leicht überraschten Blick zu. Bevor die Stille sich zu einer peinlichen Pause ausdehnen kann, versuche ich, mit Humor die Situation zu entspannen. »Knutschen? Also wirklich, Milena, das klingt ja, als ob wir im Kindergarten wären!« Ich schüttle den Kopf und zwinkere Dorothea zu, die mir ein mitfühlendes Lächeln schickt. »Aber jetzt mal im Ernst, wir sind gute Freunde. Freunde können sich auch sehr mögen, weißt du?« Ich hoffe, diese Erklärung ist kindgerecht genug, um Milenas Neugier zu befriedigen, ohne weitere Verwirrung zu stiften.

Milena sieht mich skeptisch an. Ihre Stirn ist in Falten gelegt, als würde sie erwägen, ob meine Antwort glaubwürdig ist oder nicht. Doch bevor sie weiter nachhaken kann, wechsle ich schnell das Thema. »Aber erzähl uns, kleine Detektivin, was hält dich eigentlich wach? Gibt es einen besonderen Grund, warum du nicht schlafen kannst?«

Milena lehnt sich zurück und zieht *Flecki* enger an sich. »Nun, ich hab' geträumt, aber dann war der Traum weg, und ich konnte mich nicht mehr erinnern ... Und dann war es dunkel und still.«

Dorothea, die neben Milena sitzt, neigt sich ihr zu und sagt sanft: »Das klingt, als hättest du viel nachzudenken gehabt. Aber weißt du was? Manchmal helfen Geschichten beim Einschlafen. Oder wir können morgen zusammen etwas Schönes planen. Was meinst du?«

Milena scheint die Idee zu gefallen, denn ein kleines Lächeln erscheint auf ihrem Gesicht. »Ja, das klingt gut. Vielleicht können wir den Hühnerstall anmalen, den Onkel Enno heute repariert hat!«

»Den Hühnerstall anmalen? Das ist eine fantastische Idee, Milena! Dein Onkel und ich haben sogar schon Farben im Baumarkt besorgt. Wir haben an alles gedacht — leuchtendes Gelb, Grasgrün und sogar Himmelblau für ein paar Wolken. Wie klingt das für dich?«

Milena klatscht begeistert in die Hände. »Oh, das wird der schönste Hühnerstall der Welt! Ich möchte einen großen Regenbogen malen!«

Ich muss lächeln bei dem Gedanken, wie Dorothea und Milena zusammen das Holz anmalen werden.

»Einen Regenbogen? Na gut. Wir überlegen uns morgen, was genau wir malen werden und machen das bunteste Hühnerhaus weit und breit«, bestätigt Dorothea und ich werfe ihr einen dankbaren Blick zu. Ihre Fähigkeit, Milenas Sorgen in Vorfreude umzuwandeln, bestärkt mich nur in meinem Gefühl, dass ihre Anwesenheit in unserem Leben etwas Besonderes ist.

»Gut, dann ist es beschlossen. Morgen wird ein kreativer Tag. Aber jetzt«, ich deute lächelnd auf Milena, »wird es Zeit, dass kleine Künstlerinnen ins Bett gehen, damit sie morgen viel Energie haben.«

»Können wir nicht noch zusammen einen Zeichentrickfilm gucken? Bitte!«, insistiert die Kleine mit einem Blick, der wohl jeden Eisberg zum Schmelzen bringen könnte. Ich sehe zu Dorothea, und hoffe, sie auf meiner Seite zu haben, doch sie überrascht mich.

»Komm schon, Enno. Ein Film schadet doch nicht. Wir machen es uns gemütlich auf dem Sofa.«

»Na gut«, gebe ich mich geschlagen und wir machen es uns auf der Couch im Wohnzimmer bequem. Milenas Wahl ist *Wish* — ein Film, der sogar meinem steinernen Herz ein paar warme Regungen entlockt.

Milena kuschelt sich zwischen Dorothea und mich. Sie schaut gebannt zu, und ihre Augen leuchten im Schein des Bildschirms. Eine Szene wie aus einem dieser perfekten Familienportraits, nur dass meine Gedanken gelegentlich abschweifen. Ich sehe Dorothea immer wieder an, genieße ihre Nähe und bedauere insgeheim, dass der Abend anders verläuft, als ich es mir erhofft hatte.

»Hätte ich gewusst, dass wir einen Kinderfilmabend machen, hätte ich mir das mit dem Küssen für später aufgespart«, murmle ich leise, als ich mir sicher bin, dass Milena vollends in den Film vertieft ist, und sorge damit für ein leises Kichern bei Dorothea.

»Nächstes Mal zerre ich dich direkt ins Bett, bevor unerwarteter Besuch auftaucht«, flüstere ich Dorothea zu und grinse sie frech an. Sie antwortet mit einem spielerischen Stoß gegen meine Schulter und einem Augenrollen, das alles sagt.

Ein Geräusch eines sich drehenden Schlüssels im Türschloss unterbricht den Moment. Ein leises Knacken, gefolgt von einem Lichtstrahl, der den Flur erhellt und sich kurz darauf in das Wohnzimmer ergießt, kündigt die Ankunft von Lucy an. Sie tritt ein. Die Überraschung steht ihr deutlich in ihrem Gesicht geschrieben, als sie uns alle zusammen findet, immer noch wach und mitten in der Nacht.

»Was ist denn hier los? Wieso seid ihr alle noch wach?«

Kapitel 33
Thea

Lucy klingt mehr verwirrt als ärgerlich. Ich kann sehen, wie sie sich bemüht, die Situation zu erfassen — Milena, halb eingeschlafen auf dem Sofa, Enno mit einem schiefen Grinsen, das Unschuld simuliert, und ich, irgendwo dazwischen, nicht sicher, ob ich lächeln oder helfen soll.

»Spontaner Filmabend«, wirft Enno ein. »Milena konnte nicht pennen, und dann ...« Er zuckt mit den Schultern, als könnte das alles erklären.

Lucy schüttelt den Kopf, aber ich sehe ein Lächeln in den Ecken ihrer Lippen. »Na gut, aber jetzt wird's wirklich Zeit fürs Bett, Milena. Komm.« Sie streckt liebevoll ihre Hand aus, mit dem Vorhaben, ihre Tochter ins Bett zu geleiten.

»Aber ich will, dass Enno mich ins Bett bringt!«, protestiert Milena.

»Schätzchen, es ist schon spät«, versucht Lucy, vernünftig zu klingen, doch Milena bleibt unbeirrt.

Enno erhebt sich mit halb amüsiertem, halb resigniertem Gesichtsausdruck von der Couch. »Sieht so aus, als hätte ich heute Nacht eine besondere Aufgabe. Na komm, Prinzessin. Ich bringe dich ins Bett.«

Lucy sieht Enno dankbar an. Als die beiden nach oben verschwinden, bleibe ich mit ihr zurück. Ich verspüre ein leichtes Unbehagen, immerhin kennen wir uns kaum.

»Tut mir leid, wegen der ganzen Aufregung. Ich hatte nicht mit Besuch gerechnet und nicht erwartet, alle noch wach zu finden«, entschuldigt sich Lucy.

»Ach, mach dir keine Sorgen wegen der Aufregung«, wiegele ich Lucys Entschuldigung ab und bemerke, wie ihr Blick kurz über die verstreuten Snacks und den halb leeren Wein auf dem Küchentisch streift.

»War das etwa ein Date zwischen euch?«

»Oh, weit gefehlt«, erwidere ich lachend. »Ich habe die Party früh verlassen, und Enno lud mich spontan auf ein Glas Wein ein. Mehr ein entspanntes Beisammensein als ein echtes Date.«

Lucy nickt lächelnd.

»Ich sollte jetzt wahrscheinlich gehen«, erwähne ich beiläufig.

»Muss es denn schon sein? Bleib doch noch auf ein Glas. Mich interessiert, was du über Olli zu erzählen hast. Ihr versteht euch gut, stimmt's?«

Ihre Einladung lässt mich zögern, doch schließlich nehme ich das angebotene Glas entgegen. Lucy und ich setzen uns an den Küchentisch. Sie nimmt sich eine Olive von der Snackplatte, die Enno hergerichtet, wir aber unberührt gelassen hatten, und schiebt sie sich geschickt in den Mund.

»Enno hat mir neulich gesagt, ich sollte endlich wieder ausgehen, Spaß haben ... auf Dates gehen.« Lucy lässt nachdenklich den Wein im Glas kreisen. »Er meint es gut, aber ...«, sie zögert, »es ist kompliziert. Ich bin jetzt seit zwei Jahren Witwe. Es fühlt sich an, als würde ich von vorn beginnen.«

»Das muss sehr schwer für dich sein.« Ich verstehe ihre Gefühle. Jens hatte ich für mich ebenfalls *beerdigt* und seitdem mich nicht erneut auf einen Mann eingelassen.

Lucy nickt langsam.

»Darf ich fragen ... was ist passiert, wenn du darüber sprechen möchtest?«

Lucy holt tief Luft. »Es war ein schleichender Prozess. Mein Mann ... er brauchte immer mehr Energie. Anfangs waren es nur gelegentliche Energydrinks, die ich ihm besorgte. Er arbeitete so hart und mit Milena, die noch klein war, schien es die einzige Lösung.«

Sie macht eine Pause. »Irgendwann wurden aus zwei Drinks pro Woche zwei pro Tag. Er begann, über stechende Schmerzen in der Brust zu klagen. Wir nahmen an, es sei nichts Ernstes, vielleicht nur eine Folge des intensiven Trainings und der Stress. Aber die Schmerzen wurden regelmäßiger, und er konnte nachts nicht mehr schlafen. Wir suchten einen Arzt auf, der ihn durchcheckte, aber nichts fand. Trotzdem schickte er uns zur Notaufnahme, vermutete ein Herzproblem.«

Lucy stockt. »In jener Nacht erlitt er einen Herzinfarkt. Die Familie kam, um Abschied zu nehmen ... Die Ärzte versuchten es mit dem Defibrillator, ganze viermal. Aber es half nichts. Er starb noch in derselben Nacht.«

Eine schwere Stille senkt sich über uns. »Lucy, das tut mir so leid. Niemand sollte so etwas durchmachen müssen.«

Sie nickt traurig, aber ein schwaches Lächeln umspielt ihre Lippen. »Es ist hart, Thea. Aber das Leben geht weiter, nicht wahr? Heute habe ich es gewagt, mit Olli auszugehen. Ich bin mir nicht sicher, wohin das führen wird, aber es ist ein Anfang.«

»Es ist definitiv ein Anfang«, stimme ich zu und lächle aufmunternd. »Und du hast Menschen um dich, die dich unterstützen. Enno unterstützt dich.«

»Ja, das tut er. Und zwischen uns gesagt, ich glaube, er hat ein Auge auf dich geworfen, Thea.« Sie sieht mich mit einem vielsagenden Blick an. »Er mag vielleicht nicht direkt darüber sprechen, aber es ist offensichtlich, wie er dich ansieht.«

»Enno ist ein guter Nachbar. Er hat wirklich mit dem Hühnerstall geholfen und ist einfach ... da, wenn man ihn braucht.« Meine Worte sind ein Versuch, das Thema zu umschiffen.

Lucy schüttelt sanft den Kopf. »Nein, Thea, das ist mehr als bloße Nachbarschaftshilfe. Ich kenne meinen Bruder. So engagiert und fürsorglich habe ich ihn selten erlebt. Er mag dich wirklich sehr, da bin ich mir sicher.«

»Vielleicht interpretierst du da zu viel hinein«, weiche ich aus und bemühe mich, ein Lächeln aufzusetzen. Doch in meinem Inneren rattert es. Lucys Worte haben mich mehr getroffen, als ich zugeben möchte. Ein flüchtiger Blick zur Uhr verstärkt mein Unbehagen — es ist bereits fast zwei Uhr nachts. Wo bleibt die Zeit, wenn man sich in tiefgründigen Gesprächen verliert?

»Oh, ich habe gar nicht bemerkt, wie spät es geworden ist. Ich sollte wirklich nach Hause gehen.« Ich erhebe mich vom Stuhl. Enno ist schon eine Weile weg, um Milena ins Bett zu bringen. Ist er vielleicht selbst eingeschlafen? »Lucy, es war wirklich schön, mit dir zu reden. Aber jetzt muss ich wirklich. Sag Enno bitte, dass ich gegangen bin, falls er schon schläft.«

Lucy bringt mich zur Tür. »Mach' ich. Guten Nacht, Thea.«

Ihre Worte begleiten mich hinaus in die kühle Nachtluft. Lucys Beobachtungen über Enno, die möglichen Gefühle, die zwischen uns schwelen — all das wirbelt in meinem Kopf herum und hinterlässt ein Gefühl der Unsicherheit, gepaart mit einer vagen Hoffnung.

Was, wenn Lucy recht hat? Was, wenn zwischen Enno und mir wirklich mehr ist und ich mich nur dagegen sträube, mir irgendwelche Probleme ausdenke, die gar nicht da sind, nur weil mich meine Vergangenheit derart gezeichnet hat?

In Gedanken versunken, landet mein Fuß auf etwas, das definitiv nicht zum Hofbelag gehört. Ein lautes »KRAAAAAH« zerreißt die nächtliche Stille. Blitzschnell ziehe ich meinen Fuß zurück und blicke entsetzt auf Geralt, der mich jetzt anfunkelt, als hätte ich seinen nächtlichen Ausflug vereitelt.

»Oh, Geralt, Entschuldigung!«, stammle ich und muss mich beherrschen, nicht laut loszulachen. Der Hahn schüttelt sich empört, streckt mir einmal sein prächtiges Federkleid entgegen, als wollte er sagen: »Sieh, was du angerichtet hast!«

»Na, hast du wieder vor, die Nachbarschaft unsicher zu machen? Du nimmer ruhender Ausbüxer!«

Geralt berappelt sich und glättet stolz sein Gefieder. Für einen Moment scheint er mich aus seinen kleinen, aufgeweckten Augen zu mustern, dann gibt er ein entrüstetes »Bock bock« von sich und trippelt würdevoll davon, als wäre nichts geschehen.

»Du bist ein echter Charakter, Geralt. Pass nur auf, dass du nicht eines Nachts den Fuchs zum Tanz bittest.«

Ich betrete das Haus und mache mich direkt auf den Weg ins Badezimmer, um mir die Zähne zu putzen. Etwa eine Viertelstunde später verlasse ich das Bad.

Das Haus liegt in stiller Dunkelheit, als ich die Treppen emporsteige. Ich betrete mein Zimmer, das in ruhiges Mondlicht getaucht ist, und beginne mich auszuziehen, bleibe in Unterwäsche zurück.

»Wo ist bloß mein Schlafanzug?«, murmle ich vor mich hin, durchwühle kurz die Kommode, als ein unerwartetes Geräusch mich stocken lässt.

»Überraschung!«, höre ich hinter mir und zucke erschrocken zusammen.

Kapitel 34

Thea

Erschrocken drehe ich mich um und finde Enno, wie er am Fenster steht. Ein schalkhaftes Lächeln umspielt seine Lippen und seine Augen gleiten spielerisch über meine überraschte Miene.

Mein Herz klopft wild. Ich war genauso entsetzt, als er mich mit Wasser bespritzt hatte.

»Du hast mich erschreckt«, gebe ich zu und atme tief durch, um mich zu beruhigen.

»Du bist wirklich leicht zu erschrecken.«

»Wie wär's, wenn du dir eine Kuhglocke umhängst? Dann höre ich dich wenigstens kommen. Und es hat den netten Nebeneffekt, dass jeder denkt, die Alpen sind ins Flachland gezogen!«

»Und was ist mit dem Überraschungseffekt?«, fragt er fast ernsthaft.

»Überraschungseffekt?« Ich schaue Enno vorwurfsvoll an. »Wenn ich jedes Mal einen Schreck bekomme, könnte mein nächster Überraschungseffekt darin bestehen, in Ohnmacht zu fallen. Und glaub mir, das will keiner von uns beiden!«

Enno macht nur einen Schritt auf mich zu, und meine Nervenenden senden Millionen von Impulsen direkt in mein Gehirn. Alle auf einmal, als hätten sie sich verabredet.

»Was tust du hier überhaupt?«, will ich wissen.

»Hast du gedacht, du könntest einfach ohne eine ordentliche Verabschiedung gehen?«

»Du warst so lange weg. Ich dachte, du wärst eingeschlafen.«

Ennos Grinsen weicht einem weicheren, nachdenklichen Ausdruck. »Schlaf ist für diejenigen, die nicht das Vergnügen haben, dich in Verlegenheit zu bringen. Außerdem, wie könnte ich ruhig schlafen, ohne dir persönlich eine gute Nacht zu wünschen?«

Ich schnaube und berühre sanft sein Kinn mit meiner ausgestreckten Hand. Seine Bartstoppeln kitzeln meine Fingerspitzen.

»Warum der spektakuläre Auftritt über das Fenster? Du hättest auch durch die Tür gehen können. Meine Oma findet dich nett, sie hätte dich sicher nicht hinausgeworfen.«

»Ich wollte den Moment etwas ... dramatisieren. Außerdem hätte ich durch die Tür nicht den Anblick genießen können, der sich mir jetzt bietet.«

Er macht einen Schritt zurück und mustert mich. Plötzlich wird mir bewusst, dass ich nur in Unterwäsche vor ihm stehe. Es fühlt sich zu spät an. Jetzt nach etwas zum Bedecken zu greifen, auch zu albern. Die Erinnerungen an unsere letzten intimen Momente flackern in meinem Kopf auf, bringen die Hitze in meine Wangen. Warum sollte ich jetzt Scham empfinden, wo ich ihm doch schon einmal so nahe war?

»Typisch du«, entgegne ich spielerisch tadelnd, doch das Lächeln auf meinen Lippen verrät meine wahre Stimmung. »Ein echter Charmeur.«

Ennos Augen funkeln amüsiert. »Ein Charmeur, der nur Augen für dich hat. Glaub mir, ich hätte keinen besseren Grund haben können, hier heraufzuklettern. Gut, dass du das Fenster aufgelassen hast.«

»Ich muss zugeben, das ist ein ziemlich überzeugender Grund«, flüstere ich. Meine vorherige Anspannung löst sich in der warmen Luft zwischen uns auf. Mein Herz schlägt immer noch schnell, aber jetzt aus einem anderen Grund.

Langsam, als wolle er mir die Gelegenheit geben, mich zurückzuziehen, verringert Enno die Distanz zwischen uns. Seine Hand findet den Weg zu meiner Taille, leicht, fast zögerlich, als ob er meine Reaktion abwartet.

Statt zurückzuweichen, schließe ich den kleinen Raum zwischen uns. »Vielleicht sollte ich anfangen, deine nächtlichen Besuche zu erwarten«, sage ich leise, mein Blick auf seine Lippen gerichtet, die jetzt nur noch einen Atemzug von meinen entfernt sind.

»Das wäre nur angemessen«, haucht Enno, bevor er den letzten Abstand zwischen uns überwindet und seine Lippen sanft auf meine legt. Der Kuss ist zunächst zaghaft, tastend, als wären wir beide uns noch unsicher über das Terrain, das wir betreten. Doch schnell gewinnt er an Vertrauen, an Tiefe, entfacht ein Feuer, das in meinem ganzen Körper zu lodern beginnt.

Ich schlinge meine Arme um Ennos warmen Nacken, und seine Lippen finden die meinen in einem zarten Kuss. Alle unsere vorherigen Küsse waren wild, am Rande des Wahnsinns, leidenschaftlich und verrückt, aber dieser ist sanft, fast unschuldig. Enno scheint von mir zu kosten, als wäre ich das raffinierteste Dessert, und sein heiseres Atmen entweicht seiner Brust. Ich weiß nicht, wie er sich zurückhalten kann, denn ich bin bereits am Rande.

In seiner Umarmung finde ich eine nie gekannte Ruhe, eine Stille, die mehr sagt als tausend Worte. Enno reagiert auf jede meiner Regungen mit einer Intensität, die mich ganz einnimmt.

Die Welle des ersten Vergnügens durchläuft meinen Körper — flüchtig, zerbrechlich wie ein Schleier, und Enno küsst mich fester, dringt mit seiner Zunge in meinen Mund ein und verschmilzt mit meiner. Es gibt keine Zärtlichkeit mehr. Nur das wilde Verlangen zu besitzen.

»Wenn jetzt jemand hereinplatzt, überlebe ich das nicht«, keucht Enno mir ins Ohr, seine Worte unterbrochen von Küssen und leichten Bissen.

»Moment.« Ich löse mich von ihm und gehe zur Tür. Mit einem leisen Klick drehe ich den Schlüssel im Schloss, dann kehre ich zu Enno zurück, der mich mit einem Lächeln erwartet, das alles Verständnis der Welt ausdrückt. »Keine Sorge, jetzt sind wir ungestört«, flüstere ich, als ich wieder in seine Arme gleite.

Enno lacht, indem er seine Stirn an meine Schulter lehnt. Sein heißer Atem kitzelt mich. Ich lasse meine Hand in seine Haare gleiten und streiche mit meinen Fingern leicht gewellte Strähnen — das ist das intimste und aufregendste, was ich je in meinem Leben getan habe, ehrlich.

Enno führt mich zum Bett, und sobald wir uns hingelegt haben, lässt sein intensiver Gesichtsausdruck mich fühlen, als könnte er jede meiner Gedanken lesen und tiefer als je zuvor in mein Innerstes blicken.

»Wir müssen nichts überstürzen. Ich bin hier, um mit dir zusammen zu sein, in jedem Tempo, das du wählst«, sagt er sanft und doch voller ungezähmter Emotionen.

Die Vorstellung, dass er jetzt aufhören und sich zurückziehen könnte, mir nur einen letzten flüchtigen Kuss auf meine Wange drückt, als ob das unsere intensiven Momente zusammenfassen könnte, ist unerträglich.

»Ich bin eine erwachsene Frau, Enno und bin mir meiner Entscheidung bewusst«, stelle ich klar. »Also spare dir die Worte. Lass uns nicht den Moment zerdenken.«

Enno reagiert auf meine Worte und sein Gesicht entspannt sich zu einem Lächeln, das sowohl Verständnis als auch tiefe Zuneigung ausdrückt. Seine Küsse wandern immer tiefer. Als seine Zunge feuchte Kreise um meinen Bauchnabel zeichnet, durchfährt mich bereits ein erwartungsvolles Zittern. Das ist wirklich großartig.

Ich schließe die Augen, ziehe die Decke mit meinen Fingern zusammen und bin bereit für alles.

Kapitel 35
Enno

Dorothea schläft leise. Ich starre an die Decke und überlege, ob ich jetzt Superheldenkräfte habe. Ja, so fühlt es sich an, nachdem was gerade passiert ist — als könnte ich fliegen. Oder zumindest die Decke mit bloßen Gedanken anheben. Wahnsinn, wirklich. Ich habe in den letzten fünfzehn Minuten mehr Herzschläge gezählt als ein hyperaktiver Schrittzähler.

Dorothea ist noch schöner, als ich es mir je ausgemalt hätte. Meine Haut kribbelt noch von ihrer Berührung. Ich bin kein Neuling in Sachen Sex, aber das hier? Das war nicht nur Feuerwerk, das war ein ganzes Lichterfest. Ich will mehr, viel mehr, obwohl ich gerade das Gefühl habe, meine Lebensenergie hätte sich auf einen Streich verdünnisiert.

Mich beschäftigt die Frage, ob ich Dorothea mehr bieten kann als nur eine Wiederholung der letzten Stunden? Sie hat definitiv mehr verdient als nur meinen Körper und gelegentliche Treffen.

Sinniere ich jetzt echt in einer post-orgasmischen Verwirrung über Zukunftsaussichten?

Ich fahre Dorothea sanft durch die Haare, die sich frech über ihr Gesicht gelegt haben, betrachte sie im bleichen Mondlicht.

Sie sieht entspannt und friedlich aus. Ich fange an, mich von ihrer Gelassenheit anstecken zu lassen, meine Lider werden schwer, aber dann … verfluchte Biologie. Ich muss dringend mal für kleine Jungs.

Großartig!

Ich bin durch das Fenster in ein fremdes Haus eingebrochen, und kann jetzt nicht einfach auf eine Erkundungstour durchs Haus auf der Suche nach einer Toilette gehen. Ich habe gedacht, morgen würde ich mit Blumen durch die Tür marschieren, damit ein Zeichen setzen und alles wird gut. Bis dahin gilt es, unentdeckt zu bleiben und ... verdammt, diese menschliche Natur.

Ich wälze mich hin und her, versuche, eine bequeme Position zu finden, aber Schlaf ist unmöglich, wenn die Blase drückt. Ich muss wirklich ganz dringend!

Okay, Plan B. Ein echter Kerl lässt sich von so etwas nicht aufhalten.

Vorsichtig, um Dorothea nicht zu wecken, stehe ich auf, knirsche über den knarrenden Dielenboden und fühle mich wie ein Verbrecher. Ich taste nach meiner Unterhose, die irgendwo im Raum ihren neuen Lebensraum gefunden hat. Nach einer kurzen, aber intensiven Suche unter dem Bett — zusammen mit einer nicht identifizierbaren Flusensammlung und Dorotheas Pantoffel, die mich angrinst, als wüsste er mehr über die letzte Nacht als ich — habe ich endlich Erfolg.

Jetzt nur noch den Rest meiner Montur zusammenklauben. Shorts, Shirt, Socken — alles wird in einer fließenden Bewegung aufgesammelt und angezogen. Okay, fast fließend. Die Socke entpuppt sich als listiger Gegner und spielt Verstecken. Aber auch diese Herausforderung meistere ich mit Bravour.

Vollständig bekleidet, schleiche ich mich Richtung Fenster. Draußen kündigt sich der Morgengrauen an. Ein letzter Blick zurück auf Dorothea, und ich spüre dieses warme Gefühl. Verdammt, sie bringt mich noch um den Verstand. Ich plane, schnell nach Hause zu laufen und zurückzukehren, bevor Dorothea aufwacht. Man lässt eine Frau nach so einer Nacht nicht alleine; das könnte sie traurig machen und zum unnötigen Grübeln verleiten.

Ich öffne das Fenster so leise wie möglich. Frische Nachtluft strömt herein. Ein, zwei Beine raus, und ich bin fast frei. Doch nichts da. Mein Fuß verfängt sich im Vorhang. Ein kurzer, aber heftiger Kampf mit dem Stoffmonster beginnt. Ich – 0, Vorhang – 1. Mit einem Ruck befreie ich mich, nicht ohne eine geräuschvolle Landung im Gebüsch direkt neben der Veranda.

Ich brauche etwas, um mich vom Schock der unsanften Landung zu erholen. Danach richte ich mich auf und klopfe mir die Blätter und den Schmutz von den Klamotten.

»Superheld«, murmle ich selbstironisch und schaue mich schnell um: Keine Zuschauer, die Nacht hüllt alles in ihr Schweigen.

Plötzlich ertönt ein Rascheln. Mein Herz setzt aus.

Doch das ist nur Geralt, der mich geringschätzig mustert.

»Na, du Ausreißer«, flüstere ich und atme aus. »Hast wohl gedacht, du bist der Einzige, der hier nächtliche Streifzüge unternimmt?«

Geralt scharrt demonstrativ mit den Füßen, als wollte er sagen: »Im Vergleich zu dir bin ich ein Profi.« Ist er ja auch, wie oft er schon ausgebüxt ist. Da hilft auch der reparierte Hühnerstall nicht, wie ich sehe.

Er gibt ein triumphierendes Bock-bock von sich, als ob er die ganze Welt über mein Missgeschick informieren möchte.

»Danke, wirklich hilfreich.« Ich schüttle den Kopf.

Geralt scheint sichtlich zufrieden, dass er seine Pflicht erfüllt hat und stolziert ab.

Mit einem letzten Blick nach oben, um sicherzugehen, dass Dorothea nicht wach geworden ist, schleiche ich mich davon. Die Kühle ist belebend, und ich fühle mich wie in einem dieser alten Spionagefilme. Nur dass mein Auftrag lautet: Zurückkehren mit Kaffee und Croissants als Friedensangebot für den Morgen.

Noch bevor ich reagieren kann, spüre ich etwas Schweres gegen meinen Kopf prallen. Ich taumle, Arme fuchtelnd, und lande unsanft auf dem Rücken. Der Schmerz explodiert in meinem Schädel wie ein Feuerwerk. Was zum Henker?

»Ach, Enno!«, höre ich Doris' besorgte Stimme. Ich setze mich mit einem Stöhnen hin und umklammere meinen Kopf. Ein Klingeln dröhnt in meinen Ohren.

Ich taste meinen Hinterkopf ab, spüre den Beweis des Treffers. »Doris, du hast mich fast umgebracht«, presse ich hervor.

»Enno ... was machst du denn in meinem Hof? Es ist fünf Uhr in der Frühe!« Sie sieht mich verwundert an.

Ich blinzle, versuche, meinen Kopf zu klären, und starre in das Gesicht der Nachbarin. Sie hält, ich sehe es jetzt klar, einen alten Holzschuh in der Hand. Die Waffe, mit der sie mich fast erschlagen hatte.

»Ähm ...« Ich kann ihr wohl schlecht sagen, dass ich gerade Sex mit Ihrer Enkelin hatte und jetzt nur schnell pinkeln wollte. Mit so einer Antwort wäre Dorotheas Großmutter sicher nicht zufrieden. Sie könnte mich danach mit einer Axt zerhacken, statt mit einem Schuh zu schlagen.

Doris seufzt und hilft mir auf. »Na komm, lass uns hineingehen. Wir reden bei einer Tasse Kaffee darüber. Und du erklärst mir, warum meine Blumen jetzt platt sind und warum du nachts durch meinen Garten robbst.«

Mit wackeligen Beinen stehe ich auf und nehme Doris' Arm als Stütze. »Ich wollte nur ... die Sterne beobachten?«, versuche ich, eine plausible Erklärung zu finden. »Und, äh, bin dann ein wenig vom Weg abgekommen?« Mein Lächeln ist so überzeugend wie das eines Schuljungen, der beim Keksdiebstahl erwischt wurde.

Doris schüttelt den Kopf. »Sterne beobachten, um fünf Uhr morgens, und das im Gebüsch meines Gartens?« Sie glaubt mir natürlich kein Wort.

Ich zucke mit den Schultern, und Doris dirigiert uns zum Haus.

»Wie geht's dir? Tut der Kopf sehr weh?«

»Nur ein bisschen. Wird schon wieder. Keine Sorge.« Mein Versuch, tapfer zu wirken, muss ziemlich kläglich aussehen.

»Ich dachte wirklich, du wärst ein Einbrecher«, gesteht sie mit einem Seufzen. »Bei dem Lärm ...«

»Das leuchtet mir ein. Hätte ich an deiner Stelle genauso gehandelt.« Ich reibe meinen Hinterkopf. Der Schwindel legt sich langsam. Erstaunlicherweise fühlen sich meine Shorts noch trocken an, und die vordringliche Notwendigkeit, die mich in diese missliche Lage gebracht hat, scheint wie verflogen.

»Komm, wir kümmern uns um diese Beule an deinem Hinterkopf. Etwas Eis darauf sollte helfen. Und dann trinken wir einen Kaffee.« Doris ist standhaft wie ein Leuchtturm im Sturm. Dorothea hat ihre Tapferkeit nicht von ungefähr. Sie zeigt dieselbe feste Entschlossenheit, ob in Worten oder Taten, immer bereit, sich für das Gute einzusetzen.

Doris führt mich durch den Flur und ich kann den Duft von frisch gebackenem Kuchen wahrnehmen, der in mir eine längst vergessene Kindheitserinnerung wachruft.

»Ein Kaffee ist eine wirklich gute Idee, Doris«, sage ich und spüre, wie sich der Speichel im Mund sammelt.

»Aber zuerst kümmern wir uns um deinen Kopf!«

»Ein Kühlumschlag also«, gebe ich mich geschlagen und folge ihr in die Küche, wo es angenehm warm ist und der Duft von Kuchen noch intensiver wird.

Doris deutet auf einen Stuhl. »Setz dich, Enno.«

Ich nehme Platz und sie holt eine gefrorene Keule aus dem Kühlschrank.

»Lass mich doch bitte kurz nachsehen«, drängt sie, um meinen Kopf zu begutachten. Ich lehne jedoch ab.

»Na gut, dann leg wenigstens das hier auf die Stelle, während ich den Kaffee zubereite.« Sie reicht mir die gefrorene Keule, die sie in ein sauberes Tuch wickelt. Dankbar drücke ich sie gegen die schmerzende Stelle. Die Kälte wirkt sofort schmerzlindernd.

Anstatt eines Kaffeeautomaten nimmt Doris eine türkische Kanne zur Hand und beginnt, den Kaffee traditionell zuzubereiten. Sie füllt Wasser in die Kanne, gibt das fein gemahlene Kaffeepulver dazu und lässt es langsam auf dem Herd erhitzen.

»Ist dir schlecht? Ist dir schwindelig?«, fragt sie, während sie konzentriert den Kaffee rührt.

»Nein, wirklich, mir geht's gut. Der Kaffee duftet wunderbar«, antworte ich, abgelenkt von dem Prozess, wie sie den Kaffee zubereitet. Die Methode ist mir bekannt, doch selbst habe ich mich nie daran gewagt, mich mit einer türkischen Kanne am Herd zu versuchen. Ein Kaffeevollautomat hat für mich bisher immer ausgereicht. Trotzdem freue ich mich über diese kleine Besonderheit und die Sorgfalt, die sie in die Zubereitung steckt.

»Gut zu hören«, sagt sie und gießt den fertigen Kaffee in zwei Tassen. »Ich war schon besorgt.«

»Alles in Ordnung«, versichere ich noch einmal, als sie mir eine der dampfenden Tassen reicht. »Und dieser Kaffee ... er riecht nicht nur fantastisch, er schmeckt sicher auch so.«

»Möchtest du vielleicht ein Stück von meinem Kirschkuchen? Er ist frisch«, bietet sie an.

»Nein, danke, der Kaffee ist perfekt so früh am Morgen«, lehne ich höflich ab. »Aber der *Eisbeutel* hat wirklich geholfen.«

Ich reiche ihr die improvisierte Kühlpackung zurück und sie philosophiert über das Leben, wie wir in unseren hektischen Städten verlernt haben, die einfachen Freuden zu schätzen. Wie kann man selbst gemachten Kirschkuchen nicht wollen?

»Bist du etwa auf Diät?«, fragt sie entrüstet. »Ein bisschen Genuss hat noch niemandem geschadet!«

»In Ordnung, überzeugt. Ich probiere ein Stück«, gebe ich mich geschlagen.

Kaum habe ich zugestimmt, serviert sie mir nicht nur ein Stück, sondern gleich zwei davon — »für den vollen Genuss«, wie sie sagt.

Plötzlich, gerade als ich ansetze, die süße Versuchung zu probieren, ertönt ein Geräusch aus dem oberen Stockwerk. Es folgt ein rasches Tappen auf den Stufen.

Dorothea.

Mit einem Sprung ist sie bei uns in der Küche, stoppt abrupt und schaut verwirrt auf den Kuchenteller vor mir.

»Enno? Du isst Kuchen?«

Kapitel 36

Thea

Ich erwache aus einem unruhigen Schlaf, meine Hand sucht neben mir, erwartet, auf Ennos vertraute Wärme zu treffen. Stattdessen gleitet sie über kalte, zerknitterte Laken. Ein Schock durchfährt mich, zwingt mich aufzuspringen, in das Halbdunkel meines Zimmers zu starren. Doch egal, wie sehr ich meine Augen anstrenge, die bittere Wahrheit bleibt — Enno ist verschwunden.

Flüsternd rufe ich seinen Namen, eine schwache Hoffnung, er könnte einfach so wieder erscheinen, doch alles, was mir antwortet, ist erbarmungslose Stille.

Wo könnte er hingegangen sein? Warum hat er mich wortlos verlassen? Bin ich schuld, habe ich etwas falsch gemacht, dass er ohne ein Wort verschwindet? Es fühlt sich wie ein Schlag ins Gesicht an.

Feigling!

Verräter!

Tränen steigen mir in die Augen. Ich rolle mich zusammen, stiere vor mich hin und mein Herz hämmert gegen meine Brust. Warum nur? Diese Frage kreist unaufhörlich in meinem Kopf.

Am Ende komme ich zu dem schmerzhaften Schluss, dass Enno doch nichts weiter als ein gewöhnlicher Schürzenjäger ist, und ich war naiv genug, ihm mein Herz zu öffnen.

Die Untätigkeit wird unerträglich, die Enttäuschung über sein feiges Verschwinden erdrückt mich. Wie konnte ich nur glauben, dass seine Worte in der Nacht irgendeine Bedeutung hatten? Sind nächtliche Geständnisse je vertrauenswürdig?

Ich kann nicht einfach hier liegen und mich meinem Schmerz hingeben. Ich muss Enno zur Rede stellen. Er soll mir ins Gesicht sagen, was diese ganze Farce zu bedeuten hatte. Ist er ein Mann oder nur ein Hasenfuß?

Entschlossen springe ich aus dem Bett, wische mir die Tränen der Wut und Enttäuschung fort. Kein Mann der Welt ist es wert, dass ich seinetwegen weine. Wo zum Teufel sind meine Kleider? In meiner Verwirrung fällt es mir sogar schwer, das Licht anzuschalten.

Unten höre ich Stimmen, jemand muss zu Besuch gekommen sein. Ich wundere mich, warum so früh am Morgen. Doch das ist jetzt nebensächlich.

Ich stürze aus dem Zimmer, eile die Treppe hinunter, die Stimmen werden lauter. Das Rauschen in meinen Ohren übertönt fast alles, bis auf das undeutliche Gemurmel und fremde Lachen.

Als ich die Küchentür erreiche und dort stehenbleibe, trifft mich Ennos Blick. Ich erstarre. Was zum Teufel?

»Enno? Du isst Kuchen?«, bringe ich mit zitternder Stimme heraus, unfähig, den Augenkontakt zu ihm zu lösen. Die Erleichterung, ihn zu sehen, ist fast greifbar, doch sie kämpft mit dem Sturm aus Enttäuschung und Verwirrung, der immer noch in mir tobt.

»Thea«, ist Oma überrascht, »haben wir dich etwa geweckt?«

Sie stellt gerade ihre Kaffeetasse auf dem Tisch ab. »Möchtest du auch Kaffee?«

Als Enno sich erhebt, bemerke ich sofort, wie blass er aussieht. Etwas stimmt nicht. »Was macht ihr beide hier ... so früh?«, bin ich verwirrt. »Esst ihr etwa Kuchen?«

Oma nickt. »Ja, wir haben gerade Kuchen gegessen. Und ich habe meinen berühmten Kaffee zubereitet. Es gab ein kleines Missverständnis mit Enno.«

Enno versucht zu lächeln, doch es wirkt gezwungen. »Doris weiß, wie man Missverständnisse aus der Welt schafft«, sagt er mit einem schiefen Grinsen. »Und sie weiß, wie man den weltbesten Kaffee zubereitet.«

»Was geht hier vor?« Obwohl ich immer noch verwirrt bin, fühle ich mich besser. Enno ist nicht einfach abgehauen, und mit dem Rest werde ich klarkommen.

»Alles in Ordnung«, versichert Enno und wendet sich an Oma. »Könnte ich vielleicht das Badezimmer nutzen?«

»Natürlich. Thea, zeig ihm bitte, wo es ist. Ich kümmere mich so lange um den Kuchen.«

Wortlos nicke ich und führe Enno aus der Küche. Seine Nähe lässt mein Herz schneller schlagen, obwohl er mich nicht einmal berührt.

»Hier lang«, weise ich auf eine Tür am Ende des Flurs und halte dabei Abstand.

»Warum siehst du so geschockt aus?«, erkundigt sich Enno amüsiert. »Hast du gedacht, ich wäre weg?«

Seine direkte Art bringt mich durcheinander.

»Ich ... dachte, ich hätte den Herd angelassen«, stammle ich.

Enno lächelt sanft und berührt kurz meine Wange. »Mach dir bitte keine Sorgen. Ich habe dir letzte Nacht ehrlich alles gesagt.«

»Du wolltest doch ins Badezimmer«, erinnere ich ihn leise.

Er nickt, gibt mir einen schnellen Kuss auf den Kopf und verschwindet hinter der Badezimmertür.

Ich bleibe im Flur stehen, mit einem warmen Gefühl dort, wo seine Lippen mich berührt haben, und begreife langsam, dass all die Verwirrung und Sorgen vielleicht unbegründet waren.

Ich gehe zurück in die Küche. Oma wirft mir einen vielsagenden Blick zu und flüstert: »Er ist wirklich ein besonderer junger Mann, nicht wahr?«

Ich muss lachen und setze mich. »Jetzt übertreibst du aber, Oma.«

Sie lacht mit und schneidet ein Stück Kirschkuchen auch für mich ab. »Aber wirklich, Thea, du solltest aufmerksam sein. Wer weiß, was das Schicksal noch für euch bereithält.«

»Wie ist er eigentlich hierhergekommen?«, lenke ich das Thema um und Oma zuckt mit den Schultern. »Ich dachte zuerst, er wäre ein Einbrecher ... Meine Augen sind ja auch nicht mehr die besten. So hab' ich ihn aus Versehen mit einem Holzschuh am Kopf getroffen.«

»Du hast was?«, bin ich entsetzt.

Sie lächelt schuldig. »Na ja, habe ihn wohl etwas erschreckt. Kannst du dir vorstellen, Enno wollte einfach den Sternenhimmel betrachten und ist auf unseren Hof abgebogen!«

Innerlich verdrehe ich mir die Augen. Wie einfallsreich von Enno. Eine bessere Erklärung ist ihm wohl nicht eingefallen.

»Du hast also zuerst gedacht, er wäre ein Dieb, und jetzt sitzt er hier und trinkt Kaffee mit uns.« Ich krümme mich fast vor Lachen und fühle mich gleichzeitig erleichtert, da Oma nichts zu ahnen scheint.

»Ich musste mich doch um ihn kümmern. Was wäre, wenn er sich ernsthaft verletzt hätte?«

Ich stehe vom Stuhl auf und schließe Oma in meine Arme, spüre die vertraute Wärme und Geborgenheit, die sie ausstrahlt.

»Schau ihn dir noch einmal genau an, Liebes«, flüstert sie mir zu, gerade als Enno zurückkehrt. Als hätten sie sich mit Lucy abgestimmt. »Manchmal erkennt man die wichtigen Dinge erst beim zweiten Hinsehen.«

»Alles geklärt?«, fragt Enno und setzt sich wieder zu uns. »Doris, darf ich noch mehr von ihrem Kaffee?«

Wir verbringen den Morgen plaudernd am Küchentisch, so vertraut und doch so neu. Wir trinken Kaffee und quatschen über alles Mögliche, als hätten wir das schon tausendmal getan. Es fühlt sich so gut an. Ennos Hand unter dem Tisch drückt mein Knie, und ich fürchte mich davor, mich zu verraten, fürchte mich, dass alle um mich herum erfahren, wie sehr ich verliebt bin. Mag es keine Liebe sein, mag es Leidenschaft sein, und wenn man so will, Lust, aber ich platze fast vor Emotionen, und ein dummer Lacher bricht immer wieder hervor.

»Begleitest du mich?«, bittet Enno schließlich, nachdem wir den letzten Schluck Kaffee genossen und das letzte Stück Kuchen verschlungen haben. Ich gebe ihm ein zustimmendes Nicken, während Oma so tut, als hätte sie nichts gesehen, als Enno heimlich meine Hand ergreift.

In diesem Moment beschließe ich, alle Bedenken über Bord zu werfen und jeden Augenblick dieses Urlaubs voll auszukosten. Selbst wenn am Ende alles auseinanderfällt, möchte ich jetzt mein Glück genießen.

»Heute Abend, Dorothea, würde ich dich gerne ausführen.« Enno drückt einen Kuss auf meine Hand. »Ich warte um sieben bei meinem Auto auf dich.«

»Wohin geht's?«, bin ich neugierig.

»Lass dich überraschen, vertrau mir einfach.«

»Eine Überraschung?«, gebe ich vor zu zögern, obwohl ich am liebsten vor Freude in die Luft springen würde. »Einverstanden.«

Es fühlt sich wie eine Ewigkeit an, seit ich das letzte Mal auf einem echten Date war, besonders mit jemandem, der mir so viel bedeutet.

»Wirst du das Kleid von gestern tragen?«, haucht er mir ins Ohr. »Du sahst umwerfend darin aus. Ich freue mich darauf, es dir später am Abend abzunehmen.«

Eine Welle der Erregung durchströmt mich, und ich nicke nur, sprachlos. Nach einem flüchtigen Kuss auf seine Wange eile ich zurück ins Haus, das Herz voll ungeduldiger Vorfreude auf das, was der Abend bringen mag.

Kapitel 37
Thea

»Steht das Gehege nun wieder fest?« Ich schlendere neben Oma durch den frisch reparierten Hühnerstall und helfe ihr dabei, die morgendliche Ernte an Eiern einzusammeln.

»Oh, Enno hat das wunderbar gemacht. Er ist so geschickt und dazu noch so großzügig — er wollte nicht einmal etwas dafür haben!«, schwärmt sie. Ich lege die Eier vorsichtig in den Korb und grinse.

»Er hat viel nach dir gefragt«, meint Oma. »Ich denke, es hat einen besonderen Grund, warum er heute Morgen hier war. Ganz sicher wollte er nicht die Sterne betrachten.« Sie mustert mich aus dem Augenwinkel. »Er wollte mir nur nicht den wahren Grund verraten.«

Ich stocke und blicke nachdenklich auf. »Ich mag ihn wirklich«, gebe ich zu. »Er will mich heute Abend zu einem Date ausführen.«

»Das ist wunderbar!«, ruft Oma aus, legt kurz die Eier beiseite und strahlt mich an. »Ihr seid beide jung. Genießt die Zeit, die ihr habt. Das Leben vergeht so schnell.«

Ich schlucke. »Ich habe nur ... Angst vor ernsten Beziehungen.

Verstehst du?« Es überrascht mich, wie leicht es mir fällt, mit Oma über meine Ängste zu sprechen.

»Ich verstehe deine Bedenken«, antwortet Oma und legt ihre Hand beruhigend auf meine. »Deine letzte Beziehung hat Misstrauen in dir geweckt. Du darfst dich nur nicht von deinen Ängsten lähmen lassen.«

»Aber ich habe Angst, mich zu verlieben ... Angst vor Enttäuschung.«

Oma sieht mich liebevoll, doch überrascht an. »Du bist doch ein so lebensfroher Mensch, Liebes. Du darfst dich nicht selbst unterschätzen. Das schaffst du.«

»Ich fühle mich manchmal so unscheinbar«, gestehe ich und zwinge ein bitteres Lächeln hervor. »Was passiert, wenn der Alltag uns einholt und Enno das Interesse an mir verliert? Oder ihm alles zu viel wird.«

»Ich weiß nicht genau, was ich dir raten soll«, seufzt Oma schließlich. »Aber vergiss nicht: Das Leben ist zu kurz für zu viele Sorgen. Erlaube dir zu fühlen.«

Ich helfe Oma, die letzten Eier sorgfältig in den Korb zu legen, als ich Stimmen und Lachen von draußen höre. Neugierig blicke ich auf und sehe, wie Lucy und Milena sich unserem Haus nähern. Die Sonne steht bereits hoch am Himmel und verspricht einen strahlend schönen Tag.

»Guten Tag! Hallo!«, ruft Lucy, als sie den Garten betritt. Milena hüpft aufgeregt neben ihr her und winkt uns zu. »Wir hoffen, wir kommen nicht ungelegen. Milena hat schon den ganzen Vormittag davon gesprochen, wie sehr sie sich darauf freut, den Hühnerstall zu bemalen.«

»Keine Sorge, ihr kommt genau richtig«, antworte ich mit einem Lächeln und winke sie heran. »Wir waren schon gespannt, wann ihr auftaucht. Habt ihr Lust auf eine kleine Erfrischung?

Bei dieser Hitze könnte ein kühler Eistee genau das Richtige sein. Oma wird uns gleich etwas bringen.«

Lucy lächelt dankbar. »Das klingt wunderbar, Thea. Danke.« Milena nickt eifrig. Ihre kleine Hand umklammert einen Beutel, der zweifellos ihre Malutensilien enthält.

»Ich bringe uns gleich den Eistee. Macht es euch schon mal gemütlich«, schlägt Oma vor und verschwindet in die Küche. Ein wenig später kommt sie mit einem Tablett zurück, den sie in den Schatten trägt und die Gläser auf dem rustikalen Gartentisch unter dem großen Baum abstellt. Die kühle Flüssigkeit in den Gläsern glitzert verlockend in der Sonne, als Oma sie mit dem hausgemachten Eistee füllt.

»Hier bitte, erfrischt euch«, lädt sie uns ein.

Wir schlürfen den kühlen Eistee und Milena breitet begeistert ihre Malutensilien aus. »Ich dachte an ein helles Gelb für die Wände«, überlegt sie. »Und vielleicht könnten wir um die Fenster herum Blumen malen?«

»Und wie wäre es mit einigen bunten Schmetterlingen an der Tür? Das würde den Stall richtig lebendig machen«, schlägt Lucy vor.

Oma betrachtet die Vorschläge und meint: »Vielleicht könnten wir auch die Namen der Hühner in verschnörkelter Schrift über ihre Nester malen. Das wäre doch entzückend.«

Ich lächle bei dem Gedanken.

»Und wir dürfen Geralt nicht vergessen — vielleicht mit einem kleinen Porträt oder zumindest seinem Namen in großen Buchstaben an der Außenseite. Schließlich ist er fast so etwas wie der Wächter des Hühnerstalls.«

»Wohl eher der berühmte Ausbüxer!«

Milena kichert bei der Vorstellung. »Und er bekommt eine Krone! Weil er trotz allem der König der Hühner ist.« Sie klatscht begeistert in die Hände. »Das wird der schönste Hühnerstall überhaupt!«

»Das wird sicher ein kleines Kunstwerk«, bestätige ich.

Lucy und ich bringen die Farbtöpfe aus der Garage, öffnen sie, und jeder sucht sich einen Pinsel aus. Milena greift mit ihren kleinen Händen als Erste nach dem Gelb.

»Für die Wände«, erklärt sie und beginnt sorgfältig, die erste Schicht aufzutragen. Lucy und ich teilen uns die Aufgabe, die Umrisse für die Blumen und Schmetterlinge vorzuzeichnen. Oma beobachtet uns mit ermutigenden Worten von der Seite aus.

»Ich wünschte, wir hätten auch einen Hühnerstall ... oder überhaupt Haustiere«, seufzt Milena verträumt.

Ich blicke von meinem Pinsel auf und lächle sie an. »Haustiere machen viel Arbeit, die man nicht unterschätzen sollte.«

»Ich habe Mama schon so oft um ein Hündchen gebeten. Aber sie sagt, ein Hund würde in unserer Wohnung in Nürnberg nicht glücklich sein.«

Lucy, die gerade eine Sonnenblume neben dem Fenster vervollständigt, sieht kurz zu uns herüber. »Es ist wahr. So sehr ich auch die Idee liebe, es wäre einfach nicht fair gegenüber dem Tier. Vielleicht, wenn wir einmal mehr Platz haben ...«

»Tiere benötigen viel Liebe und Aufmerksamkeit«, mischt sich Oma ein, die uns gerade einen weiteren Krug Eistee bringt. »Aber weißt du, Milena, manchmal kommen die richtigen Haustiere zur richtigen Zeit zu uns. Vielleicht findet dich eines Tages ein Hündchen, das genau zu euch passt.«

Milena lächelt bei dem Gedanken und kehrt zu ihrer Arbeit zurück, sichtlich getröstet von Omas Worten. »Und solange ich hier bin, helfe ich euch, die Hühner zu versorgen!«, beschließt das Mädchen.

»Und das ist ein sehr wichtiges Amt«, bestätige ich, und wir tauchen alle wieder in unsere farbenfrohe Arbeit ein.

Als wir uns den Fenstern widmen, entscheidet Milena, dass jedes einen eigenen Blumenkranz bekommen soll. »So, als ob die Hühner durch ein Blumenfenster blicken«, sagt sie träumerisch. Ich muss lächeln bei dem Gedanken, wie viel Freude sie in dieses Projekt steckt.

Beim Malen von Geralt, dem *berühmten Ausbüxer*, müssen wir alle lachen. Milena besteht darauf, ihm eine funkelnde Krone aufzusetzen, und Oma schlägt vor, kleine Sterne um ihn herum zu zeichnen, »damit jeder weiß, dass er ein besonderer Hahn ist«.

»Ich habe für euch Würstchen im Teigmantel vorbereitet. Ihr müsst hungrig sein nach all dieser Arbeit«, kündigt Oma irgendwann an, als wir den letzten Pinselstrich setzen und die Farben auf dem Hühnerstall trocknen.

Oma tritt mit einem Blech voller goldbrauner Würstchen aus der Küche und ein Raunen der Begeisterung geht durch unsere kleine Runde. Milena klatscht vor Freude, hüpft von einem Fuß auf den anderen. Lucy und ich werfen uns ein wissendes Lächeln zu. Wir rücken Stühle um den alten Gartentisch zurecht, der im Schatten eines knorrigen Apfelbaums steht.

»Oh, das sieht köstlich aus!«, ruft Milena und greift beherzt nach einem der Würstchen. Lucy und ich folgen ihrem Beispiel. Während wir essen, fällt eine wohltuende Stille ein — nur unterbrochen von zufriedenen Mmmh-Lauten und dem gelegentlichen Rascheln der Blätter über uns.

Nach Omas köstlichem Snack lehnen wir uns zurück und genießen die warmen Sonnenstrahlen. Dann springt die Sprinkleranlage an und versprüht kühles Wasser in alle Richtungen.

»Wasser!«, ruft Milena erfreut. Lachend und kreischend beginnt sie, durch die Sprühnebel zu rennen.

»Ist das nicht etwas kalt für Milena? Nicht, dass sie sich noch erkältet«, wirft Lucy ein, und schaut besorgt zu ihrer Tochter, die ausgelassen durch die Wasserfontänen tanzt.

Ich werfe einen Blick auf das strahlende Gesicht von Milena und dann zurück zu Lucy. »Sie wird in Ordnung sein«, versichere ich. »Bei dieser Hitze tut eine kleine Abkühlung doch gut. Komm, wir sollten auch ein wenig Spaß haben.«

Zunächst zögerlich, aber dann von meiner Zuversicht angesteckt, nickt Lucy. »Na gut, aber nur kurz.«

Daraufhin finden sich Lucy und ich, von Gelächter begleitet, ebenfalls unter dem kühlen Sprühregen wieder. Das Wasser ist tatsächlich erfrischend, und die Bedenken wegen der Kälte verblassen schnell. Die Freude der Kleinen steckt uns an. Wir drehen uns im Wasser, bespritzen einander und lachen so frei und unbeschwert, dass alle Gedanken verschwinden.

Als die Sprinkler schließlich abstellen und wir tropfnass dastehen, sieht Lucy mich mit einem dankbaren Lächeln an.

»Das war genau das, was wir gebraucht haben«, beschließt sie, und ich kann nur zustimmen. Milena, deren Energie scheinbar unerschöpflich ist, springt noch immer auf und ab. Lucy und ich wringen uns das Wasser aus den Haaren.

Mein Blick wandert zum farbenfroh gestalteten Hühnerstall. Milena ist sichtlich stolz auf ihr Werk. »Sieht es nicht toll aus?« Sie strahlt über das ganze Gesicht.

»Es ist wunderschön geworden«, bestätige ich.

Lucy legt anerkennend den Arm um ihre Tochter und nickt. »Wir haben alle tolle Arbeit geleistet.«

Die Kühle des Wassers beginnt, mich ein wenig zu frösteln. »Ich glaube, ich gehe kurz rein und ziehe mich um. Ich bringe euch Handtücher«, biete ich an und betrachte die nassen Ärmel meines T-Shirts.

»Nein, wir sollten langsam los«, stimmt Lucy zu, blickt aber dann zu Milena, die mit leuchtenden Augen die Hühner beobachtet. In diesem Moment kommt Oma mit einem Eimer voller Körner heran, mit der Absicht, die Hühner zu füttern.

»Darf ich bleiben und helfen? Bitte!«, fleht Milena. Lucy sieht mich fragend an, und ich zucke mit den Schultern.

»Ich bringe euch Handtücher«, beschließe ich.

Lucy seufzt. »Na gut, aber nur, wenn es schnell geht.«

»Versprochen!«, ruft Milena und hüpft vor Aufregung. Lucy und ich tauschen einen weiteren Blick, dieses Mal einen der stillen Übereinkunft.

Ich schlüpfe aus meinen durchnässten Schuhen, betrete das Haus, steige die Stufen zu meinem Zimmer hinauf und höre das fröhliche Gackern der Hühner sowie Milenas aufgeregte Stimme, wie sie Oma beim Füttern assistiert. Dieser Tag hat uns allen so viel Freude bereitet — und der Hühnerstall sieht jetzt wirklich bezaubernd aus.

In meinem Zimmer ziehe ich die nassen Kleider aus und schlüpfe in ein trockenes Kleid, das ich zum Date mit Enno tragen werde. Zwar nicht jenes, das er bat, mich zu tragen, doch eines, in dem ich mich wohlfühle.

Mit einem Stapel flauschiger Handtücher in den Armen kehre ich ins Freie zurück, wo Lucy und Milena noch immer bei den Hühnern stehen. Ich reiche ihnen die Handtücher, und Lucy trocknet sich dankbar ab.

»Danke«, sagt sie und legt Milena ein Handtuch um die Schultern. »Ich kann mich nicht erinnern, wann Milena zuletzt so viel Spaß hatte. Danke, dass du uns diesen schönen Tag ermöglicht hast.«

Plötzlich erstarrt Milena neben uns, lauscht und dreht sich

dann zu uns um. »Hört ihr das?«

Auch wir halten inne und lauschen. Zunächst ist nichts zu hören, dann erreicht uns ein leises, aber deutliches Jaulen. Es klingt verzweifelt, als käme es aus der Ferne, fast so, als würde es durch ein Rohr verstärkt.

»Was ist das?«, fragt Lucy besorgt.

Kapitel 38

Enno

Ich stehe an meinem Auto, werfe ungeduldige Blicke auf die Uhr. Die Zeit scheint stillzustehen, und in mir wächst das Verlangen, alle Konventionen über Bord zu werfen. Am liebsten würde ich jetzt zu Dorothea rüber marschieren und sie einfach mitnehmen.

Sie hat etwas in mir geweckt, das ich so noch nicht kannte. Keine der Frauen vor ihr, ob Michelle, Evelia oder andere, mit denen mich das Schicksal verbunden hatte, haben mich so aus der Fassung gebracht. Doch Dorothea — sie ist ein komplett anderes Kaliber. Fast so, als käme sie von einem anderen Stern.

Ich wette, später verpufft der ganze Zauber, und Dorothea wird sich gar nicht so sehr von den anderen unterscheiden. Doch im Augenblick bringt jede ihrer Äußerungen, jede Geste, mich dazu, meine Sichtweise zu hinterfragen. Und darauf stehe ich.

Gerade als ich anfange, die Geduld zu verlieren und mir ernsthaft überlege, einfach in ihr Haus zu marschieren, um nachzusehen, was so lange dauert, höre ich das Gartentor hinter mir knarren.

»Entschuldige, bin ich zu spät?«, höre ich Dorothea. Hinter ihr trippelt Milena.

Bevor ich auch nur den Mund öffnen kann, um etwas zu sagen — sei es eine Frotzelei über ihre Verspätung oder einfach nur ein »Hallo« –, springt Dorothea vor. »Enno, du musst uns helfen. Wir haben da etwas gefunden ... ein kleines Tier ist in Not.«

Milena nickt eifrig. »Ein Welpe! Er ist in einen Schacht gefallen und kann nicht raus. Wir müssen ihn retten!«

Mein innerer Romantiker, der sich auf ein ruhiges Date mit Dorothea gefreut hatte, seufzt leise. Natürlich würde ich helfen, was für eine Frage. Wie könnte ich auch anders? Das ist so typisch für Dorothea und einer der Gründe, warum ich mich so zu ihr hingezogen fühle.

»Zeigt mir, wo.« Milena packt meine Hand und zieht mich fast. Dorothea läuft neben uns her. Sie ist sichtlich dankbar, dass ich ohne zu zögern einspringe.

Auf dem Weg zum Schacht erklärt Dorothea, wie sie und Milena das Jaulen gehört und den armen Welpen entdeckt haben. »Er sah so hilflos aus, Enno. Wir konnten ihn doch nicht einfach da lassen.«

Ihre Stimme zittert leicht, so voller Mitgefühl, dass es mir im Herzen zieht. Es ist unmöglich, nicht zu erkennen, wie sehr sie sich sorgt — und genau das zieht mich noch mehr zu ihr hin. Diese ungebremste Hilfsbereitschaft, die aus ihr strahlt, lässt sie in meinen Augen nur noch bezaubernder erscheinen.

»Kein Problem«, sage ich, als wir am Schacht ankommen, mit einem Gefühl im Bauch, das zwischen Bewunderung und diesem kribbelnden Etwas liegt, das man wohl als beginnende Verliebtheit beschreiben könnte. Erst jetzt, beim Anblick von Lucy, die nass bis auf die Haut ist, fällt mir auf, dass auch Dorotheas

Haare feucht an ihrer Stirn kleben und Milenas Kleidung komplett durchnässt ist. Ich stocke kurz. Waren sie etwa alle schon im Schacht schwimmen?

Vor uns klafft ein schmaler, dunkler Spalt im Boden, aus dem leises Winseln zu uns heraufdringt. Ich knie mich hin, um besser sehen zu können, während Dorothea, Milena und Lucy besorgt danebenstehen. »Okay, ich sehe ihn. Der kleine Kerl sitzt ganz unten fest.«

»Kannst du ihn da rausbekommen, Onkel Enno?«

Ich nicke, obwohl ich noch nicht genau weiß, wie. »Klar, wir kriegen das hin. Wir müssen nur kreativ sein.«

Dorothea legt mir eine Hand auf die Schulter. »Du bist ein Schatz, Enno. Wirklich.« Ihre Worte geben mir einen Stoß, auch wenn ich innerlich am Grübeln bin. Rettungsmissionen waren definitiv nicht Teil meiner Abendplanung.

Ich knie mich hin und blicke in den dunklen Schacht hinunter, überlege fieberhaft, wie wir den kleinen Kerl da unten befreien können. Als der Welpe mich sieht, lässt er ein hoffnungsvolles Winseln hören.

»Wartet hier«, weise ich an und sprinte los.

Innerhalb weniger Minuten kehre ich mit einer Leiter zurück, die ich aus meinem eigenen Schuppen geholt habe. Beim Anblick der Leiter in meinen Händen zieht sich Sorge über Dorotheas Gesicht.

»Meinst du nicht, wir sollten lieber die Feuerwehr rufen? Die haben doch sicher die richtige Ausrüstung für eine solche Rettung.«

Ihre Bedenken sind berechtigt, und ich kann die aufkommende Angst in ihren Augen sehen.

»Keine Ahnung, wie lange der Kleine schon da drin ist. Wenn wir nicht sofort handeln, ist es ungewiss, ob er nicht ertrinkt, bevor die Feuerwehr hier ist.«

Ich prüfe die Stabilität der Leiter, bevor ich vorsichtig anfange, hinabzusteigen.

»Pass auf, Enno. Auch wenn du als *talentierter Dachdecker* einiges gewohnt bist, lass uns kein unnötiges Risiko eingehen. Vorsicht ist besser als Nachsicht«, höre ich Dorothea von oben sagen. Ihr Sinn für Humor gefällt mir einfach.

Unten stelle ich fest, dass der Schacht glücklicherweise nicht allzu tief ist. Der Welpe ist ein kleiner Haufen Elend, das mich mit großen, ängstlichen Augen ansieht. Vorsichtig hebe ich ihn auf und sichere ihn in meinem Arm.

»Bereit für den Aufstieg, kleiner Freund?«, frage ich den Welpen, als wäre er in der Lage, zu antworten.

»Alles klar da unten?«, ruft Lucy besorgt.

»Mission erfüllt«, antworte ich und klettere die Leiter empor, den Welpen sicher in meinem Arm. Oben übergebe ich das zitternde Bündel an Dorothea, die sofort in Muttermodus übergeht.

»Du bist wirklich unser Held«, beschließt sie, während sie den Welpen sanft in ein Handtuch einwickelt. Wo hat sie das eigentlich her?

Milena blickt mit leuchtenden Augen zu Dorothea hoch. »Darf ich ihn auch mal halten?«

Dorothea überreicht ihr vorsichtig den kleinen Welpen, der sich immer noch zitternd in das Handtuch kuschelt.

»Oh, er ist so süß, der Kleine«, flüstert Milena und ein Lächeln breitet sich auf ihrem Gesicht aus. Der Welpe scheint sich langsam in ihren Armen zu entspannen.

Ich ziehe die Leiter aus der Öffnung zurück.

»Wie konnte das überhaupt passieren, dass der Schacht offenstand?«, fragt Lucy in die Runde.

Dorothea faltet die Stirn in Sorge. »Das frage ich mich auch. Es ist ein Wunder, dass nicht schon mehr Unfälle passiert sind. Wir sollten der Stadtverwaltung Bescheid geben, damit sie den Schacht so schnell wie möglich sichern.«

»Der scheint Teil einer alten Entwässerungsanlage zu sein«, vermute ich, immer noch etwas außer Atem wegen der Rettungsaktion, »die nicht mehr in Gebrauch ist und dessen Deckel wahrscheinlich durch Vandalismus entfernt wurde. Eine gefährliche Falle nicht nur für kleine Tiere, sondern auch für unachtsame Spaziergänger. Ein Glück, dass wir den kleinen Kerl gefunden haben, bevor es zu spät war.«

Milena schaut von dem Welpen auf und ihre Augen leuchten voller Hoffnung. »Können wir ihn behalten? Bitte!«

Lucy seufzt leise und tauscht einen Blick mit Dorothea und mir aus. »Milena, wir können ihn nicht einfach behalten. Wir müssen den Fund erst bei der Stadtverwaltung melden. Der Kleine gehört sicher jemandem, der ihn vermisst.«

»Aber er hat kein Halsband«, entgegnet Milena schnell, als könnte sie dadurch ihre Argumentation stärken.

»Das stimmt«, stimme ich ihr zu und knie mich hin, um auf Augenhöhe mit Milena zu sein. »Aber, das bedeutet nicht, dass er keine Familie hat. Vielleicht ist er weggelaufen oder wurde ausgesetzt. Wir müssen das richtig angehen und dürfen nicht vergessen, dass jemand da draußen ihn sehr vermissen könnte.«

Dorothea nickt zustimmend. »Milena, wir werden alles tun, um seine Familie zu finden. Und wenn wir sie nicht finden können, dann ...« Sie zögert einen Moment, »dann sehen wir weiter. Aber zunächst müssen wir die richtigen Schritte einleiten.«

Milena sieht den Welpen traurig an. »Okay«, gibt sie schließlich nach. »Aber können wir ihm in der Zwischenzeit einen Namen geben? Damit er sich nicht so verloren fühlt?«

»Das klingt nach einer schönen Idee«, lächle ich. »Hast du denn schon einen Namen im Sinn?«

Milena denkt einen Moment nach. »Wie wäre es mit Lucky? Weil er Glück hatte, dass wir ihn gefunden haben.«

»›Lucky‹«, wiederholt Dorothea lächelnd. »Ein perfekter Name für unseren kleinen Glücksfinder.«

Kapitel 39
Thea

Als ich Enno bat, dem Welpen zu helfen, befürchtete ich, er könnte verärgert sein, weil ich seine Überraschung verdorben hatte. Männer mögen es doch nicht, wenn ihre Pläne durchkreuzt werden, oder? Obwohl Enno nicht überschwänglich reagierte, als es darum ging, den schwachen Welpen aus dem Schacht zu retten, folgte er mir ohne Murren. Das war für mich ein kleiner Triumph und ein bedeutender Akt der Menschlichkeit.

Es war mir zwar peinlich, ihn um Hilfe zu bitten, aber ich konnte Lucky nicht einfach sich selbst überlassen. Es gibt Wesen in diesem Leben, die unsere Fürsorge brauchen: Kinder und Tiere. Sie können sich nicht selbst verteidigen, und allzu oft zeigen Erwachsene eine erschreckende Gleichgültigkeit.

Kürzlich habe ich zu viele Berichte über Tierquälerei gelesen. Die menschliche Natur scheint sich nicht zu ändern; nur dass solche Grausamkeiten heute oft gefilmt und online gestellt werden. Niemand machte früher Aufnahmen davon, wie Tieren Leid zugefügt wurde — aus reiner Boshaftigkeit.

Lucy und Milena nahmen Lucky mit in Ennos Haus. Sie wollten ihm etwas zu essen geben und ihn pflegen, ihm nach dem Schrecken ein wenig Geborgenheit bieten.

»Morgen früh«, hatte Lucy erklärt, »werde ich beim Fundbüro anrufen und den Fund melden. Jetzt ist es schon zu spät dafür.«

Milenas Augen leuchteten vor Freude, denn sie durfte den Abend mit Lucky verbringen. Sie richtete ihm eine kleine Schlafstätte ein, bestehend aus einem weichen Handtuch und einem alten Kissen, das sie in eine Ecke des Wohnzimmers legte. Sie brachte ihm Wasser und etwas Futter, das sie vorsichtig neben ihn stellte, darauf bedacht, ihn nicht zu erschrecken. Die Kleine war vollkommen vertieft in ihre Rolle als Pflegerin, sprach leise mit Lucky, als würde sie ihm versprechen, dass nun alles gut werden würde.

Enno und ich zogen uns zurück, nachdem wir sicher waren, dass Lucy und Milena sich um Lucky kümmern würden. Oma hat sich für den Abend abgemeldet, um Zeit mit einer Freundin zu verbringen. Sie würde erst spät zurück sein, hatte sie beim Weggehen gesagt.

»Also sind wir allein?«, erkundigt sich Enno, als wir das Grundstück betreten. Ich nicke bestätigend. Es beruhigt mich, dass Lucky bei Lucy und Milena in guten Händen ist und sich ab morgen offiziell um ihn gekümmert wird.

Ein Gefühl der Leichtigkeit und Ruhe überkommt mich, und ich überlege, mir vielleicht auch ein Haustier anzuschaffen. Ein lebendiges Wesen in meiner Wohnung in Hamburg könnte mein Leben bereichern, mir einen Grund geben, mich nach der Arbeit nach Hause zu freuen, statt nach weiteren Ausreden zu suchen, um noch mehr zu arbeiten. Karriere ist wichtig, aber manchmal wünscht man sich doch jemanden, der zu Hause auf einen wartet.

Gelegentlich frage ich mich, warum ich mich entschieden habe, so hart zu arbeiten, dass kaum Zeit für etwas anderes bleibt. Wie ist das passiert? Ich bin zweiunddreißig, jung und eigentlich offen für das Leben, aber irgendwie hat es bisher nicht klappen wollen. Jetzt jedoch gibt mir Lucky einen wichtigen Grund, mich daran zu erinnern, dass es im Leben um mehr geht.

»Ich mache uns Kaffee«, biete ich an. Draußen herrscht Ruhe. Ich hole alles Nötige aus der Küche, einschließlich einer Elektroherdplatte. Meine Großmutter nutzt diese normalerweise, um draußen Marmelade zu kochen, Backfisch zu frittieren und Frikadellen zu braten, aber heute bereite ich uns draußen Kaffee zu.

Ich hole die glänzende Kupfertürkkanne hervor, fülle gemahlenen Kaffee hinein und gebe Wasser hinzu. Schon bald beginnt der unwiderstehliche Duft des Kaffees die Luft zu erfüllen. Es riecht himmlisch. Ich summe leise eine Melodie und wiege mich in einem stillen Tanz der Zufriedenheit.

»Ich muss unbedingt mal sehen, wie du nackt in meiner Küche Kaffee kochst«, ertönt Ennos tiefe Stimme unerwartet dicht bei mir, und ich verschlucke mich beinahe, überwältigt von den unanständigen Bildern, die seine Worte in meinem Kopf entfachen.

Die Vorstellung, dass er genau das von mir möchte, bringt mein Herz zum Rasen. Ist ein gemeinsames Frühstück in der Küche eines Mannes nicht ein Zeichen für eine neue Stufe der Nähe? Bedeutet es nicht mehr als eine einfache Einladung? Und warum fühlt es sich so richtig und erfreulich an?

Ich hatte mir doch vorgenommen, weniger zu grübeln. Analyse und Selbstreflexion sollte ich mir ersparen. Also entscheide ich mich, das auch zu tun. Manchmal ist es einfach schön, sich treiben zu lassen. Zumindest für den Rest des Urlaubs.

»Wenn du artig bist, bereite ich dir sogar Pfannkuchen zu«,

scherze ich und muss mich beherrschen, nicht laut loszulachen.

Enno streicht sanft mein Haar zur Seite und küsst meinen Nacken, seine Lippen hinterlassen ein warmes Prickeln auf meiner Haut. Diese süße, fast schmerzhafte Zärtlichkeit lässt mich alles um uns herum vergessen, nur damit er nicht aufhört.

»Das duftet unglaublich«, haucht er mir ins Ohr, während seine starken Arme mich fester an sich ziehen.

»Und es wird auch hervorragend schmecken, das verspreche ich dir. Ich mache den Kaffee genauso gut wie Oma.« Meine Stimme klingt fremd in meinen Ohren, so verändert und doch echt.

Ich lache leise und drehe mich zu Enno, als ich den aromatischen Kaffee in die Tassen gieße. Seine starke, beruhigende Präsenz fasziniert mich immer wieder.

Nachdem ich ihm seinen Kaffee serviert habe, umschließen seine Hände die Tasse, und er schaut mich an. Sein Gesichtsausdruck wirkt plötzlich tiefer und nachdenklicher. Etwas in seinem Blick lässt mich kurz zögern; eine ungewohnte Unruhe breitet sich in mir aus, und instinktiv nehme ich ihm gegenüber Platz, unsicher, wohin mit meinen Händen.

»Enno, macht dir dein Beruf als Dachdecker eigentlich Spaß?«, lenke ich das Gespräch auf eine persönliche Ebene.

Enno lächelt, ohne sich von mir abzuwenden. »Eigentlich wollte ich Kfz-Mechaniker werden. Aber damals fand ich einfach keine Lehrstelle in dem Bereich. Dann bot sich die Möglichkeit als Dachdecker, und ich dachte, warum nicht? Das war mein Einstieg.«

Fasziniert lausche ich, wie er von seiner anfänglichen Unsicherheit erzählt, die schließlich einer tiefen Leidenschaft für sein Handwerk wich. »Mit der Zeit hat es mich immer mehr begeistert. Ich liebe meinen Beruf, er gibt mir ein Gefühl von Freiheit und Stolz, etwas Dauerhaftes zu erschaffen. Ich habe wirklich Glück«, bemerkt er zufrieden. »Eine fantastische Familie, Freunde, meine Arbeit — alles ist perfekt.«

Das Gespräch lässt mich Enno in einem neuen Licht sehen. Hier sitzt ein Mann, der nicht nur seine Arbeit, sondern das Leben selbst liebt, jemand, der das Schöne im Einfachen wertschätzt. Ich fühle mich privilegiert, diesen Augenblick mit ihm zu teilen.

»Ich möchte jetzt etwas sagen, und ich hoffe, du verstehst mich richtig«, setzt Enno an.

»Ich werde mein Bestes tun, ich bin ziemlich gut darin, zwischen den Zeilen zu lesen.«

Enno muss lachen, und sein Daumen malt langsame Kreise auf meinem Handgelenk, löst eine Flut von Gänsehaut aus.

»Ich hatte meine Begegnungen mit Frauen. Die genaue Zahl kenne ich nicht, aber es waren genug, um zu begreifen, was ich vom Leben erwarte und ob ich überhaupt etwas erwarte. Es schien, als wären feste, normale Beziehungen nie wirklich mein Ziel gewesen. Aber die Arbeit — ja, die ist mein Ein und Alles. Verstehst du?«

»Ich verstehe dich mehr, als mir lieb ist. Ich selbst bin ein Workaholic und liebe meinen Job als Human Resources Manager.«

Ein flüchtiges Lächeln umspielt seine Lippen, und in seinen Augen funkelt etwas wie Erleichterung — als wäre es ihm von größter Bedeutung, dass ausgerechnet ich ihn verstehe.

»Dann kaufte ich dieses Haus, unter anderem auch für Milena, suchte nach einem Rückzugsort«, fährt er fort, während seine Lippen sanft die dünne blaue Ader an meinem Handgelenk berühren. Die Geste bringt mein Blut zum Rasen und zaubert mir eine Röte ins Gesicht — so unschuldig und doch so intim.

»Aber vor meinen Gefühlen für dich, herzensgutes Mädchen mit dem ungewöhnlichen Namen, konnte ich mich nicht verstecken.«

Tränen und kicherndes Lachen kämpfen in mir, doch ich beiße mir auf die Lippe, mit der Absicht, nicht in meinen Emotionen unterzugehen, sondern im Hier und Jetzt, bei dem Wesentlichen zu bleiben.

»Ich dachte, ich hätte die Fähigkeit verloren, unter all den flüchtigen Bekanntschaften die Eine zu erkennen, die bereit ist, für die einfachen, richtigen Dinge zu kämpfen. Die Bedeutung in den kleinen Gesten des Alltags findet, die nur wenigen wichtig sind.«

»Aber mir sind sie wichtig«, flüstere ich. Mir ist die Tatsache bewusst, dass ich weder anders handeln kann, noch will.

»Dorothea, ich weiß nicht, ob ich derjenige bin, der dich glücklich machen kann. Aber das Leuchten in deinen Augen, wenn du mich ansiehst, dein Lächeln, die Erinnerung an deine Küsse — das reicht mir, um es zu wagen. Denn ich glaube, ich bin dir wichtig. So wichtig wie du mir bist.«

»Du bist wichtig«, bestätige ich und schließe meine Augen, als seine Lippen erneut die zarte Haut an meinem Handgelenk berühren. Das ist, verdammt, sogar besser als Sex — einfach hier zu sitzen, über bedeutungsvolle Dinge zu sprechen, und diese Unterhaltungen sind alles andere als beängstigend.

Das Gespräch fließt, der Kaffee, den wir kaum angerührt haben, ist längst kalt geworden. Wir genießen die Stille, atmen den Moment und die Düfte der hereinbrechenden Nacht ein, während ganz in der Nähe Mitternachtsblumen ihre Blüten öffnen und die Luft mit ihrem süßen Duft erfüllen.

»Schade, dass deine Überraschung meinetwegen nicht geklappt hat«, bedauere ich.

»Ach, das war doch keine richtige Überraschung«, antwortet Enno mit einem Lächeln, das in der Dunkelheit strahlt.

»Könnte man unser gemeinsames Abenteuer mit dem kleinen Welpen als ein Date betrachten?«

»Warum nicht? Irgendwie bringst du in jedes noch so durchdachte Schema eine spannende Wendung.« Er zieht mich zu sich.

»Vorsicht, sonst werde ich noch übermütig.« Enno scheint kurz überrascht, doch dann umfängt er mich sanfter. »Ich werde selbst eine neue Überraschung planen. Morgen Abend. Was hältst du davon?«, schlage ich vor.

Er sieht mir tief in die Augen. »Solange es mit uns beiden zu tun hat, bin ich für alles zu haben.«

»Du Schelm!« Ich gebe ihm einen sanften Kuss. Er erwidert ihn. Seine Hände streicheln sanft meinen Rücken, und ich fühle eine wohlige Wärme in mir aufsteigen.

»In deiner Nähe habe ich keine Selbstkontrolle«, flüstert er zwischen den Küssen, und ich werfe meinen Kopf zurück, um seinen Lippen Zugang zu meinem Hals zu gewähren. »Wenn du so süß bist, was zum Teufel ist dann schon Kontrolle?«

Ich selbst habe keine Kraft, seinem Drängen zu widerstehen. Offensichtlich bin ich ziemlich leidenschaftlich, wer hätte das gedacht.

Ich setze mich bequemer, und Enno hebt mein Kleid höher, stoppt jedoch abrupt.

»Ich habe nicht alles Nötige dabei«, gesteht er, und ich spüre, wie ernst ihm dieser Moment ist. »Verdammt, ich habe sie vergessen.«

Sein Atem ist schwer und unregelmäßig, und ich verstehe, dass er am Rande ist, wo es sowohl schwierig ist, anzuhalten als auch fortzufahren. Und ich beschließe, etwas zu tun, was ich noch nie in meinem Leben getan habe, einfach weil ich mit diesem Mann alles erleben möchte.

»Keine Sorge«, beruhige ich ihn. »Es gibt viele Arten, Nähe zu erleben. Wenn ich etwas falsch mache, hilf mir«, flüstere ich an seinen Lippen, und Enno spannt sich an.

Seine Muskeln scheinen mit Blei gefüllt zu sein, aber ich gebe ihm keine Chance, sich zurückzuhalten, und setze mich ihm gegenüber auf die Knie. Hoffentlich blamiere ich mich nicht, aber meine Leidenschaft und ein uralter Instinkt treiben mich voran und geben mir Mut.

»Du kannst jederzeit nein sagen, wenn du nicht willst«, sagt er und legt eine Pause ein, um sicherzugehen, dass ich mich wirklich wohlfühle.

»Aber ich will, also halt den Mund und genieße es.«

Enno lacht heiser, und ich öffne seinen Gürtel mit zitternden Fingern. Ich spüre eine Welle der Aufregung. Es ist ein Schritt in unbekanntes Territorium, geleitet von gegenseitigem Vertrauen und dem Wunsch, dem anderen nahe zu sein.

»Ich werde versuchen, mich zu beherrschen«, keucht Enno, und ich berühre ihn mit meinen Lippen.

Seine Finger verwickeln sich in meinen Haaren, drücken leicht auf meinen Kopf und helfen mir, noch etwas mehr von ihm aufzunehmen. Trotz allem bleibt Enno vorsichtig, und das erregt mich noch mehr. Sein Geschmack, das heisere Stöhnen, das Gefühl seiner seidigen Haut auf meiner Zunge — all das verschmilzt zu einem unglaublichen Knäuel der schärfsten Empfindungen. Ich fühle mich gleichzeitig unzüchtig und rein, fähig, mit einer einzigen Berührung der Zunge und der Finger, solche Emotionen und beispiellose Reaktionen in einem Mann hervorzurufen.

»Du bist unglaublich«, haucht er, und ich kann die Ehrlichkeit in seiner Stimme spüren.

Enno sammelt meine Haare in einer Handvoll und wickelt sie um seine Faust, und aus seiner Brust entweicht ein Stöhnen, als hätte man ihm ins Herz geschossen. Es spielt keine Rolle, ob uns jemand hören kann, ob uns jemand sieht, denn zwischen uns passiert etwas Größeres, viel Größeres.

»Das ist himmlisch«, dringt durch das Rauschen in meinen Ohren. Und in diesem Moment, als ich, betäubt von meinen eigenen Emotionen, völlig unglaubliche Dinge tue, ruft Enno meinen Namen und erreicht seinen Höhepunkt.

Kapitel 40

Thea

»Oma, ist alles bereit?«, rufe ich von draußen, werfe einen Blick auf die Stufen und den daneben platzierten Beutel mit Picknickutensilien, bevor ich schnell ins Haus eile.

»Aber sicher, Kind!«, ruft Oma aus der Küche. »Ich frage mich nur, für wen all diese Köstlichkeiten gedacht sind?«

Ich betrete die Küche und sehe Oma, wie sie eine Flasche ihres berühmten selbst gemachten Weins prüft. Auf dem Tisch neben ihr steht ein Korb, prall gefüllt mit allerlei Leckereien, darunter Kuchen und andere Snacks.

»Johanna und ich haben vor, heute Abend zum Strand zu gehen. Ein paar Freunde kommen auch noch dazu ...«, erkläre ich und weiche ihrem durchdringenden Starren aus, aus Angst, sie könnte meine kleine Notlüge bemerken.

»Ein Picknick am Meer, das klingt nach einer wunderbaren Idee. Hast du denn auch an Enno gedacht? Vielleicht möchtest du ihn einladen?«, schlägt sie vor.

»Oh, ich bin nicht sicher.« Ich beiße mir nervös auf die Lippe. »Er hat sicherlich schon Pläne ... aber ich werde es mir überlegen.«

»Genau, denk mal darüber nach«, erwidert sie mit einem verschmitzten Zwinkern, und ich muss mich zusammenreißen, um nicht in Gelächter auszubrechen.

Was würde sie wohl sagen, wenn sie wüsste, dass dieses ganze Unterfangen ausschließlich für Enno geplant ist? Ich ahne, dass es ihr gefallen würde, doch irgendwie bin ich noch nicht bereit, mein Privatleben mit anderen zu teilen. Dieser Moment gehört nur Enno und mir, etwas ganz Besonderes zwischen uns, und es wird noch genug Zeit geben, unsere Familien und Freunde später einzuweihen.

Vielleicht fürchte ich tief im Inneren, dass es nicht so laufen könnte, wie ich es mir wünsche, und möchte mir so die Enttäuschung und mitleidige Blicke ersparen.

»Ich muss jetzt los.« Ich gebe meiner Großmutter ein flüchtiges Küsschen auf die Wange, greife nach dem Korb, bedeckt von einem Leinentuch, und eile aus dem Haus.

Das Wichtigste gerade ist, Enno aus dem Weg zu gehen. Zu groß ist die Gefahr, dass ich aus Versehen etwas verrate und die Überraschung platzt. Dieses Geschenk, direkt aus dem Herzen, soll seine Wirkung zur richtigen Zeit entfalten, nicht Stunden zu früh.

Nach einer eiligen, fast zwanzigminütigen Wanderung erreiche ich endlich den Ort für unser geplantes Date. Neben dem kleinen, versteckten Strandabschnitt steht eine alte Scheune, die früher von den Fischern Ahrenshoops genutzt wurde, um Netze und Bootszubehör zu lagern. Über die Jahre hinweg wurde sie von der Dorfgemeinschaft für allerlei Zwecke verwendet. Die Scheune, die seit einigen Jahren leer steht, habe ich durch einen glücklichen Zufall entdeckt, als ich eines Tages am Strand spazieren ging und neugierig näher trat. Ich war sofort von ihrem rustikalen Charme fasziniert.

Ein Gespräch mit einem der älteren Fischer brachte mich auf die Idee, sie für den heutigen besonderen Anlass zu nutzen. Mit seiner Hilfe und der Zustimmung der Dorfgemeinschaft kann ich sie für diesen Abend herrichten.

Ich stelle den prall gefüllten Korb vor der mächtigen Holztür ab und ziehe den großen, etwas rostigen Schlüssel aus meiner Tasche. Das Innere der Scheune empfängt mich mit einer leicht salzigen Brise und dem Geruch von altem Holz.

Mit vereinten Kräften rücke ich einige große, leere Kisten in die Mitte des Raumes. Sie dienen als improvisierter Tisch und Sitzgelegenheiten. Ein blau kariertes Tischtuch wird ausgebreitet, darauf arrangiere ich liebevoll all die Leckereien, die Oma mit so viel Hingabe vorbereitet hat: hausgemachten Obstkuchen und frische Beeren, regionale Käsesorten, selbst gebackenes Brot, den Wein und sogar selbst geräucherten Aal, dessen Duft nach Gewürzen und Rauch die Luft erfüllt.

Nachdem alles vorbereitet ist, schließe ich die Scheune sorgfältig ab und mache mich auf den kurzen Weg zum Strand. Dort lasse ich mich im Sand nieder, blicke auf das Meer und genieße die Ruhe, während ich auf Enno warte. Die aufregende Mischung aus Vorfreude auf das Date und der friedvollen Stimmung am Meer macht diesen Moment unvergesslich. Ich bin gespannt auf Ennos Reaktion, wenn er entdeckt, was ich für uns vorbereitet habe.

Die verbleibende halbe Stunde nutze ich, um mich voll und ganz der Schönheit des Moments hinzugeben. Das Rauschen der Wellen, der salzige Geruch des Meeres und die friedliche Stille um mich herum lassen mich vollkommen zur Ruhe kommen. Ich werfe ab und zu einen Stein ins Wasser, beobachte die Kreise, die sich bilden, und fühle mich eins mit der Natur, bin erfüllt von Glück und Lebensfreude, dass ich am liebsten jeden umarmen würde, der mir begegnet. Mag sein, dass der eine oder andere Spaziergänger mich für einen fröhlichen Tölpel hält, aber das ist mir gleichgültig. Ich lächle einfach jeden fröhlich an.

Als die vereinbarte Zeit näher rückt, steigt die Spannung in mir. Ich erhebe mich, schüttle den Sand von mir ab und eile zurück zur Scheune. Mein Weg führt mich in einem leichten Lauf durch die Dünen, vorbei an den malerischen Ansichten, die Ahrenshoop so besonders machen.

Schließlich sehe ich Enno in der Ferne, wie er geduldig und ahnungslos wartet. Ich verharre kurz, um ihn zu betrachten — seine entspannte Haltung, die sanften Wellen seines Haares, die sich im Wind wiegen, und sein lässiges Outfit, das ihn so authentisch und natürlich erscheinen lässt. Seine Schönheit und sein gutes Herz füllen mich mit Wärme und Zuneigung.

Leise nähere ich mich ihm von hinten und lege sanft meine Hände über seine Augen, ein spielerischer Auftakt zu dem Abend, den ich für uns geplant habe.

»Rate mal, wer da ist?«, flüstere ich.

»Wird der Abend mit einem Schäferstündchen mit einer mysteriösen Schönheit enden?«, scherzt Enno lächelnd, während ich seine Schultern umklammere und leicht auf seinen Rücken hüpfe.

»Immer diese Scherze!«, erwidere ich gespielt empört und kneife ihn sanft in die Schulter. Enno beugt sich geschickt vor, als ob er mich abwerfen wollte, doch hält er mich sicher fest, sodass ich mich wie die Akrobatin in einer atemberaubenden Performance fühle.

»Deine Entrüstung macht dich nur noch liebenswerter.« Er dreht sich zu mir um und beugt sich vor. »Obwohl es schwer vorstellbar ist, dass du noch bezaubernder sein könntest.«

»Du Provokateur«, hauche ich, will mich verspielt seiner Umarmung entwinden, finde mich jedoch in einem sanften, aber bestimmten Griff wieder. Dieses spielerische Gerangel, fast wie ein Vorspiel zu einem tieferen, emotionalen Moment, lässt mein Herz höherschlagen.

»Jemand könnte uns sehen«, gebe ich zu bedenken.

Doch alle Ängste schwinden, als Enno sanft meinen Hals küsst, sein warmer Atem mich umhüllt und eine Gänsehaut über meine Haut jagt.

»So aufregend die Vorstellung auch sein mag, dich hier am Strand zu nehmen, doch zuerst möchte ich das sehen, was du vorbereitet hast«, bringt er mich sanft auf den Boden der Tatsachen zurück, und ich seufze leicht, als er mich aus seinem Griff freigibt.

Mich überkommt die Sorge, dass meine Überraschung ihm nicht zusagen könnte. Während der Planung wirkte alles so perfekt — originell und einzigartig. Doch nun zittern meine Knie, Unsicherheit macht sich breit. Was, wenn ich seine Erwartungen nicht erfülle? Vielleicht hat Enno sich etwas Spektakuläres erhofft, und es erwartet ihn lediglich ein Picknick in einer alten Scheune, statt eines Segelausflugs. Klingt das nicht ein bisschen lächerlich?

»Gut, dann lass dich überraschen.« Ich führe ihn mit leichtem Herzklopfen zurück zur alten Scheune. Der Weg dorthin ist gesäumt von der abendlichen Sonne, die den Himmel in ein malerisches Farbenspiel taucht. Enno geht neben mir, hält meine Hand in seiner und gibt mir ein Gefühl von Geborgenheit und Vorfreude.

»Wir gehen nicht zum Strand, oder?«, fragt Enno und ich schüttle leicht den Kopf.

Er gibt mir kein weiteres Wort zurück, akzeptiert die Stille und folgt mir ohne Widerstand. Eine Erleichterung für mich, denn ich bin kurz davor, meinen Mut zu verlieren.

»Eine Scheune«, bemerkt Enno, als wir davorstehen. »Das letzte Mal, dass ich in so einer war, war nach einer ziemlich wilden Nacht, als ich Anfang zwanzig war. Ich habe die Nacht dort verbracht, direkt auf dem Boden geschlafen.«

Sein verträumtes Lächeln erleichtert mich. »Wäre mir bekannt gewesen, dass du solche Abenteuer schätzt, hätte ich sogar ein Kissen für dich eingepackt.« Ich lächle und hole den Schlüssel hervor. Enno beobachtet neugierig meine Bewegungen.

»Ich bin gespannt auf deine Überraschung, aber ich mag den Gedanken daran jetzt schon«, sagt er.

Ich öffne das Schloss und stoße die Tür auf.

»Ich hoffe, du hast …« Plötzlich stocke ich, Worte erstarren auf meiner Zunge.

»Oh«, ertönt es überrascht in der Scheune. Ich blinzle, um zu verstehen, ob ich mir das einbilde. »Lucky, wir wurden erwischt!«

Kapitel 41
Enno

»Lucky, wir wurden erwischt!« Milena, mit einem Kuchen in der einen Hand und Lucky in der anderen, blickt uns mit großen Augen an.

»Was für eine Überraschung!« Ein nervöses Lachen verlässt meine Lippen und Dorothea wirft mir einen halb verwirrten, halb vorwurfsvollen, Blick zu. Offensichtlich hatte sie sich diesen Moment ganz anders vorgestellt, und meine Nichte, die gerade genüsslich Kuchen und Beeren verschlingt, war definitiv nicht Teil ihres Plans.

»Milena, was machst du hier?«, fragt Dorothea mit einer Sanftheit, die sie dazu bringt, kurz zu zögern, bevor sie trotzig das Kinn hebt.

Noch bevor Milena antworten kann, reißt das Läuten meines Smartphones uns aus dem Moment. Ich ziehe es widerstrebend hervor, und will den Anruf ignorieren, bis ich sehe, dass Lucy anruft. Plötzlich wird mir die Tragweite der Situation bewusst.

»Entschuldigt mich«, sage ich und nehme den Anruf entgegen, während ich mich ein paar Schritte von Dorothea und Milena entferne, um etwas Privatsphäre zu haben.

»Lucy?«, melde ich mich, kaum dass der Anruf durchgeht.

Sofort erfüllt Lucys besorgte Stimme mein Ohr. »Enno, zum Glück! Ich bin außer mir. Milena ist mit Lucky davongelaufen, und ich kann sie nirgendwo finden. Bitte, sag mir, dass du etwas weißt.«

Ich werfe einen Blick auf Milena, mit Lucky im Arm. »Lucy, beruhige dich. Milena ist hier bei mir. Mit Lucky. Sie haben sich irgendwie hierher verirrt. Wir sind am Strand in einer alten Fischerscheune. Keine Sorge, sie sind beide sicher«, bemühe ich mich zu beschwichtigen.

Ein tiefes Aufatmen ist am anderen Ende zu hören, und ich kann mir vorstellen, wie Lucy sich die Hand aufs Herz legt. »Oh, Enno, ich danke dir! Könntest du ... könntest du ein ernstes Wort mit ihr reden? Sie muss verstehen, wie gefährlich das war. Und könntest du sie bitte sicher nach Hause bringen?«

»Natürlich«, versichere ich ihr. »Ich spreche mit ihr, und dann bringe ich Milena und Lucky sicher zurück. Mach dir keine Sorgen.«

Nachdem ich das Telefonat mit Lucy beendet habe, kehre ich zu Dorothea und Milena zurück. Dorothea sitzt neben Milena auf einem improvisierten Sitz aus alten Holzkisten und streicht beruhigend über ihre Schulter. Ihre Geste ist voller Wärme und Verständnis, und ich fühle mich daran erinnert, wie wichtig es jetzt ist, ruhig vorzugehen.

Ich setze mich auf die andere Seite von Milena, sodass wir sie zwischen uns einschließen. Dorothea wirft mir einen fragenden Blick zu, klar, dass sie wissen möchte, was Lucy gesagt hat. Ich nicke ihr zu, signalisiere, dass wir später darüber sprechen werden, und wende mich dann Milena zu.

»Lucy macht sich große Sorgen um dich, Milena«, beginne ich, bemüht, sanft und beruhigend zu klingen. »Kannst du uns erzählen, warum du mit Lucky weggelaufen bist? Es ist wichtig, dass wir verstehen, damit wir dir helfen können.«

Milena schaut kurz zu Dorothea, dann zu mir, und schluckt schwer.

»Mama hat heute Morgen die Behörden angerufen, um zu melden, dass wir Lucky gefunden haben«, erzählt sie leise. »Sie sagten, sie würden jemanden vorbeischicken, um ihn abzuholen und ins Tierheim zu bringen ... bis sie entscheiden, was mit ihm geschieht.«

Milena schaut zu mir auf, ihre Augen füllen sich mit Tränen, und sie beißt sich auf die Lippe. »Ich hatte Angst, dass sie ihn wegnehmen würden. Ich ... ich konnte das nicht zulassen. Lucky ist mein Freund.«

Ich reiche ihr ein Taschentuch und werfe einen kurzen Blick auf den Tisch, den Dorothea für unser Date vorbereitet hat. In der Mitte steht eine Flasche mit rosa Flüssigkeit — wahrscheinlich Wein. Umgeben von Tellern mit Kuchen, Käse, geräuchertem Aal ...

Ich lächle leicht, da ich erkenne, dass Dorothea sich für mich angestrengt hat — sich bemüht, und das verursacht einen Kloß im Hals, weil unser Date erneut ins Wasser gefallen ist.

»Milena, ich weiß, dass Lucky dir sehr am Herzen liegt, und es ist wundervoll, wie sehr du dich um ihn kümmerst. Aber wir müssen auch die Regeln und Vorschriften beachten, die in solchen Situationen gelten«, erklärt Dorothea weich.

»Es ist wichtig, dass Lucky geprüft wird, um sicherzustellen, dass er gesund ist und ob er vielleicht schon eine Familie hat, die ihn vermisst. Wir alle wollen das Beste für ihn, genau wie du«, ergänze ich.

Milena sieht uns beide an. Ihre Tränen haben nachgelassen, aber die Sorge bleibt in ihren Augen. »Aber was, wenn sie ihn nicht zu mir zurückbringen? Was, wenn ...«, ihre Stimme bricht ab, und sie kann den Satz nicht beenden.

»Milena, Kleines, wir werden alles tun, was in unserer Macht steht, um zu helfen. Vielleicht gibt es eine Möglichkeit, dass du Lucky besuchen kannst, wenn er im Tierheim ist, oder vielleicht ...«, ich zögere, weil ich ihr keine falschen Hoffnungen machen will, »vielleicht gibt es sogar eine Chance, dass er bei dir bleiben kann, wenn niemand nach ihm sucht. Aber zuerst müssen wir die Situation verstehen und mit den Behörden zusammenarbeiten.«

»Wir können mit deiner Mama und den Behörden sprechen und erklären, wie sehr du dich um Lucky gekümmert hast. Wir können für ihn sprechen und sicherstellen, dass seine Bedürfnisse berücksichtigt werden«, schlägt Dorothea vor.

Milena nickt langsam, und es scheint, als hätte sie etwas Hoffnung gefasst, auch wenn die Unsicherheit bleibt. »Okay«, flüstert sie.

»Vielleicht sollten wir uns jetzt den Leckereien widmen, die Oma so liebevoll zubereitet hat«, regt Dorothea an. »Es wäre wirklich schade, sie unangetastet zu lassen.«

Milena wirft einen zögernden Blick auf den üppig gefüllten Tisch, der mit verschiedenen Köstlichkeiten bestückt ist. Ihre Augen leuchten auf.

»Echt jetzt?«, fragt sie leise, eine Mischung aus Hoffnung und Skepsis in ihren großen Augen. »Wird Mama nicht böse sein, wenn ich nicht sofort nach Hause komme?«

Ich lächle beruhigend. »Wir haben noch ein wenig Zeit. Außerdem, denkst du, Mama würde es dir übel nehmen, bei einem so festlichen Mahl dabei zu sein?« Ich beuge mich vor, greife nach einem frisch geschnittenen, knusprigen Brot und beginne, es mit einer großzügigen Schicht geräucherten Aals zu belegen.

»Sag mal, Milena, magst du Fisch?«

Sie schaut neugierig auf das Brot in meiner Hand und nickt langsam. »Ja, Fisch mag ich gerne«, gibt sie leise zu, und ich reiche ihr den liebevoll vorbereiteten Teller mit dem Aal-Brot, ergänzt durch ein paar Scheiben würzigen Käse.

Milena kostet vorsichtig davon, ihre Blicke wandern immer wieder zu Lucky, der geduldig neben ihr sitzt.

»Wie wäre es mit einem Schluck Wein für uns?«, schlage ich vor, um auch Dorothea und mir einen Moment der Entspannung zu gönnen.

Milena beobachtet uns mit einem schüchternen Lächeln, wie wir die Gläser erheben.

Nachdem wir unser gemeinsames Abendessen genossen haben, steht Dorothea auf, um die leeren Teller zusammenzusuchen. Sie legt sie sorgfältig in den Korb zurück, während ich mich darum kümmere, die Kisten beiseitezuräumen und die Scheune wieder in ihren ursprünglichen Zustand zu bringen. Lucky wird zunehmend unruhig in Milenas Händen und sie setzt ihn vorsichtig auf den Boden neben sich. Er gibt ein leises Bellen von sich.

»Ich glaube, Lucky hat auch Hunger bekommen«, merke ich lächelnd an. Ich greife nach einem übrig gebliebenen Stück des geräucherten Aals. Milena beugt sich zu Lucky herunter und legt ihm das Stückchen vor die Pfoten. Lucky schnuppert kurz und macht sich mit Begeisterung über den kleinen Leckerbissen her.

Milena beobachtet die Szene mit einem glücklichen Lächeln. »Siehst du, Lucky mag es hier.« Sie kniet sich hin, um den Welpen zu streicheln.

Mit dem Korb unter dem Arm und Lucky, der fröhlich neben uns herläuft, machen wir uns auf den Weg zurück nach Hause. Die Dämmerung setzt gerade ein, und die Strahlen der untergehenden Sonne färben den Himmel in sanfte Orangetöne.

Während wir gehen, erzählt Dorothea Geschichten von Geralt, dem Ausreißer, der es liebt, auf Entdeckungstouren zu gehen und kleine Abenteuer zu erleben. Sie erzählt von ihren eigenen Vorlieben — wie sie es genießt, zu singen und zu tanzen und zu schwimmen. Ihre Geschichten sprühen vor Leben und zaubern uns ein Lächeln ins Gesicht.

Kapitel 42

Enno

Wir kommen zurück zu meinem Haus, und die Stimmung schwankt zwischen Erleichterung und Anspannung. Milenas Schritte sind zögernd, als wir die Eingangstür erreichen. Ich werfe einen kurzen Blick zu Dorothea, die mir ein ermutigendes Nicken schenkt.

»Na dann, rein ins Vergnügen.« Ich klinge so locker wie möglich und öffne die Tür. Sofort stürmt Lucy auf uns zu. Ihre Augen, erleichtert und doch voller Fragen, wandern von ihrer Tochter zu mir. Lucky trottet fröhlich hinter Milena her, anscheinend völlig ahnungslos, welche Sorgen er verursacht hat.

»Da seid ihr ja endlich! Ich habe mir solche Sorgen gemacht, Milena. Warum bist du weggelaufen?«

Milena sieht zu Boden. Sie wirkt klein und verloren, ein Anblick, der mir unwillkürlich das Herz zusammenschnürt. Ich merke, dass ich vielleicht ein bisschen Öl ins Feuer gießen sollte, um die Situation zu erklären.

»Lucy, Milena hat sich Sorgen um Lucky gemacht«, beginne ich vorsichtig. »Sie hatte Angst, dass Lucky weggebracht wird, als sie hörte, dass du mit den Behörden gesprochen hast.«

Lucys Augen weiten sich. Sie richtet ihren Blick auf mich, dann wieder auf Milena. »Ich verstehe, dass du dich um Lucky sorgst, aber wegzulaufen ist nie die Lösung, Schätzchen. Wir sind eine Familie. Wir lösen unsere Probleme gemeinsam«, sagt sie, und ihre Stimme klingt zwar fest, dennoch liebevoll.

Milena schluckt hart. Es scheint, als kämpfe sie gegen die Tränen an. »Ich wollte nur nicht, dass Lucky ins Tierheim muss. Er ist mein Freund«, bringt sie brüchig hervor.

Lucky hat sich offensichtlich bereits tief in Milenas Herz geschlichen.

»Wo habt ihr sie gefunden?«

»In einem alten Fischerschuppen am Strand«, antworte ich.

»Was hattet ihr dort gemacht?«, wundert sich Lucy und mustert Dorothea und mich misstrauisch. »Wartet … hattet ihr dort etwa ein Date?«

Ich werfe Dorothea einen kurzen Blick zu, der verrät, dass wir ertappt wurden, und ein schiefes Grinsen schleicht sich auf meine Lippen.

»Es sollte eigentlich eine Überraschung für Enno sein. Ein kleines Picknick am Meer …«, erklärt Dorothea.

Ein Lächeln bricht sich Bahn auf Lucys Gesicht. »Ihr zwei ... Das freut mich wirklich zu hören! Aber Milena, wie bist du dort hingekommen?«

Milena hebt ihren Kopf und ihre Augen treffen die ihrer Mutter. »Ich habe Thea gesehen, wie sie mit einem Korb davongegangen ist, und bin ihr gefolgt. Sie hatte im Schuppen den Korb abgestellt und ist dann rausgegangen. Ich bin dort mit Lucky rein und bin dort geblieben. Ich dachte, ich könnte ihn dort verstecken.«

Lucy seufzt, ihre Sorgenfalten glätten sich ein wenig. »Schätzchen, ich verstehe, dass Lucky dir viel bedeutet. Aber du kannst nicht einfach weglaufen, vor allem nicht mit einem Hund. Es hätte so viel schiefgehen können«, wiederholt sie.

»Aber Mama, du verstehst nicht! Du wolltest Lucky weggeben. Du sagst immer, wir können keinen Hund haben, aber Lucky ist anders. Er braucht mich!« Ihre Stimme zittert, die Tränen drohen erneut überzulaufen.

»Lucy, ich glaube, wir sollten überlegen, was das Beste für Lucky ist«, werfe ich vorsichtig ein. »Milena hat einen besonderen Draht zu ihm. Vielleicht gibt es ja einen Weg, Lucky bei uns zu behalten.«

Lucys Augen wandern kurz zwischen Milena und mir, und Schweigen füllt die Luft. Dann, mit einem tiefen Atemzug, nickt sie langsam. »Wir ... wir können darüber reden. Aber Milena, das bedeutet auch Verantwortung. Für Lucky zu sorgen, ist nicht nur Spaß.«

Milena nickt eifrig. »Ich werde mich kümmern, Mama. Ich verspreche es. Ich werde alles tun, damit Lucky bleiben kann.«

Lucy legt liebevoll eine Hand auf Milenas Schulter. »Und jetzt komm. Zeit, dass du dir die Hände wäschst. Danach reden wir beide … Über Verantwortung … und über Lucky.«

»Thea und ich gehen raus«, sage ich, greife nach dem Korb und winke kurz in Richtung Dorothea.

Lucy nickt mir mit einem stillen Dankeschön in ihrem Blick zu, bevor sie sich wieder ihrer Tochter zuwendet. Dorothea und ich treten hinaus in die Dämmerung. Wir gehen langsam zu Dorotheas Haus.

»Denkst du, es wird funktionieren? Mit Lucky?«, fragt sie, ohne mich anzusehen.

»Ich sorge dafür«, verspreche ich. »Wenn's sein muss, kaufe ich Milena einen neuen Welpen. Aber ich glaube, das kriegen wir auch so geregelt.«

Wir erreichen ihr Haus. Ich stelle den Korb auf der Erde ab und trete einen Schritt näher an sie heran, verringere bewusst den Abstand zwischen uns. Die Abendsonne taucht ihr Gesicht in ein weiches Licht. »All unsere Versuche für ein Date zu zweit wurden bisher immer vereitelt.«

Sie schaut mich an und nickt. »Ja, das ist so schade.«

»Ich hab' da eine Idee«, fahre ich fort, umarme sie an der Taille und ziehe sie näher zu mir heran. Ich suche ihren Blick, fange ihn ein, halte ihn fest. »Wie wär's, wenn wir dem Ganzen entfliehen? Nur du und ich, irgendwohin, wo wir ungestört sein können. Keine Unterbrechungen, kein Drama ... kein Handy ... nur wir beide.«

»Warum denn wegfahren? Gefällt es dir hier etwa nicht?« Ihre Finger fahren spielerisch durch meine Haare und ein sanftes Lächeln umspielt ihre Lippen.

»Mir gefällt es hier sehr, aber ich mag dich noch viel mehr. Und offen gestanden, werden wir hier ständig unterbrochen. Gefühlt haben wir keine fünf Minuten für uns, ohne dass etwas oder jemand dazwischenfunkt«, erkläre ich.

Ein Lächeln huscht über Dorotheas Lippen, sie lehnt sich in meine Berührung. »Schöne Vorstellung, mal auszubrechen, den Alltag hinter sich zu lassen, stimmt's?« Sie fährt mit ihrem Finger leicht über mein Gesicht. »Ich werde über deinen Vorschlag nachdenken.«

»Nicht *nachdenken*, Dorothea. Entscheide dich. Mein Urlaub endet bald, und ich möchte jede verbleibende Sekunde mit dir verbringen«, sage ich etwas drängender. Die Vorstellung, wieder in den Alltag zurückzukehren, ohne diese besondere Zeit mit ihr verbracht zu haben, erscheint mir unerträglich.

»Und wenn ich mich entscheide, nicht mit dir zu fahren? Was

dann?«

»Dann muss ich dich wohl entführen«, antworte ich scherzend, doch mit einem ernsten Unterton. »Ich lasse dich nicht so einfach gehen.«

Sie zeichnet mit dem Finger die Linie meiner Nase nach, dann meiner Lippen und wandert weiter nach unten. »Ich glaube, das könnte die beste Entscheidung sein, die ich je getroffen habe«, schließt sie.

»Gut, dann ist es beschlossen. Pack deine Sachen, wir fahren morgen früh los. Ziel, verrate ich noch nicht. Handys bleiben aus. Nur du und ich.«

Dorotheas Hand verweilt einen Moment zu lange an meinem Hals, als ob sie die Verbindung zwischen uns beiden zögert zu lösen. Ihr Blick hebt sich zu meinem, ernst und ein wenig unsicher.

»Was passiert nach dem Urlaub, Enno?« Ihre Stimme ist leise, fast so als fürchte sie sich vor der Antwort.

Ich überlege kurz, mir der Bedeutung ihrer Frage bewusst. »Ich weiß es nicht, Dorothea«, gebe ich ehrlich zu. »Aber ich weiß, dass ich jede Sekunde mit dir genießen will. Was danach kommt, werden wir gemeinsam herausfinden. Du solltest dir keine Sorgen machen.«

Ein leises Seufzen entweicht ihr. »Ich werde versuchen, mir keine Sorgen zu machen.« Sie lächelt und küsst mich auf die Nasenspitze. So kindlich und so berührend.

Ihr Optimismus steckt mich an. Ich ziehe sie an mich, spüre ihre Wärme, ihre Nähe. »Gut so«, bestätige ich und küsse sie sanft.

Als wir uns voneinander lösen, sehe ich in ihren Augen einen Funken Hoffnung. Vielleicht ist es nicht die Antwort, die sie sich erhofft hat, aber es ist ein Versprechen, um den nächsten

Schritt zu wagen.

»Ich werde jetzt gehen und alles für morgen vorbereiten. Wir sehen uns morgen früh.«

Mit einem letzten, tiefen Abschiedsgruß drehe ich mich um und mache mich auf den Weg. Hinter mir höre ich, wie Dorothea leise das Tor schließt.

Kapitel 43
Enno

Die aufkommende Sonne malt goldene Streifen über den noch schlafenden Ort, als ich die gepackte Sporttasche in den Kofferraum meines Autos werfe. Die frühe Morgenluft ist frisch, beinahe aufregend und verstärkt das Gefühl von Freiheit, das mich bei diesem Vorhaben erfüllt. Weg von all den Sorgen, dem Drama, den unerwarteten Störungen — einfach nur weg.

Mit einem festen Schlag schließe ich den Kofferraum und drehe mich um, nur um Dorothea zu sehen, wie sie mit einer kleinen Reisetasche unsicher auf der Schwelle steht. Ihre Augen leuchten weit auf, und ich erkenne, wie Nervosität und ein Hauch von Abenteuerlust in ihnen funkeln. Sie hat sich tatsächlich darauf eingelassen, mit mir zu fliehen. Dafür bewundere ich sie.

»Also, bereit für unsere kleine Flucht?«, rufe ich ihr mit einem schiefen Grinsen zu. Meine Aufregung blitzt durch, trotz meines Versuchs, cool zu wirken. »Handys aus, um sicherzustellen, dass wir wirklich ungestört sind, ja?«

Sie nickt. Ein beherzter Ausdruck erscheint auf ihrem Gesicht, als sie ihre Tasche schultert und auf mich zugeht. »Ich bin bereit. Aber ich hoffe, du verrätst mir bald unser Ziel.«

Ich nehme ihr die Tasche ab und werfe auch diese in den Kofferraum, zu meiner bereits verstauten Sporttasche. Dann öffne ich galant die Beifahrertür für sie und warte, bis sie bequem sitzt, ehe ich um das Auto herum zur Fahrerseite gehe.

»Das Ziel ist nicht so wichtig wie die Reise selbst«, sage ich, setze mich ans Steuer und starte den Motor.

Dorothea sieht mich skeptisch an, bevor sie sich im Sitz zurücklehnt. »Das klingt nach einem Spruch aus einem Reiseführer für Rucksacktouristen.«

»Vielleicht.« Ich lenke das Auto auf die Straße. »Aber es gibt doch nichts Schöneres, als mit offenen Augen und ohne feste Pläne die Welt zu entdecken. Glaub mir, es wird fantastisch.«

Wir lassen das Dorf hinter uns, und ich spüre, wie sich die Spannung in mir langsam löst. Die Straße vor uns ist fast leer, nur ab und zu kreuzt ein anderes Fahrzeug unseren Weg.

»Ich kann's kaum erwarten, zu sehen, was du geplant hast«, meint Dorothea.

»Geplant?« Ich werfe ihr einen schnellen Blick zu. »Ich dachte, der ganze Punkt dieser Reise ist, dass wir eben nichts planen. Lass uns einfach fahren und schauen, wohin der Weg uns führt.«

»Und wo führt uns der Weg hin?«, erkundigt sich Dorothea. »Du hast mir immer noch kein Ziel genannt.«

Ich werfe ihr ein verschmitztes Lächeln zu. »Das Ziel? Nun, das Ziel ist ...« Ich mache eine dramatische Pause, während ich kurz den Verkehr beobachte. »... ein Geheimnis. Aber eines, das sich lohnen wird.«

Dorotheas Antwort ist ein Seufzen, halb aus Frustration, halb aus Belustigung. »Du machst es einem nicht leicht, weißt du das?«

Ich lache, genieße ihre Nähe und atme den leichten Blumenduft ihrer Haare ein. So romantisch es auch klingen mag, es ist die reine Wahrheit: Ihre Anziehungskraft auf mich ist einzigartig und ihre Neugierde fasziniert mich.

»Das Leben ist doch viel spannender, mit ein wenig Geheimnis«, bemerke ich und zwinkere ihr zu. Dann greife ich zum Radio, drehe an einem Knopf, und plötzlich füllt sanfte Musik das Auto.

Meine Musikauswahl scheint Dorothea ganz und gar nicht zu gefallen; sie verzieht das Gesicht und schnaubt, während ich ihr mit einer Geste anbiete, eine Melodie nach ihrem Geschmack zu wählen. Ehrlich gesagt, ist es mir gleichgültig, was jetzt spielt.

Eine rauchige Frauenstimme singt über das Eintauchen in die Nacht und das Leben in vollen Zügen. Die Energie des Liedes ist ansteckend, und Dorothea lässt sich von der Musik sofort mitreißen.

»I wanna feel the heat, I wanna own the night …«, singt Dorothea leidenschaftlich mit und ihre Stimme verschmilzt mit der des Liedes. Ich drücke auf den Knopf, das Fenster fährt herunter. Dorothea führt eine spontane Tanzeinlage durch, streckt ihre Arme aus dem Fenster und gestikuliert damit, als würde sie die ganze Welt in unseren Überdrive mitnehmen.

Ein Autofahrer neben uns grinst amüsiert über Dorotheas Performance, bevor er beschleunigt und weiterfährt.

Dorothea singt und tanzt weiter auf dem Sitz, und ich lasse mich von ihrer Stimmung mitreißen. Ich beginne, im Takt der Musik mit den Fingern auf dem Lenkrad mitzutrommeln. »I wanna lose myself, I wanna come alive«, echot ihr Gesang im Auto. Ihre Energie erfüllt uns beide.

Ich lache herzhaft, als wir an den goldenen Weizenfeldern

vorbeifahren, die in der Ferne von glitzernden Seen flankiert werden, und nehme die Abfahrt in Richtung Rostock.

»Rostock?«, wundert sich Dorothea, als sie sich von ihrer spontanen Gesangseinlage erholt. »Ich hätte nicht gedacht, dass du mich in die Stadt *entführen* würdest.«

»Ehrlich gesagt, ich auch nicht«, gestehe ich und sehe, wie Dorothea überrascht die Augenbrauen hebt. In ihren Augen liegt eine stumme Frage, und ich erkläre: »Ich dachte, es wäre schön, ein paar Tage hier in meiner Wohnung zu verbringen. Weg von allem, aber trotzdem im Komfort des Eigenen.«

Dorothea nickt, ein Lächeln zeichnet sich auf ihrem Gesicht ab. »Eine Pause vom Alltag in deinem Zuhause klingt perfekt. Rostock hat für mich immer einen besonderen Reiz gehabt.«

Wir erreichen das Stadtzentrum, dessen historische und moderne Facetten sich nahtlos vermischen. Die alte Architektur neben den frischen, lebendigen Plätzen und Cafés zeigt die Vielfahlt dieser Stadt. Dorothea blickt neugierig aus dem Fenster, als wir durch die Straßen fahren.

»Es ist eine interessante Mischung«, bemerkt sie und bewundert die vorbeiziehenden Gebäude. »Ich habe Rostock schon immer geliebt. Nach meinem Studium hatte ich sogar überlegt, hierherzuziehen. Es hat sich nur nie ergeben und ich bin in Hamburg geblieben.«

»Ja, Rostock hat wirklich für jeden etwas zu bieten«, stimme ich ihr zu. »Es ist diese Mischung aus Alt und Neu, die die Stadt so lebenswert macht. Und gleichzeitig findet man überall kleine Oasen der Ruhe.«

»Genau das macht es aus«, sagt Dorothea nachdenklich. »Hamburg ist zwar auch vielseitig, aber Rostock hat eine gewisse Ruhe und einen Charme, den man in einer Großstadt selten findet.«

»Das Beste wartet aber noch in meiner Wohnung auf uns: Ruhe und Zeit nur für uns.« Ich lege eine Hand leicht auf ihr Knie. »Ich freue mich darauf, dir zu zeigen, wie ich hier lebe.«

»Na dann, mach dich bereit, Tourguide. Ich erwarte eine VIP-Behandlung — mit Insider-Wissen, versteckten Schätzen und vielleicht dem einen oder anderen Geheimnis, das nur die Einheimischen kennen.«

»Eine VIP-Behandlung mit allem Drum und Dran, also? Vergiss nicht, unser Hauptziel ist es, Zeit miteinander zu verbringen, fernab von allem Trubel.«

Als wir schließlich vor meinem Apartmentgebäude zum Stehen kommen, schalte ich den Motor aus und blicke zu Dorothea. Ihr Lächeln bestätigt, dass wir beide den Moment und die bevorstehende Zeit zusammen kaum erwarten können. Gemeinsam steigen wir aus dem Auto, und ich umrunde den Wagen, um den Kofferraum zu öffnen.

Dorothea greift nach ihrer Tasche, aber ich bin schneller. »Lass mich das tragen.« Mit einem spielerischen Protest ihrerseits hebe ich ihre Tasche zusammen mit meiner aus dem Kofferraum. Schließlich begeben wir uns zum Eingang.

Das Foyer des Gebäudes empfängt uns mit einer hellen und einladenden Atmosphäre. Wir treten auf den glänzenden Marmorfußboden, und ich sehe zu Dorothea, die mit neugierigen Augen die Umgebung aufnimmt.

»Nach oben«, sage ich und führe sie zum Aufzug. Ich drücke den Knopf für mein Stockwerk. Der Aufzug surrt leise, als sich die Türen öffnen, und wir betreten ihn.

»Ich bin gespannt auf deine Wohnung«, meint Dorothea, während wir warten.

»Ich hoffe, sie gefällt dir«, erwidere ich.

Als der Aufzug mit einem sanften Ding an unserem Ziel ankommt, führe ich Dorothea heraus und durch den hell beleuchteten Flur zu meiner Wohnungstür. Ich schließe auf, und mit einer einladenden Geste bitte ich sie, einzutreten. »Willkommen«, verkünde ich, »in unserem kleinen Refugium.«

Wir überqueren die Schwelle, und ich kann spüren, wie Dorothea neben mir durchatmet. Das helle Wohnzimmer empfängt uns mit offenen Armen. Ich sehe, wie Dorothea die gemütliche Einrichtung bewundert. Die großen Fenster bieten einen beeindruckenden Blick über die Stadt, und das weiche Licht der morgendlichen Sonne hüllt den Raum in ein warmes Leuchten.

»Es ist wunderschön hier.« Sie dreht sich zu mir um.

Ich lächle und schließe die Haustür hinter uns.

Dorothea streicht mit ihrer Hand über die glatte Oberfläche des Küchentresens, der aus einem warmen, dunklen Holz gefertigt ist. »Fühlt sich an wie Seide«, bemerkt sie.

Und dann zieht sie ihre Schuhe aus und gleitet barfuß über den kühlen Steinboden des Wohnzimmers, die Arme weit ausgebreitet. »Ich weiß nicht, was du hier drinnen alles versteckt hältst, aber ich mag es jetzt schon«, ruft sie mir zu.

Dorothea ist so erfrischend anders, einfach und doch komplex, mit einem Herzen so weit und offen, dass es schwerfällt zu glauben, dass sie wirklich ist. Manchmal fürchte ich, die Augen zu öffnen und festzustellen, dass alles um mich herum real ist — die Arbeit, die Familie, Freunde und flüchtige Bekanntschaften — nur Dorothea nicht, als wäre sie ein Traumbild.

»Fantastisch!«, wiederholt sie und lässt den Blick durch das Wohnzimmer schweifen. »Es ist so schön hier, und diese Ruhe ...«

»Genau das ist es«, bestätige ich. »Hier werden wir ganz sicher ein paar Tage Ruhe haben.« In einem spontanen Impuls hebe ich Dorothea hoch, und sie lacht, umarmt mich. Ihr Lächeln ist alles, was ich brauche. Ich setze sie wieder ab, und wir schauen uns tief in die Augen.

Langsam neige ich meinen Kopf zu ihr, meine Lippen finden ihre in einem leidenschaftlichen Kuss. Dorothea erwidert den Kuss mit einer Intensität, die ein Feuer in mir entfacht. Schließlich führe ich Dorothea zur Couch, ohne unsere Lippen voneinander zu lösen. Wir lassen uns darauf fallen.

Ihre schlanken Beine umschlingen meine Taille, und ihre Hände kratzen chaotisch meinen Nacken, graben sich in die Haare an meinem Hinterkopf, wandern weiter nach unten und ziehen mein Shirt hoch. Sie bewegen sich, als hätten sie ein Eigenleben, was ungemein anregend ist.

Dieses Mal bin ich vorbereitet, daher finde ich das Kondom schnell — es hat auf seinen Einsatz gewartet, versteckt in meiner hinteren Hosentasche. Ich reiße die Verpackung mit meinen Zähnen auf. Dorothea muss nichts sagen; sie ist bereits dabei, den Knopf meiner Jeans zu öffnen, und kurz darauf gleiten sie zu Boden.

Ich ziehe Dorothea zu mir, lege sie auf den Rücken, werfe die Reste meiner Kleidung ab und knie mich vor ihr nieder. Ich kann ihr nicht mehr widerstehen und wir vereinen uns. Mein Atem wird unregelmäßig, und in meiner Brust tobt ein Erdbeben. Mein Herz schlägt schmerzhaft gegen meine Rippen, und ich fühle, wie ich in tausend Stücke zerreißen könnte.

Sex ist einfach. Sex ist verständlich und manchmal sogar langweilig. Mechanische Bewegungen auf der Suche nach Vergnügen. Aber mit Dorothea ... mit ihr ist alles anders. Jede Minute, jeder Tag sind etwas Neues und Unvorhersehbares. Und ich bin bereit, ihr all meine Tage zu geben, nur um dieses Gefühl immer und immer wieder zu erleben.

Kapitel 44

Thea

Als das erste Licht des Morgens durch die Vorhänge sickert, blinzle ich müde und stelle fest, dass mein Mund trocken wie die Wüste ist. Neben mir schläft Enno noch tief und fest mit gleichmäßigem, beruhigendem Atem. Ich schlüpfe leise aus dem Bett, um ihn nicht zu wecken, und tappe barfuß in die Küche.

Ich fülle mir am Wasserhahn ein Glas mit Wasser und trinke es in großen Zügen. Das erfrischende Gefühl bringt mich wieder zu mir.

Mit einem Lächeln bei der Erinnerung an unsere Intimität und Nähe überlege ich, ob ich nicht Kaffee kochen und vielleicht etwas zum Frühstück vorbereiten sollte. Ich öffne den Kühlschrank, doch was mich erwartet, ist die gähnende Leere. Keine Eier, kein Brot, nicht einmal eine alte Packung Butter. Der gestrige Tag, an dem wir es nicht einmal aus dem Bett geschafft haben, scheint uns eingeholt zu haben. Wir hatten uns Essen liefern lassen, und an Einkaufen hatte keiner von uns gedacht.

Ich schließe wieder den Kühlschrank und ein Seufzer entweicht mir. Ich denke über mögliche Optionen nach, wende mich dem Vorratsschrank zu, in der Hoffnung, dort vielleicht doch noch etwas Brauchbares zu finden.

Die Tür des Vorratsschranks gibt unter meinem Griff nach, und ich spähe ins Innere. Doch auch hier herrscht gähnende Leere — keine versteckte Packung Cornflakes, kein vergessenes Glas Marmelade, nichts, was einem Frühstück auch nur nahekommen könnte.

Ich stehe davor, ziehe eine Grimasse, die Arme verschränkt, und starre in die Leere, als hätte ich die Fähigkeit, mit purer Willenskraft Essen herbeizuzaubern.

Genau in diesem Moment tritt Enno in die Küche. Er stoppt, sein Blick wechselt zwischen dem offenen Schrank und mir. Ein verschlafenes Grinsen breitet sich auf seinem Gesicht aus. »Hat dich der Hunger aus dem Bett getrieben«, kommentiert er trocken.

»Guten Morgen«, murmle ich und sehe ihn an.

»Morgen«, erwidert er mit einer Stimme, die noch vom Schlaf belegt ist. Er reibt sich die Augen und blickt dann in den offenen Kühlschrank. »Ich nehme an, das Frühstück springt uns heute nicht gerade entgegen, hm?«

Ich lache leise und nicke. »Es sieht schlecht aus. Es ist nichts Essbares hier.«

Enno tritt zu mir, umarmt mich von hinten und küsst mich auf die Wange. »Sieht so aus, als müssten wir uns etwas einfallen lassen.«

»Ich dachte an Einkaufen«, schlage ich vor und lehne mich in seine Umarmung.

Er überlegt kurz. »Klingt nach einem Plan. Zieh dich an, wir fahren in den Laden.«

Genau diese Spontanität verleiht dem Urlaub seinen Zauber — sorglos sein, frei von den Ketten des Alltags, sich nicht an die Uhr richten zu müssen.

Mit neuer Energie eile ich zurück ins Schlafzimmer, um mich fertig zu machen. Aus meiner Tasche ziehe ich ein Sommerkleid, das ich über meinen Körper streife. Es ist ein Akt der Befreiung von der ständigen *Rüstung*, die mein berufliches Ich umgibt. Blusen und Blazer, die hohen Kragen, die knapp unter dem Knie endenden Röcke — ich habe sie satt. Trotz meiner Liebe zum Job sehne ich mich nach dieser Freiheit.

»Ganz nackt, gefällst du mir viel mehr«, flüstert Enno, als er mich erneut von hinten umarmt und an sich drückt.

»Vielleicht sollte ich das Kleid dann ausziehen?«, scherze ich und drehe mich in seinen Armen.

»Was? Damit jemand anderes dich so ... verführerisch sieht? Nein, all das ist nur für mich.« Seine Worte sind selten emotional, doch in solchen Momenten liegt eine Tiefe in ihnen, die mich stutzig macht. Was empfindet Enno wirklich für mich? Ist es bloß Begierde, Interesse oder etwas Wesentlicheres? Etwas, das tief und wärmend ist? Ich kann es nicht sagen. Und noch wichtiger: Sollte ich überhaupt danach graben?

Mit einem Lächeln auf den Lippen und einem Funkeln der Herausforderung in den Augen halte ich Ennos Aufmerksamkeit, bevor ich mich von ihm löse, um mich vollends anzuziehen. Ich hätte ihn gerne gefragt: »Ist das denn so? Gehöre ich wirklich nur dir?« Aber ich frage nicht. Ich will nicht den Moment zwischen uns zerstören.

Ich greife nach meinen Sandalen, die mein Sommerkleid perfekt ergänzen, und schlüpfe hinein. Enno beobachtet mich mit einem wohlwollenden Lächeln und einem weichen Ausdruck, der jedoch so intensiv ist, dass es mir warm ums Herz wird.

»Bereit?« Ich fahre mir durch die Haare, um sie ein wenig zu ordnen.

»Immer«, antwortet Enno und greift nach seiner Geldbörse

und den Schlüsseln. Seine Hand findet die meine, und wir verlassen das Apartment.

Wir erreichen Ennos Auto, das ruhig auf dem Parkplatz wartet. Mit einem kurzen Druck auf den Schlüssel entriegelt Enno den Wagen, und die Türen öffnen sich mit einem Piepen. Wir steigen ein und Enno fährt los.

Ich packe die hellen Momente ein, als wäre ich eine Diebin, die Juwelen in einer versteckten Truhe bunkert. Mein Notvorrat für graue Tage. Denn wer weiß? Vielleicht hat Enno bald die Nase voll von mir, entscheidet sich gegen uns, und ich lande da, wo ich schon einmal war — als *Miststück* abgestempelt und links liegen gelassen, genau wie bei Jens. Nur ein weiterer Name auf der Liste der Ex-Fehltritte.

»Danke«, sage ich leise, als wir auf eine breite Straße einbiegen. Enno schaut mich überrascht an. »Wirklich, danke dafür, dass du mich hierher gebracht hast. In dein Zuhause.«

»Gefällt es dir?«, fragt er mit einem Lächeln, und ich nicke.

»Noch ein wenig, und ich hätte meine Geduld verloren«, meint er.

»Weil wir immer gestört wurden?«

»Genau das.«

Ich sinke in Schweigen und lasse meinen Blick über die morgendliche Stadt schweifen, die an uns vorüberzieht. Neben mir legt Enno eine Hand auf mein Knie und drückt es sanft, während er mit der anderen das Lenkrad führt.

»Dorothea, ich mag es wirklich, dass du so freundlich bist und allen helfen willst. Und hey, es würde mich verrückt machen, wenn das nicht einer der Gründe wäre, warum ich so für dich empfinde. Aber ich brauche auch unsere Zeit zusammen, nur wir zwei.«

Mein Lächeln breitet sich so weit aus, dass meine Wangen zu

schmerzen beginnen. Ich lege meine Hand auf seine, die sanft mein Knie berührt. Er spricht weiter, und es wirkt, als löse sich eine lange in ihm gehaltene Sperre.

»Manchmal fühle ich mich wie ein pubertierender Teenager, ständig aufgeregt. Ich kann kaum die Hände von dir lassen und denke ständig darüber nach, wo ich dich als Nächstes küssen könnte.«

»Na, du hast ja Fantasien«, lache ich. Als das Auto sanft zum Stillstand kommt, sehen wir den Eingang des Supermarkts direkt vor uns. Der Parkplatz ist schon gut gefüllt und trotz der frühen Stunde herrscht bereits ein reges Treiben. Kunden strömen mit ihren Einkaufswagen hinein und hinaus.

»Diese drei Tage musste ich mir buchstäblich erkämpfen. Sonst hätte es definitiv Ärger gegeben. Mit wem auch immer.«

Seine Worte lassen mich innerlich rotieren, und mir wird klar, dass ich wohl den besten Mann der Welt gefunden habe. Ich möchte ihn umarmen und festhalten, damit er nie weggehen kann, doch ich weiß, dass dies ein dummes, egoistisches Verlangen ist. Ein spontaner Impuls. Stattdessen drehe ich Ennos Hand, führe sie zu meinem Mund und küsse seine Lebenslinie, hinterlasse darauf eine feuchte Spur — meine Signatur.

Als ich aufschaue, treffen meine Augen auf das tiefblaue Meer seiner Augen, so stürmisch, dass sie mich mit sich reißen, zu Boden werfen und mir den Atem rauben. Ich drohe darin zu ertrinken, ohne Hoffnung auf Rettung, doch ein einfaches Blinzeln lässt die Illusion verschwinden.

»Weißt du, was Milena mir zum Abschied gesagt hat?«, fragt Enno mit dieser warmen, tiefen Stimme, die mir immer Gänsehaut macht. Kopfschüttelnd warte ich auf seine Erklärung.

»Sie hat gesagt, ich wär ein echter Kaiser.« Sein Grinsen ist unbeschreiblich.

»Na, sie weiß, was sie sagt«, erwidere ich.

Beim Nicken verschränkt Enno liebevoll seine Finger mit meinen. Langsam neigt er sich zu mir, bis ich seinen Atem auf meiner Haut spüren kann.

»Und, hast du Lust, an der Seite dieses Kaisers zu regieren?«, haucht er mir gegen die Lippen. Ich bin so überrumpelt, dass mir fast die Worte fehlen.

Kapitel 45

Enno

Im Laden fällt mir auf, dass Dorotheas Haltung sich verändert hat. Sie wirkt abwesend, in Gedanken versunken, legt fast mechanisch Dinge in den Einkaufswagen. Selbst als ihre Hand zögerlich zu einem Waschpulver greift — völlig deplatziert zwischen unserem Lebensmittelbedarf —, breche ich ihr Grübeln nicht. Ich fange ihren Blick auf, suche nach einem Zeichen, doch ihre Augen verraten eine tiefe Nachdenklichkeit, vermengt mit einer Spur Unruhe.

Die Schuld liegt sicher bei mir. Meine unbedachte Frage, ob sie meine Kaiserin sein wolle, war wohl zu viel für sie. Ich bin mir unsicher, was in Dorotheas Kopf vorgeht, aber es ist offensichtlich, dass ich etwas gerade biegen muss.

»Lass uns einen Kaffee trinken gehen und frühstücken«, schlage ich vor, nachdem ich die Einkäufe im Kofferraum verstaut habe. Ihre Reaktion ist verhalten, fast gleichgültig, und es schmerzt mich, ihre Distanz zu spüren.

Ihre Hand fühlt sich eiskalt an, obwohl es draußen warm ist. Ja, ich bin wirklich ein schlechter Romantiker — ich kann über all diese Gefühle nicht richtig reden. Vielleicht hätte Schweigen in diesem Fall mehr gesagt.

Wir beschließen, in die anliegende Bäckerei zu gehen, die auch ein kleines Café betreibt. Der warme Duft von frisch gebackenem Brot und Kaffee umfängt uns.

»Hoffentlich haben sie nicht schon alle guten Sachen verkauft und uns was übriggelassen«, versuche ich die angespannte Stille mit einem Scherz zu lösen. Dorothea schenkt mir ein halbes Lächeln, immer noch in Gedanken versunken.

Wir suchen uns einen Tisch am Fenster, von wo aus wir das geschäftige Treiben beobachten können. Die Bäckerei ist belebt, doch wir finden eine ruhige Ecke, die uns etwas Privatsphäre bietet. Ich bestelle an der Theke für uns beide das Frühstücksangebot — frische Brötchen, Croissants, Marmelade, Schinken, Käse und natürlich zwei große Tassen starken Kaffee.

Zurück an unserem Tisch unternehme ich einen weiteren Versuch, die Stimmung mit einem Scherz aufzulockern. »Glück gehabt, dass noch Croissants da waren«, sage ich und hoffe auf ein Lächeln von Dorothea. Ihre Reaktion bleibt jedoch aus, ihr Blick ist nachdenklich und weit entfernt.

»Dorothea, wir sollten reden«, setze ich vorsichtig an und suche ihre Aufmerksamkeit.

»Enno, warte!« Sie legt ihre Hand auf meine und sieht mir in die Augen. »Lass mich zuerst sprechen, okay?«

Ich nicke. Manchmal denke ich, Dorothea ist zu kompliziert für mich — ich fürchte, ich werde sie nicht aushalten, verletzen, enttäuschen. Aber dann erkenne ich, dass mir genau das an ihr gefällt. Genau eine solche Frau möchte ich an meiner Seite haben — unberechenbar, gutmütig und mutig. Und ja, sexy.

»Ich wollte dieses Thema nicht ansprechen, weil es unangenehm ist, sogar peinlich. Ich stecke meinen Kopf wie ein Strauß in den Sand, aber die Gedanken schwirren im Kopf. Mir ist unklar, in welchem Status unsere Beziehung ist. Du schweigst immer, machst meistens Witze. Ich verstehe, dass ich dir gefalle, das spüre ich, aber ... Sind wir Liebhaber? Freunde Plus? Sind wir zusammen? Ich verstehe es nicht.«

Dorotheas Stimme wird immer leiser, und ich drücke ihre Hand. Ich verstehe, dass sie ihre Worte schon bereut — man sieht alle ihre Gedanken im Gesicht. Sie ist stolz, unabhängig, und ich bin ein verdammter Idiot, der nicht weiß, wie man über solche Dinge spricht. Ich vergesse immer, dass Frauen all diese Worte brauchen — als ob Taten allein nicht genug wären und man hören muss, um zu verstehen.

Kurz darauf nähert sich der Kellner mit einem lächelnden Ausdruck im Gesicht. »Hier ist Ihr Frühstück.« Er setzt das Tablett vor uns ab. Mein Appetit ist zwar gesunken, aber der Anblick der liebevoll angerichteten Teller lässt mich das fast vergessen.

Dorothea umfasst eine der dampfenden Tassen und wärmt ihre Hände daran, als ob sie die Kälte aus ihren Händen vertreiben möchte.

»Und was denkst du? Sind wir zusammen?«, frage ich.

Dorothea schaut mich finster an und zuckt mit den Schultern.

»Schon komisch, dass ich immer die bin, die sich zuerst aus dem Fenster lehnen soll. Hast du etwa Angst, mal Klartext zu reden, Enno?«

»Ich verstehe nicht, warum wir all diese Gespräche brauchen? Willst du, dass ich auf die Knie gehe und dir feierlich anbiete, meine Freundin zu sein, und diesen Tag im Kalender mit einem Kreis markiere?«

Dorothea lacht silbern und schüttelt den Kopf.

»Nein, das brauchen wir nicht ... denk nicht einmal daran, so etwas zu tun! Ich werde sonst vor Lachen sterben.«

Ihre direkte Art bringt mich zum Nachdenken. Ja, ich habe es vermieden, klar zu sagen, was ich fühle, aus Angst, es könnte alles ändern. Aber ist das nicht genau der Punkt? Dass wir beide wissen, woran wir sind?

»Was willst du dann?«

»Enno, ich ... ich brauche Klarheit zwischen uns. Könntest du mir sagen, was ich für dich bedeute? Es ist mir wichtig, das zu verstehen.«

Sie stellt ihre Tasse auf den Tisch. Ich ergreife ihre zarte Hand und verschlinge unsere Finger. Ich will, dass sie sich erwärmt, alle ihre Sorgen aus dem Kopf wirft und einfach lächelt.

»Dorothea, du bist das Beste, was mir in den letzten Jahren passiert ist. Ich bin aus dem Meer der Arbeit aufgetaucht, habe mich umgesehen und dich gesehen. Als ich dich das erste Mal sah, fühlte es sich an, als hätte ich endlich wieder festen Boden unter den Füßen gefunden. Und jetzt, da ich das weiß, kann und will ich mich nicht mehr von dir abwenden.«

»Und das ... über die Kaiserin. Was bedeutet das? Weißt du, seit ich dich getroffen habe, bin ich ziemlich stumpf geworden.«

Ich lache leise und drücke sanft ihre Hand.

»Das bedeutet, dass ich nicht will, dass du aus meinem Leben verschwindest. Verstehst du?« Nach diesen Worten neigt sich Dorotheas Kopf zu mir, und ein sanftes Lächeln umspielt ihre Lippen. Es berührt mich, zu sehen, wie meine Worte sie erreichen.

Manchmal denke ich, ich könnte wirklich einen Kurs in Sachen Kommunikation gebrauchen. Doch dann schaue ich Dorothea an, ihre Einzigartigkeit, ihre Art, wie sie mich herausfordert und unterstützt, und mir wird klar: Kein Kurs der Welt kann mir beibringen, was ich mit Dorothea zusammen erlebe.

Mit Dorothea an meiner Seite will ich durch alle Höhen und Tiefen gehen, aus jedem Fehler lernen und stärker wieder aufstehen.

»Findest du nicht auch, dass wir es vielleicht überstürzen?«, äußerst Dorothea ihre Bedenken, während sie ein Stück Croissant abbricht.

Ich hebe eine Augenbraue, spiele mit meinem Kaffeebecher. »Mit dem Frühstück oder mit uns als Paar?«, frage ich zurück.

Sie rollt mit den Augen. »Sehr witzig. Ich meine uns, Enno. Uns beide.«

»Ach so«, tue ich überrascht. »Hatte nicht den Eindruck, dass wir uns beeilen. Es sei denn, du hast vor, mich heute Nachmittag zum Altar zu schleifen.«

»Ha-ha«, erwidert sie trocken, »sehr lustig. Aber im Ernst, denkst du nicht, dass wir …«

Ich schaue ihr direkt in die Augen und streiche ihr sanft eine Haarsträhne hinter das Ohr. »Dorothea, wir sind genau dort, wo wir sein sollten. Nicht zu schnell, nicht zu langsam.«

»Aha, Herr Philosoph«, neckt sie zurück. »Und wenn ich plötzlich anfange, verrückte Sachen zu machen? Keine Rückgabegarantie, Mister.«

»Verrückte Sachen? Noch verrückter als die, die du schon gemacht hast? Jetzt bin ich interessiert.«

Sie spielt mit ihrem Löffel und schaut mich dann herausfordernd an. »Pass auf, was du dir wünschst, Enno. Ich könnte dich noch überraschen.«

»Ist das ein Versprechen?«, frage ich, gespielt ernst. »Weil ich mich auf genau das freue.«

Kapitel 46

Thea

»Ich möchte dir etwas zeigen«, verkündet Enno, nachdem wir mit dem Frühstück fertig sind und er den Motor startet. Meine Neugierde ist geweckt, aber er verrät nichts weiter. Sein Lächeln bleibt rätselhaft.

»Ach ja? Und was könnte das sein?« Ich versuche, aus seinem Gesichtsausdruck schlau zu werden.

Enno zuckt mit den Schultern. »Das wäre doch keine Überraschung mehr, wenn ich es dir jetzt verraten würde.«

Ich seufze gespielt enttäuscht und lehne mich zurück. »Du machst es einem aber auch nicht leicht. Also gut, überrasche mich.«

Wir fahren durch die Straßen von Rostock, die Stadt zeigt sich von ihrer lebendigen Seite. Ich sammle aus Kreuzungen und Straßennamen Hinweise, wohin die Fahrt gehen könnte, aber Enno genießt offenbar mein Rätselraten zu sehr, um auch nur den kleinsten Hinweis zu geben.

Schließlich halten wir vor einem niedrigen Gebäude, dessen warme, sandige Fassade im Sonnenlicht leuchtet. Das rote Dach und das umgebende Grün bilden einen einladenden Anblick.

»Hier sind wir!« In Ennos Stimme schwingt ein Stolz mit, den ich zuvor nur selten bei ihm bemerkt habe.

Meine Augen wandern zu dem deutlich sichtbaren Schild, auf dem in klaren Lettern *Bahls Bauunternehmung* zu lesen ist. Überrascht blicke ich zu Enno. »Arbeitest du hier?«

»Ja, schon, aber es ist mehr als nur Arbeit. Dieses Unternehmen gehört mir.«

Verblüfft starre ich ihn an. »Aber ... ich dachte, du bist Dachdecker? Verbringst du nicht die meiste Zeit auf Dächern?« Ich bin überrascht und versuche, das neue Bild von Enno, das ich jetzt habe, mit dem alten des *talentierten Dachdeckers* zu verbinden, das ich im Kopf hatte.

Ennos Lachen erfüllt den Wagen, ehrlich und herzlich. »Das stimmt schon. Ich liebe es, auf dem Dach zu arbeiten — direkt mit den Händen etwas zu erschaffen. Aber jemand muss sich auch um das Geschäft kümmern, um neue Projekte, um die Planung und um unser Team. Das bin dann ich.«

»Ist Büroarbeit für dich nicht langweilig?«

»Langweilig«, bestätigt er schnell und führt mich zum Eingang. »Ich bin viel lieber draußen, direkt auf den Baustellen. Das Büro überlasse ich lieber denjenigen, die sich mit Papierkram auskennen.«

Es beeindruckt mich, wie begeistert Enno von seiner Arbeit erzählt. Wenn seine Augen dabei funkeln und er so zufrieden wirkt, fesselt mich das.

»Komm, ich zeige dir alles.« Er hält die Tür für mich auf.

Beim Aussteigen berührt Ennos Hand kurz das Autodach neben mir. Wir stehen einen Moment lang einfach nur da, unsere Blicke treffen sich und ich spüre eine Intensität zwischen uns, die schwer in Worte zu fassen ist.

»Du ziehst mich magisch an, Dorothea«, flüstert er, und das klingt fast ehrfürchtig. »Und je zurückhaltender du bist, desto mehr will ich dich.«

Ich atme tief durch, versuche, meine wirbelnden Gedanken zu ordnen. Enno berührt etwas Tiefes in mir. Etwas, das ich nicht länger ignorieren kann oder will. Enno führt mich durch das helle Foyer des Gebäudes, seine Schritte klingen selbstbewusst auf dem glatten Boden und führen uns zu einer freundlich lächelnden Person hinter dem Empfangstresen. Sie blickt auf, als wir näher kommen, und ihr Lächeln weitet sich.

»Guten Morgen, Enno! Eine Überraschung, dich hier zu sehen — mitten in deinem Urlaub!«, sagt sie überrascht, aber sichtlich erfreut.

»Guten Morgen, Karla«, grüßt Enno zurück. »Ja, Karla, ich mache eigentlich Urlaub, aber ich wollte nicht nach dem Rechten sehen. Ich weiß, ihr habt alles unter Kontrolle. Ich bin hier, um Dorothea das Gebäude zu zeigen.« Er stellt mich vor: »Dorothea, das ist Karla, unser Fels in der Brandung am Empfang.«

Ich nicke Karla zu und lächle. »Freut mich, Sie kennenzulernen.«

»Ebenso, Dorothea.«

»Nennen Sie mich einfach nur Thea«, schlage ich vor.

»Gut Thea, wenn du irgendwelche Fragen hast oder Hilfe brauchst, bin ich hier«, antwortet Karla freundlich, bevor sie sich wieder ihren Aufgaben zuwendet.

Wir gehen weiter, und Enno zeigt mir den Rest des Gebäudes. »Hier entlang.« Er deutet auf eine Tür am Ende des Ganges. Als wir das Büro betreten, umfängt uns eine Atmosphäre konzentrierter Arbeit. An den Wänden hängen Pläne und Fotos von Bauprojekten, auf dem Schreibtisch stapeln sich Unterlagen und

Zeichnungen.

»Das ist also, wo die Magie passiert«, kommentiere ich, während ich die vielen Details im Raum aufnehme.

»Genau. Na ja, die meiste Magie passiert draußen, aber hier wird sie geplant.«

Plötzlich öffnet sich die Tür und eine Frau mittleren Alters tritt ein. »Ah, Enno, der Urlauber. Wer ist deine Begleitung?«, fragt sie mit einem neugierigen Blick in meine Richtung.

»Das ist Dorothea«, stellt Enno mich vor. »Dorothea, das ist Frau Berger, sie hält hier alles am Laufen.«

»Freut mich.« Ich reiche ihr die Hand.

»Ebenfalls«, erwidert Frau Berger freundlich. »Wenn du Enno hier rauslocken kannst, musst du etwas Besonderes sein.« Sie zwinkert mir zu, bevor sie sich wieder ihren Papieren zuwendet.

Enno zeigt mir daraufhin den Rest des Gebäudes. Wir schlendern an verschiedenen Büros vorbei, grüßen Mitarbeiter, die beschäftigt an ihren Schreibtischen sitzen oder in lebhaften Diskussionen vertieft sind. Jeder scheint Enno zu kennen und zu respektieren; es werden Scherze ausgetauscht und kurze Gespräche über laufende Projekte geführt.

»Und hier«, sagt Enno, als wir eine große Halle betreten, »lagern wir Material und Ausrüstung. Alles, was wir für die Baustellen brauchen.« Die Halle ist beeindruckend, mit Regalen, die bis zur Decke reichen und gefüllt sind mit Werkzeugen, Maschinen und Baustoffen.

Enno lächelt, offensichtlich erfreut über meine Reaktion, doch dann wird sein Ausdruck nachdenklicher. »Weißt du, Dorothea, es gibt da eine Sache, die mir schon seit einiger Zeit Kopfzerbrechen bereitet.« Er führt mich zu einem ruhigeren Teil der Halle, wo wir ungestört sprechen können. »Ich suche dringend jemanden für die Personalabteilung, speziell für das Personal-

Recruiting. Bisher habe ich noch niemanden gefunden, der wirklich passt.«

Ich horche auf, unsicher, worauf er hinauswill. »Oh, das klingt nach einer ziemlichen Herausforderung.«

»Ja, definitiv.« Enno schaut mich direkt an, als würde er meine Reaktion abwägen. »Ich habe mir überlegt, dass du vielleicht ...«, er bricht ab, als ob er auf meine Reaktion wartet.

Mein Herz schlägt einen Takt schneller. Meint er etwa ...? Aber bevor ich meine Gedanken ordnen kann, fährt Enno fort. »Du wolltest vorhin Klarheit. Hier hast du sie. Ich habe noch nie eine Frau in mein Unternehmen mitgebracht, sie meinen Mitarbeitern vorgestellt und ihr so viel von meinem Leben und meiner Arbeit gezeigt.«

Jetzt fällt es mir wie Schuppen von den Augen. Die Worte von Frau Berger: »Wenn du Enno hier rauslocken kannst, musst du etwas Besonderes sein.« Ergeben plötzlich Sinn. Enno bietet mir nicht nur einen Einblick in seine Welt, er zeigt mir meinen möglichen Platz darin.

»Enno, meinst du ...?«, beginne ich, doch meine Stimme versagt. Die Möglichkeit, Teil seines Lebens und seines Unternehmens zu sein, überwältigt mich.

»Ja, Dorothea. Ich biete dir die Position an, die ich erwähnt habe. Ich kenne deine Fähigkeiten nicht im Detail, aber ich sehe, wie du mit Menschen umgehst, wie aufmerksam und einfühlsam du bist. Und ich glaube, das ist genau das, was wir brauchen.«

Mein Herz klopft heftig. »Enno, das ... das ist eine riesige Überraschung. Aber ich ... ich habe ein Leben in Hamburg, einen Job, der mir Sicherheit gibt.« Meine Worte sind leise, zögerlich, denn obwohl ich von seinem Vertrauen tief berührt bin, wirbelt die Vorstellung, all das für eine ungewisse Chance hier aufzugeben, meine Gedanken durcheinander.

»Ich verstehe das vollkommen, Dorothea.« Ennos Hand sucht die meine. »Ich wollte dich nicht überfahren mit diesem Vorschlag. Es ist nur, dass ich mir wirklich vorstellen könnte, dass du hier viel bewirken könntest. Aber natürlich, es ist eine Entscheidung, die gut überlegt sein will.«

Seine ernste Stimme bringt mich zum Nachdenken. Er hat recht, es ist eine Entscheidung, die mein ganzes Leben verändern könnte. »Es ist nicht so, dass ich nicht interessiert wäre, Enno. Es ist nur ... ein großer Schritt.«

»Natürlich ist es das«, antwortet er und hält meinen Augenkontakt fest. »Und es ist deine Entscheidung. Ich will dir nur zeigen, dass es nicht nur in meinem Herzen einen Platz für dich gibt, sondern hier bei *Bahls Bauunternehmung* auch einen Platz für dich geben könnte. Einen Platz an meiner Seite.«

Ennos Worte bringen mein Herz zum Rasen. Gleichzeitig denke ich an mein geregeltes Leben in Hamburg, was mich zögern lässt. Klar, ich wollte Gewissheit über uns, aber ist das nicht alles ein bisschen zu schnell? Andererseits wäre eine Fernbeziehung auch nicht ideal. Wenn wir unsere Zukunft gemeinsam planen, sollten wir wirklich alle Möglichkeiten in Betracht ziehen.

Das bedeutet, über den Tellerrand hinauszuschauen und vielleicht sogar große Veränderungen in Angriff zu nehmen. Ist das nicht genau das, was das Leben ausmacht — Risiken einzugehen für das, was einem wichtig ist?

»Ich brauche Zeit, um darüber nachzudenken«, sage ich schließlich.

Enno nickt verständnisvoll. »So viel Zeit, wie du brauchst, Dorothea. Ich wollte dir nur die Möglichkeit aufzeigen. Egal, wie du dich entscheidest, ich stehe zu dir und will diesen Weg gemeinsam mit dir gehen.«

Kapitel 47

Thea

Die letzten drei Tage in Rostock waren wie aus einem Traum. Nachdem Enno mir sein Unternehmen gezeigt hatte, haben wir die Stadt in all ihren Facetten erkundet. Wir spazierten durch den Stadthafen, ließen uns von der lebhaften Atmosphäre mitreißen und genossen die frische Meeresbrise. Anschließend spazierten wir durch die malerischen Gassen der Altstadt, vorbei an historischen Gebäuden, die von Rostocks reicher Geschichte erzählen.

In einem kleinen Café am Neuen Markt haben wir unseren Americano getrunken und das bunte Treiben beobachtet. Besonders angetan hat es mir die Kröpeliner-Tor-Vorstadt, mit ihren einzigartigen Läden und Restaurants, die zum Verweilen einluden. Enno und ich entdeckten gemeinsam versteckte Ecken, die ich allein wohl nie gefunden hätte.

Am dritten Tag, als der Himmel sich verdüsterte und ein stetiger Regen einsetzte, entschieden wir uns, es uns gemütlich zu machen. Wir zogen uns in Ennos Wohnung zurück, kuschelten uns auf das Sofa und verbrachten den Tag damit, Actionfilme zu schauen und die Welt draußen zu vergessen. Es war ein einfacher, doch unglaublich schöner Tag.

Während der Zeit haben wir tatsächlich unsere Handys nicht einmal vermisst. Sie blieben unbeachtet, und unsere ganze Aufmerksamkeit galt uns selbst. Zwischen den Spaziergängen und den gemütlichen Stunden zu Hause, wo der Regen gegen die Fensterscheiben trommelte, genossen wir die Zeit in unserer kleinen Blase, liebten uns und gaben uns einander hin.

Jetzt fahren wir zurück nach Ahrenshoop und ich döse im Auto vor mich hin, zusammengerollt wie ein kleines Knäuel. Ein Traum, diffus und beunruhigend, streift durch meinen Halbschlaf. Obwohl ich mich an keine Details erinnern kann, bleibt ein unbehagliches Gefühl zurück, schwer und drückend wie schwüle Luft vor einem Gewitter. Normalerweise lege ich nicht viel auf Träume, doch dieses Mal kann ich das nagende Gefühl nicht abschütteln.

Kurz vor Ahrenshoop, berührt Enno sanft meine Schulter. »Aufgewacht, Schlafmütze.«

Ich blinzle in das blendende Tageslicht und strecke mich vorsichtig.

»Wir sind fast wieder zu Hause. Was hältst du davon, wenn wir bei mir zu Mittag essen?«, schlägt er vor.

Noch im Halbschlaf nicke ich, aber mein Kopf ist voller wirrer Träume.

»Klingt gut«, murmle ich und dränge die Erinnerungen an den Traum beiseite. »Aber ich muss kurz bei meiner Oma vorbeischauen. Nur um sicherzugehen, dass alles in Ordnung ist. Ich habe da plötzlich ein ungutes Gefühl.«

»Hast du sie vermisst?«

Ich zucke mit den Schultern. »Ein bisschen schon.« Tatsächlich mache ich mir gerade Sorgen. Die Batterie meines Handys ist leer, und ein ungutes Bauchgefühl steigt auf, ob bei Oma alles gut ist.

Ennos Lächeln wird breiter. »Natürlich, das verstehe ich. Doris wird sich sicher freuen, dich zu sehen. Aber versprich mir, dass du nicht zu lange bleibst. Ich habe vor, dich kulinarisch zu verwöhnen.«

Ich muss herzhaft lachen. »Womit? Du kannst nicht kochen?«

»Exakt«, antwortet er mit gespielter Ernsthaftigkeit. »Du wirst staunen. Eine Sache kann ich aber richtig gut.«

»Gibst du jetzt mit deinen Kochkünsten an?«

»Nicht angeben, feststellen. Es ist wirklich fantastisch.«

Seine Worte locken ein Lachen aus mir heraus, und ich umarme ihn impulsiv.

»Na gut, du hast mich überzeugt.« Ich drücke ihm einen schnellen Kuss auf die Wange, spüre die Stoppeln und nehme seinen warmen, vertrauten Duft wahr.

Kaum rollt Ennos Auto zur Garage heran, stürmt Milena aufgeregt aus dem Haus. Ihre Augen sind weit aufgerissen, Tränen glänzen in ihren Winkeln.

»Onkel Enno, Lucky ...« Die Worte ersticken fast in ihrer Aufregung. »Sie haben Lucky weggenommen.«

Enno steigt sofort aus und kniet sich zu Milena hinunter, um auf Augenhöhe mit ihr zu sein. Sein Gesicht zeigt tiefe Besorgnis.

»Wer hat Lucky weggenommen, Milena?«, fragt er ruhig.

»Die Leute, die ihn verloren hatten. Sie sind gekommen und haben gesagt, dass Lucky ihnen gehört.« Milenas Stimme zittert. »Sie hatten die Polizei dabei und haben ihn einfach mitgenommen.«

In diesem Moment kommt Lucy heraus. Ihr Blick fällt auf Milena und dann auf uns.

»Es ist wahr«, bestätigt sie. »Sie hatten Beweise, dass Lucky ihnen gehört. Wir konnten nichts machen.«

Milena blickt von einem zum anderen. »Ich habe versucht, dich zu erreichen. Aber ich hätte nicht gedacht, dass du wirklich drei Tage lang nicht auf dein Handy schauen würdest.«

»Es tut mir leid, Kleines. Ich hätte nicht gedacht, dass so etwas passieren würde. Wir haben unsere Handys absichtlich ausgeschaltet, um ...« Seine Stimme bricht ab, als er nach den richtigen Worten sucht, »um ein wenig Abstand von allem zu bekommen. Das war nicht gegen dich gerichtet. Ich verstehe, wie weh das tut.« Ennos Stimme ist von echtem Bedauern geprägt. »Aber Lucky gehört nun einmal seinen ursprünglichen Besitzern.«

Milena schüttelt den Kopf, unfähig, die Tränen zurückzuhalten.

»Aber es fühlt sich so falsch an«, schluchzt sie. »Er war wie ein Teil unserer Familie. Ich wollte ihn so gerne behalten.«

Lucy tritt näher und legt eine tröstende Hand auf Milenas Schulter.

»Ich weiß, Liebling. Und es tut mir so leid. Wir haben unsere Pflicht getan, indem wir Lucky zu seinen rechtmäßigen Besitzern zurückgebracht haben.«

Milena wischt sich die Tränen aus den Augenwinkeln.

Enno erhebt sich und schaut sie ernst an. »Wie wär's, wenn wir später zusammen ein Eis essen gehen? Nur um den Tag ein wenig zu versüßen. Und vielleicht schauen wir danach mal im Tierheim vorbei, hm? Es gibt so viele Tiere, die ein neues Zuhause suchen. Wer weiß, vielleicht ist ja dein neuer bester Freund dabei.«

Milena zögert kurz bei dieser Idee, doch dann huscht ein zaghaftes Lächeln über ihr Gesicht. »Wirklich? Meinst du, Mama wäre damit einverstanden?«

Lucy hebt ermutigend die Augenbrauen. »Weißt du, Milena, ich habe gesehen, wie verantwortungsvoll du dich um Lucky gekümmert hast. Das hat mich überzeugt, dass du bereit für einen eigenen Hund bist. Wir machen das gemeinsam, okay?«

Milena sieht etwas aufgemunterter aus und schenkt ihrer Mutter ein kleines Lächeln. Ich beobachte die Szene und bin berührt von der tiefen Verbundenheit dieser Familie.

Milena, die nun sichtlich beruhigt ist, schenkt Enno einen dankbaren Blick. »Okay, dann machen wir das. Aber ihr müsst mir beim Aussuchen helfen, Onkel Enno und Thea!«

Enno lacht, und seine Augen leuchten vor Freude über Milenas plötzlichen Stimmungsumschwung. »Versprochen, Kleines. Wir finden den perfekten Hund für dich.«

Mit einem versöhnlichen Lächeln tappt Milena schließlich zufrieden davon.

»Na, ihr zwei Turteltauben, habt ihr eure Zeit allein genossen?«, wendet sich Lucy an Enno und mich.

Enno nickt und sieht mich kurz an.

»Ja, es war wirklich wunderbar. Enno hier hat sich als hervorragender Gastgeber und Stadtführer entpuppt«, sage ich.

»Das klingt ja fast wie Flitterwochen«, scherzt Lucy.

»Na ja, fast«, stimmt Enno mit einem schiefen Lächeln zu. »Es war auf jeden Fall eine schöne Zeit. Und ich habe Dorothea heute zum Mittagessen eingeladen, um ihr meine Kochkünste zu demonstrieren.«

»Ja, das stimmt. Er behauptet, ein Meisterkoch zu sein«, ergänze ich.

»Meisterkoch, wirklich?«, wundert sich Lucy. »Das muss ich mir merken. Aber kommt doch erst mal rein.«

Ich stocke und wende mich Enno zu, dann wieder Lucy. »Ich würde wirklich gerne, aber ich sollte zuerst bei meiner Oma vorbeischauen. Nur um sicherzugehen, dass alles in Ordnung ist. Ich komme dann zum Mittagessen vorbei, ist das in Ordnung?«

»Selbstverständlich.« Enno gibt mir einen sanften Kuss auf die Wange. »Wir warten auf dich.«

Mit einem Lächeln auf den Lippen verabschiede ich mich von Enno und Lucy. Ich greife nach meiner Tasche, die im Kofferraum von Ennos Auto liegt, und schlendere hinüber zum Haus meiner Großmutter. Die warme Sonne strahlt auf mein Gesicht, doch ein leichtes Ziehen der Sorge bleibt in meinem Magen zurück.

»Oma?«, rufe ich, sobald ich das Tor zum Grundstück erreiche, doch eine Antwort bleibt aus.

Ich rufe erneut, dieses Mal lauter, in der Hoffnung, dass sie mich hören kann. Meine Blicke schweifen durch den Garten und ich bemerke sofort, dass etwas nicht stimmt. Verschiedene Gartenwerkzeuge und Utensilien liegen kreuz und quer verstreut, als wären sie hastig beiseite geworfen worden. Ein unordentliches Bild, das so gar nicht zu meiner sonst so pedantischen Oma passt.

Die Hühner gackern und laufen umher, als hätten auch sie bemerkt, dass etwas nicht in Ordnung ist. Mir wird mulmig, je tiefer ich in den Garten gehe.

»Oma!«, rufe ich erneut.

Schließlich entdecke ich sie. Sie steht unter dem alten Kirschbaum, verkrümmt und mit gesenktem Kopf, als ob sie etwas auf dem Boden intensiv betrachten würde. Ihr Anblick lässt meinen Herzschlag aussetzen. Ich werfe die Tasche von meiner Schulter achtlos auf den Boden und laufe zu ihr hin.

»Oma! Was ist los mit dir? Was hast du?«

Kapitel 48

Thea

Oma steht zusammengesunken unter dem Kirschbaum, was mich sofort in Panik versetzt. Ich werfe meine Tasche zu Boden und eile zu ihr.

»Oma! Was ist los mit dir? Was hast du?«

Die verwirrt umherblickende Oma scheint mich kaum wahrzunehmen. Ihre Worte sind leise und unklar.

»Mir ... schwindelig«, stammelt sie, und ein Schauer der Angst läuft mir über den Rücken. Ich denke sofort an einen Schlaganfall, bei dem jede Sekunde zählt.

»Oma, kannst du mich hören? Kannst du deine Arme heben?«

Oma versucht, ihren Arm zu heben, aber nur einer bewegt sich richtig. Mein Herz schlägt bis zum Hals. Die Symptome könnten auf einen Schlaganfall hindeuten.

»Versuche mal, mit mir zur Bank zu kommen. Ganz langsam«, ermutige ich sie und stütze sie. Gemeinsam tappen wir zur nächsten Gartenbank, wo sie sich schwerfällig niederlässt. Ihr Zustand beunruhigt mich zutiefst.

»Bleib bitte hier sitzen, ich bin gleich wieder da. Versprich mir, nicht aufzustehen, okay?« Sie gibt mir ein schwaches Nicken zur Antwort. Dann renne ich ins Haus.

Ich greife zum Festnetztelefon im Wohnzimmer und wähle mit zittrigen Händen die 112. Mein Herz rast, als ich auf das Freizeichen warte.

»Notrufzentrale, wie kann ich Ihnen helfen?«, ertönt eine ruhige männliche Stimme am anderen Ende der Leitung.

»Ich ... meine Oma, ich glaube, sie könnte einen Schlaganfall haben«, stammle ich. Meine Stimme überschlägt sich fast vor Sorge. »Sie kann einen Arm nicht heben, und sie ist verwirrt.«

»Okay, bleiben Sie ruhig. Können Sie mir Ihre Adresse geben?«, fragt der Mitarbeiter der Notrufzentrale methodisch.

Ich nenne ihm schnell die Adresse.

»Wie alt ist Ihre Großmutter und hat sie Vorerkrankungen?«

»Sie ist 78 und hat Bluthochdruck«, antworte ich, und stelle mit einem Blick durchs Fenster sicher, dass Oma immer noch auf der Bank sitzt.

»Gut gemacht. Ich schicke sofort einen Krankenwagen. Bitte bleiben Sie bei Ihrer Großmutter und versuchen Sie, sie zu beruhigen. Der Krankenwagen ist in wenigen Minuten bei Ihnen. Kann ich noch etwas für Sie tun?«

»Nein, danke. Ich ... ich gehe jetzt zu ihr zurück.« Ich lege auf, bevor ich mich umdrehe und so schnell ich kann zurück zu Oma eile, getrieben von der Angst, ihr könnte etwas zustoßen, während ich nicht bei ihr bin.

Die Minuten bis zum Eintreffen des Krankenwagens sind die längsten meines Lebens. Ich halte Omas Hand, rede ununterbrochen auf sie ein und gebe mir Mühe, uns beiden Mut zuzusprechen. Als die Sanitäter endlich eintreffen, gehen sie sofort zur Oma und beginnen mit der Untersuchung. Einer von ihnen kniet sich neben sie und spricht beruhigend auf sie ein, während der andere ihren Blutdruck misst und nach weiteren Anzeichen eines Schlaganfalls sucht. Unruhig beobachte ich jede ihrer Bewegungen.

Während sie all das tun und leise miteinander sprechen, fühle ich mich hilflos und ängstlich. Ich klammere mich an die Hoffnung, dass es nichts Ernstes ist, aber die Angst, Oma könnte schwer krank sein, nagt unerbittlich an mir.

Einer der Sanitäter richtet sich auf. Seine Miene wirkt professionell neutral. »Wir bringen sie ins Krankenhaus. Die Ärzte dort haben die Mittel, um genau zu diagnostizieren, was ihr fehlt«, erklärt er mit gefasster Stimme, die mich ein wenig beruhigt, aber meine Sorgen nicht gänzlich zerstreuen kann.

Plötzlich höre ich Ennos schnelle Schritte. Er sieht besorgt aus, als könnte er sofort spüren, was los ist. Als er zu uns kommt, sehe ich die Frage in seinen Augen, noch bevor er etwas sagt.

»Was ist passiert? Geht es Doris nicht gut?«, fragt er atemlos. Ich spüre, wie meine Knie weich werden, und bin froh, dass Enno neben mir steht und mich auffängt, falls ich falle. »Ich habe die Blaulichter gesehen und bin sofort rübergekommen.«

»Als ich nach Hause kam, stand Oma verkrümmt am Kirschbaum«, erkläre ich, und meine Stimme zittert trotz meines Versuchs, stark zu wirken. »Sie fühlte sich plötzlich nicht gut. Ich dachte zuerst an einen Schlaganfall und habe sofort den Notruf gewählt.«

Enno nickt, legt beruhigend seine Hand auf meine Schulter und wendet sich dann an die Sanitäter: »Wie können wir helfen? Was sollen wir tun?«

»Es wäre hilfreich, wenn Sie ein paar persönliche Gegenstände und Medikamente für Ihre Großmutter packen könnten. Wir nehmen sie mit ins Krankenhaus«, antwortet der Sanitäter.

Ich nicke und eile ins Haus. Enno folgt mir kurz darauf, um zu helfen.

»Was brauchen wir alles für deine Oma?« Er wirkt konzentriert und gesammelt, mir dagegen zittern die Hände.

»Ich ... ich denke, ein paar Wechselkleider, ihre Medikamente ... ihre Brille und vielleicht ihr Lieblingsbuch?« Ich zähle alles auf und ordne meine Gedanken.

»Okay, ich kümmere mich um die Kleidung. Du suchst die Medikamente, die Brille und das Buch?«, schlägt er vor.

»Und natürlich Socken, Schlüpfer ... wir dürfen die Unterwäsche nicht vergessen«, füge ich noch schnell hinzu, während ich im Geiste durch Omas Schränke gehe.

Enno nickt, ein Schmunzeln umspielt seine Lippen. »Guter Punkt. Aber ich glaube, das überlasse ich dir. Außer du brauchst Hilfe bei der Auswahl ...«, er zieht eine Augenbraue hoch, »... vielleicht die mit den Enten drauf?«

Ich muss trotz der Situation lachen. »Sehr witzig. Ich glaube, ich kriege das allein hin. Aber danke für das Angebot.«

Während Enno sich um die Oberbekleidung kümmert, suche ich nach Omas Unterwäsche. Mein Herz schlägt schwer bei dem Gedanken, dass all diese kleinen Dinge, die ihr Alltag und Komfort bedeuten, jetzt in einem Beutel für das Krankenhaus landen.

Enno und ich prüfen kurz die Tasche.

»Warte, wir sollten auch noch Zahnbürste, Zahnpasta und ihre Gesichtscreme nicht vergessen. Sie legt viel Wert auf ihre morgendliche und abendliche Routine.«

»Gut gedacht. Ich schaue mal im Bad nach, ob ich alles finde.«

Enno und ich suchen den Rest zusammen. Es fühlt sich seltsam an, durch ihre Sachen zu gehen, doch die Dringlichkeit der Situation lässt keinen Raum für Zögern.

»Alles in Ordnung bei dir?«, ruft Enno aus dem Badezimmer.

»Ja, fast fertig hier.« Ich bemühe mich, meine Stimme stabil klingen zu lassen, obwohl mein Inneres alles andere als ruhig ist.

Als wir uns in der Küche treffen, haben wir alles beisammen. Enno legt die Hygieneartikel zu den anderen Sachen in die Tasche. »Sieht so aus, als hätten wir das Wichtigste. Sollte etwas fehlen, können wir es ihr jederzeit ins Krankenhaus bringen.«

Ich atme tief durch. »Danke, Enno. Ich weiß das wirklich zu schätzen.«

Er legt kurz seine Hand auf meine Schulter. »Komm, lass uns zu deiner Oma zurückgehen. Sie braucht uns jetzt.«

Als wir mit der Tasche zurückkommen, sehe ich, wie die Sanitäter Oma vorsichtig auf eine Trage heben.

»Wir kümmern uns gut um sie«, versichert mir einer von ihnen.

Ich reiche dem Sanitäter die Tasche. »Das sind Omas Sachen. Bitte geben Sie darauf Acht.«

»Selbstverständlich«, antwortet er mit einem freundlichen Nicken und verstaut die Tasche sorgfältig im Krankenwagen.

Bevor die Sanitäter Oma hineinschieben, trete ich noch einmal an ihre Seite. Sie sieht müde aus, aber ihre Augen finden die meinen.

»Oma, ich komme mit Enno nach, okay? Wir sind ganz schnell bei dir.« Ich beuge mich herunter und küsse sie sanft auf die Stirn. Sie nickt schwach, und ich spüre, wie mir die Tränen in die Augen steigen.

»Mach dir keine Sorgen, mein Kind«, flüstert sie. Ihre Worte sind ein schwacher Trost, aber ich nicke, versuche, stark zu sein.

Dann schließen die Sanitäter die Türen des Krankenwagens mit einem leisen Klicken. Ich trete zurück, bleibe neben Enno stehen, und zusammen beobachten wir, wie der Wagen mit eingeschaltetem Blaulicht die Einfahrt hinunterfährt und schließlich aus unserer Sicht verschwindet.

»Weißt du, deine Oma ist zäh. Sie schafft das«, muntert mich Enno auf.

»Ich hoffe es.« Ich drehe mich zu ihm, suche Trost in seinen Augen. »Danke, dass du hier bist, Enno. Es bedeutet mir so viel.«

Er zieht mich sanft in eine Umarmung, seine Hand streicht tröstend über meinen Rücken. »Ich werde immer für dich da sein, Dorothea. Ganz egal, was passiert.«

Kapitel 49

Enno

Kaum sind wir zurück in Ahrenshoop, da wartet schon der nächste Sturm auf uns. Das geplante ruhige Mittagessen? Futsch. Zeit für Zweisamkeit? Wieder mal aufgeschoben. Stattdessen direkt der Sprung ins kalte Wasser, zurück in den Alltag mit all seinen Problemen. Doch im Moment zählt das alles nicht. Doris' Gesundheit steht an erster Stelle, und ich will, dass Dorothea wieder lächeln kann, ohne diese Sorge in ihren Augen.

»Komm, Dorothea, wir sollten ins Krankenhaus fahren«, sage ich sanft.

Sie nickt langsam und gemeinsam machen wir uns auf den Weg zu meinem Auto. Wir steigen ein und ich starte den Motor. Sie sitzt zusammengesunken auf dem Beifahrersitz, in Gedanken vertieft, weit weg.

»Hatte mir die Ankunft in Ahrenshoop ehrlich gesagt anders vorgestellt«, versuche ich ein wenig Leichtigkeit in die angespannte Stimmung zu bringen, aber meine Worte klingen hohl in meinen eigenen Ohren.

Dorothea schenkt mir ein schwaches Lächeln. »Das Leben hat wohl einen eigenartigen Sinn für Timing«, erwidert sie leise, fast flüsternd.

»Was auch passiert, wir kriegen das hin. Zusammen«, betone ich und kann an ihrem Gesichtsausdruck erkennen, wie dankbar sie mir für diese Worte ist.

Wir biegen auf den Krankenhausparkplatz ein, wird klar: Das wird nicht einfach. Jede Lücke ist belegt, Autos kreisen wie Geier auf der Suche nach einem freien Platz. Ich murmle verärgert vor mich hin, als wir Runde um Runde drehen, darauf wartend, ob endlich ein Auto den Parkplatz verlässt.

Dann, endlich, signalisiert ein Rücklicht Hoffnung. Ein Auto fährt raus, aber bevor ich reagieren kann, schnappt sich ein anderer Wagen die Lücke direkt vor uns.

»Verdammt«, Ich fluche leise, halte mich jedoch zurück, um ruhig zu bleiben. Dorothea braucht jetzt keinen zusätzlichen Stress.

Schließlich finde ich abseits einen Platz, weit genug vom Haupteingang entfernt, dass wir ein paar Minuten zum Krankenhaus schlendern müssen.

»Tut mir leid wegen des Parkplatzes.« Ich schalte den Motor aus und blicke kurz zu Dorothea.

»Ist schon okay«, erwidert sie. Ich sehe, wie sie sich um ein Lächeln bemüht.

»Bereit?«, frage ich, obwohl ich weiß, dass man auf so etwas nie wirklich vorbereitet sein kann. Sie nickt stumm, und wir steigen aus.

Gemeinsam laufen wir zum Eingang des Krankenhauses. Die kühle Luft der Klimaanlage empfängt uns, als wir durch die automatischen Türen treten.

»Wir sollten zur Information gehen. Die können uns bestimmt sagen, wo wir Doris finden.« Ich halte Ausschau nach einem Schild, das uns in die richtige Richtung weist.

An der Information warte ich einen Moment, bis die Dame hinter dem Tresen uns bemerkt.

»Entschuldigung, wir sind wegen Doris Römer hier«, erkläre ich. »Können Sie uns sagen, wo wir sie finden?«

Die Mitarbeiterin an der Information tippt kurz etwas in ihren Computer, schaut dann auf den Bildschirm und wendet sich uns zu, wobei ihre Miene professionell neutral bleibt.

»Doris Römer wird gerade in der Notaufnahme untersucht. Wir haben hier einen speziellen Bereich, wo Angehörige warten können. Er befindet sich ein Stück weiter den Gang entlang, gleich links neben der Notaufnahme. Bitte setzen Sie sich dort hin. Wir informieren Sie, sobald wir Neuigkeiten zu ihrem Zustand haben.«

Ich nicke, sage ein kurzes »Danke« und drehe mich zu Dorothea um. »Lass uns dort warten«, schlage ich vor und deute in die Richtung, die uns gewiesen wurde. Wir schlendern durch die langen, nüchternen Krankenhausflure, vorbei an eiligen Krankenschwestern, bis wir den besagten Wartebereich erreichen.

Der Raum ist schlicht gehalten, ein paar abgenutzte Stühle stehen um einen kleinen Tisch herum, auf dem einige Zeitschriften und Flyer verteilt liegen. Die Atmosphäre ist gedämpft, nur das leise Summen der Klimaanlage und das gelegentliche Klicken von Schuhen auf dem Linoleumboden durchbrechen die Stille.

Wir nehmen Platz, und ich spüre, wie Dorothea neben mir versucht, sich zu sammeln. Ich lege meinen Arm um ihre Schultern, in dem Versuch, ihr etwas Halt zu geben.

Die Zeit im Wartebereich zieht sich zäh dahin. Jedes Mal, wenn die Tür zur Notaufnahme aufgeht, zucken wir beide auf, in der Hoffnung auf Neuigkeiten. Doch immer wieder sind es nur andere Personen, die ein und ausgehen.

Ich muntere Dorothea mit ein paar Anekdoten aus meiner Arbeit oder kleinen Geschichten aus unserem Urlaub in Rostock auf, aber es fühlt sich an, als würde ich gegen eine Wand reden. Ihr Lächeln ist müde, und ich weiß, dass auch meine Versuche, die Stimmung zu heben, nur ein Tropfen auf den heißen Stein sind. Was wir jetzt brauchen, sind gute Nachrichten über Doris' Zustand.

»Wird das der Arzt sein, der uns endlich sagt, was los ist?« Ich beäuge jeden, der durch die Tür tritt, frage mich, ob er uns endlich Neuigkeiten bringt. Doch nichts passiert.

Nach einer gefühlten Ewigkeit, in der ich schon überlege, ob man im Krankenhaus wohl auch Kaffee bekommt und ob es unangebracht wäre, jetzt danach zu fragen, öffnet sich die Tür erneut. Dieses Mal ist es eine Ärztin, die direkt auf uns zukommt. Ihr Gesichtsausdruck ist neutral, was mir keine Rückschlüsse erlaubt.

Ich stehe schnell auf und Dorothea zieht sich an meiner Hand hoch.

»Sind Sie die Angehörigen von Frau Römer?«, fragt sie.

»Ja, das sind wir. Wie geht es ihr?«, platzt Dorothea heraus.

Die Ärztin lächelt leicht, was mir sofort Hoffnung gibt. »Ich kann Sie beruhigen. Frau Römer hat einen Hitzeschlag erlitten. Sie hat sich zu lange im Garten an der Sonne aufgehalten, ohne zu trinken. Ihr Zustand ist inzwischen stabil. Ein Schlaganfall konnte glücklicherweise ausgeschlossen werden.«

Ich spüre, wie mir ein Stein vom Herzen fällt, und sehe, wie Dorothea neben mir aufatmet.

»Wir haben sie zur weiteren Beobachtung auf ein Zimmer gebracht. Sie wird voraussichtlich ein bis zwei Tage bei uns bleiben, nur um sicherzugehen, dass sich ihr Zustand weiter stabilisiert. Sie können sie gerne besuchen, wenn Sie möchten.«

»Das ... das ist großartig«, stottere ich, die Erleichterung macht mich fast sprachlos. Ich drehe mich zu Dorothea, ihr Lächeln ist jetzt viel breiter, fast so, wie ich es liebe.

»Danke, das werden wir auf jeden Fall tun«, sage ich zur Ärztin und merke, wie Dorothea meine Hand fester drückt.

Nachdem man uns den Weg zum Zimmer erklärt hat, schenke ich Dorothea ein aufmunterndes Lächeln.

»Warte bitte, nur fünf Minuten«, halte ich sie am Arm fest. Nervosität mischt sich in meine sonst so lockere Art. Ich rücke näher, beuge mich zu ihr und zwicke ihr sanft in die Nase. Eine kleine Albernheit, die sie zum Kichern bringt.

»Hey, was soll das?«, protestiert Dorothea mit gespielter Empörung. »Das ist kein fairer Kampf!«

»Fairness war noch nie meine Stärke, vor allem nicht, wenn es darum geht, deine Aufmerksamkeit zu bekommen«, entgegne ich mit einem schiefen Grinsen und sie reibt sich die Nase und tut so, als wäre sie empört.

»Weißt du«, fahre ich fort, »von all den verrückten Dingen in meinem Leben bist du das mit Abstand Beste, was mir passiert ist. Und das sagt jemand, der mal von einem Hahn beim *Fallschirmspringen* erwischt wurde.« Ich betone das Wort *Fallschirmspringen*, indem ich es mit meinen Händen in Anführungszeichen setze.

Sie lacht, schüttelt den Kopf. »Enno, du und deine Geschichten. Was willst du damit sagen?«

Ich hole tief Luft, mein Herz klopft wie wild. »Dass ich dich liebe, Dorothea. Mehr, als ich jemals für möglich gehalten hätte. Und jetzt, wo ich dich gefunden habe, lasse ich dich nicht mehr los. Also, was hältst du davon, offiziell die Freundin des Typen zu werden, der von einem Hahn bei Springen aus deinem Fenster erwischt wurde?«

Ein skeptischer Blick huscht über ihr Gesicht. »Ich dachte, du hättest dich beim Beobachten der Sterne auf Großmutters Grundstück verirrt. Hast du ihr nicht genau das erzählt?«

Ich werfe einen schnellen Blick zur Seite. »Stimmt, das habe ich gesagt. Aber ehrlich, ich musste mich bei Doris rausreden. Und im Dunkeln unter dem Sternenhimmel klang das mit den Sternen einfach ... plausibler. Es war in dem Moment das Erste, was mir in den Sinn kam.«

Ihr Lachen erfüllt den Flur. »Ich glaube nicht, dass Oma es dir abgekauft hat.«

»Spielt das eine Rolle?« Ich zucke mit den Schultern. »Wichtig ist doch, dass ich geblieben war, oder?«

Sie sieht mich nachdenklich an. »Ja, das stimmt schon. Aber erzähl mir, wie kam es überhaupt dazu? Warum bist du aus dem Fenster gesprungen?«

Ich lache leise, schüttle den Kopf. »Eigentlich war es eine ziemlich verrückte Verkettung von Umständen und meinem Versuch, unbemerkt zu bleiben. Ich musste dringend aufs Klo und dachte, es wäre unauffällig, wenn ich nachts einfach durchs Fenster hüpfe, anstatt das WC im Haus zu benutzen.« Ich kratze mich verlegen am Kopf und grinse schief. »Aber dann tauchte der Hahn auf, und ehe ich mich versah, war das Chaos perfekt. Ich meine, wer rechnet schon damit, in so einer Situation erst von einem Hahn überrascht zu werden und dann von der lieben Nachbarin K. O. geschlagen zu werden?«

»Das klingt ganz nach dir, Enno.« Ihr Lachen ist Musik in meinen Ohren.

»Aber weißt du«, fahre ich fort. Mein Herzschlag beschleunigt sich, als ich die nächsten Worte wähle, »es war alles wert, wenn es bedeutet, dass ich jetzt hier mit dir stehen kann ...« Ich atme tief durch. »Also, was sagst du dazu, offiziell die Freundin von einem Typ zu werden, der, nur weil er nachts heimlich aus deinem Fenster steigen wollte, am Ende von einem Hahn überrascht wurde?«

»Enno, nach allem, was passiert ist, ja, ich würde wirklich gerne deine Freundin sein.« Ihre Stimme ist sanft, ihre Augen strahlen.

»Wirklich?«

»Ja, wirklich«, bestätigt sie, und ich spüre, wie sich alles in mir zum Besseren wendet.

»Aber nur, wenn Geralt nicht eifersüchtig wird.«

»Versprochen, das mit Geralt bleibt unser Geheimnis.« Ich ziehe sie in eine feste Umarmung. »Und jetzt lass uns nach Doris sehen.«

Kapitel 50
Thea

Ein Jahr später

»Wir sind da. Glaubst du, Doris hat schon den Kaffee fertig?«, fragt Enno, während er in die vertraute Einfahrt einbiegt. Unser Auto kommt vor Omas Haus zum Stehen.

»Bei Oma? Ich würde wetten, der Kaffee steht schon in der Stube, zusammen mit ihrem legendären Kirschkuchen«, antworte ich und blicke aus dem Fenster auf das liebevoll gepflegte Gartenbeet.

Enno lacht leise und schaltet den Motor aus. »Sie hat bestimmt sogar die Gartenrosen geschnitten und auf den Tisch gestellt, nur um uns zu begrüßen.«

Ich öffne die Autotür und atme tief die frische ländliche Seeluft ein. »Das klingt ganz nach ihr. Oma liebt es, uns zu verwöhnen.«

Wir steigen aus dem Auto, und als Enno die Kofferraumklappe öffnet, um unsere Taschen zu holen, strecke ich mich und atme tief ein. Die Luft hier ist so ganz anders als in der Stadt.

Es fühlt sich an, als wäre es erst gestern gewesen, als unser Urlaub hier in Ahrenshoop vor einem Jahr endete und ich zurück nach Hamburg ging. Die nächsten sechs Monate glichen einer emotionalen Berg- und Talfahrt, bedingt durch unsere Beziehung, die sich auf die Wochenenden beschränkte. Jedes Wiedersehen mit Enno war ein Lichtblick, jeder Abschied ein Stich ins Herz.

Doch nach ein paar Monaten, fand ich den Mut, einen großen Schritt zu wagen. Ich kündigte meinen Job und gab meine Mietwohnung in Hamburg auf, um bei Enno in Rostock zu sein. Jetzt, wo wir zusammen in seinem Bauunternehmen arbeiten, fühlt es sich gut und richtig an. Die Entscheidung, mein Leben so drastisch zu ändern, war nicht leicht, aber ich habe sie nicht bereut.

Die Idee, Oma Doris zu besuchen, hatten wir schon lange im Kopf. Doch Zeit zu finden, war nicht einfach — nicht für zwei Workaholics wie uns. Aber wir haben es geschafft, unsere Zeitpläne aufeinander abzustimmen und uns eine ganze Woche für die Sommerferien freizuschaufeln, um endlich nach Ahrenshoop zu fahren.

»Komm.« Enno nimmt beide Taschen und nickt mir zu. »Lass uns reingehen. Doris wartet sicher schon.«

Ich nicke und öffne ihm das Gartentor. Als wir den Garten betreten, offenbart sich vor uns ein Bild, das mich völlig überrascht. Unter dem alten Kirschbaum, der schon so viele Sommer gesehen hat, haben sich unsere Liebsten versammelt. Oma Doris empfängt uns mit einem breiten, einladenden Lächeln.

Neben ihr steht meine Freundin Johanna, Hand in Hand mit Tobi. Der Verlobungsring an ihrem Finger funkelt unverkennbar im Sonnenlicht. Ich erinnere mich noch genau an den Anruf vor etwa drei Monaten. Es war mitten in der Nacht, und ich schreckte hoch, besorgt, es könnte etwas passiert sein. Doch die Aufregung in Johannas Stimme war aus einem ganz anderen

Grund: Tobi hatte ihr einen Heiratsantrag gemacht. Noch im Halbschlaf realisierte ich, was das bedeutete — meine beste Freundin würde heiraten. Jetzt, sie als Verlobte zu sehen, erfüllt mich mit einer tiefen Freude und Aufregung für die beiden.

Ein Stück weiter winkt uns Ennos Schwester Lucy zu, ihr Gesicht strahlt vor Freude. An ihrer Seite steht Olli. Sein Lächeln ist ebenso warm, als er liebevoll eine Hand auf Lucys Schulter legt. Seit gut einem Jahr sind sie nun ein Paar, und auch für sie freue ich mich unermesslich.

Nach allem, was Lucy durchgemacht hat, verdient sie dieses Glück mehr als jeder andere. Dass sie ihr Leben in Nürnberg hinter sich gelassen hat, um mit Milena hierher nach Ahrenshoop zu ziehen und bei Olli zu sein, zeugt von großer Stärke und dem Wunsch nach einem Neuanfang. Lucy hat nach den Stürmen endlich ihren Hafen gefunden, und ich bin überzeugt, dass Olli sich hervorragend um sie und Milena kümmern wird.

Und dann ist da Milena, an ihrer Seite Lucky, ein quirliger Hund, dessen Schwanzwirbeln pure Lebensfreude ausstrahlt. Als die ursprünglichen Besitzer Lucky zurückforderten, brach für Milena eine Welt zusammen. Doch Enno ließ es nicht zu, dass ihre Traurigkeit das letzte Wort hatte. Gemeinsam machten sie sich auf zum Tierheim, wo Milena ein neues Herz auf vier Pfoten fand — und es schien nur passend, ihm ebenfalls den Namen Lucky zu geben. Dieser Lucky ist jetzt ihr treuer Begleiter, und seine unbändige Freude beim Herumspringen steckt uns alle an.

»Was ist das hier?«, bin ich absolut erstaunt. Enno setzt die Taschen ab und wir treten beide einen Schritt näher.

»Willkommen zu Hause«, verkündet Oma, und ihre Stimme trägt eine Wärme, die direkt ins Herz geht. »Wir dachten, wir machen euch eine kleine Freude und starten euren Urlaub mit einer Überraschung.«

Johanna kommt auf uns zu und umarmt mich. »Wir konnten es uns nicht nehmen lassen, dich zu überraschen.« Sie wirft Enno einen geheimnisvollen Blick zu.

Enno lacht, schüttelt den Kopf und wendet sich dann seiner Schwester zu, die ihn in eine herzliche Umarmung zieht. »Das habt ihr toll gemacht. Ich bin echt sprachlos.«

»Ihr seid wirklich da!« Milena kommt mit einem Sprung auf uns zu. Lucky tanzt um ihre Beine, genauso aufgeregt wie sie.

»Natürlich, wir haben es doch versprochen«, erwidere ich. »Wir haben sogar ein paar Leckereien für Lucky mitgebracht.«

Milena belebt sich noch mehr und ihre Augen glänzen vor Neugier. »Habt ihr auch an etwas Süßes für mich gedacht?«

»Aber sicher«, antworte ich und muss lachen bei dem Gedanken an die große Tüte, die wir extra für sie gepackt haben.

»Hoffentlich habt ihr auch ein bisschen was Gesundes eingepackt«, mischt sich Lucy schmunzelnd ein.

Wir alle lachen auf. Enno dreht sich zu mir, schaut mich mit einem geheimnisvollen Funkeln in den Augen an. »Heute ist ein besonderer Tag, Dorothea«, sagt er leise zu mir, und mein Herz klopft gleich doppelt so schnell.

Bevor ich noch fragen kann, was er meint, tritt er einen kleinen Schritt zurück. Seine Augen suchen die meinen, halten sie fest in einem Blick, der mir sagt: Jetzt kommt etwas Großes.

Um uns herum wird es still, als hätte jemand die Lautstärke der Welt heruntergedreht. Alle Augen sind auf uns gerichtet, aber in diesem Moment existiert für mich nur Enno.

Er schaut mich an, und in seinen Augen lese ich eine Tiefe, die mir den Atem raubt. »Von der ersten Sekunde an, als du, wild entschlossen mit einem Stein in der Hand, mir gedroht hast, mich zu erschlagen, weil du dachtest, ich hätte diesem Mädchen

Unrecht getan. Du hast mein Leben auf den Kopf gestellt.«

Er macht eine kurze Pause und sein Lächeln vertieft sich. »Und dann, als du dich auf mein Grundstück geschlichen hast, auf der Suche nach Geralt. Oder wie du meine Sandburg zerstört hast, die Milena und ich gerade fertiggestellt hatten. Ich war verblüfft ... und gleichzeitig so fasziniert von dir.

Als du dachtest, Lucy wäre meine Frau, und wie du angerannt kamst, um den Hund zu retten ... all diese Momente haben mir gezeigt, dass ich mich an deiner Seite niemals langweilen würde.« Ennos Blick wird noch intensiver. »Dorothea, du bist wunderbar. Du hast mein Herz im Sturm erobert.«

Dann geht er mit einer Bewegung, die ebenso bestimmt wie zärtlich ist, auf ein Knie. Die kleine Schachtel in seiner Hand öffnet sich, als wolle sie unser gemeinsames Glück preisgeben. »Mit all diesen verrückten, wundervollen, unvorhersehbaren Momenten ... Dorothea, willst du meine Frau werden?«

Mit Ennos Worten, die noch in der Luft nachklingen, fühlt es sich an, als würde die Welt stillstehen, nur um unserem Atem zu lauschen. Der Beifall unserer Liebsten bricht los, ein Crescendo der Freude, das den Garten erfüllt.

Mir schießen Tränen in die Augen, Freudentränen, die alles um mich herum verschwimmen lassen. Vielleicht kommt es im Leben wirklich darauf an, jemanden zu finden, der all die kleinen, verrückten Dinge an dir liebt. Jemand, der dich so nimmt, wie du bist, ohne dass du dich verstellen musst. Der nicht mit den Augen rollt, wenn du mal wieder etwas anstellst, das außerhalb der Norm liegt.

Und ich? Ich habe das große Glück, genau so jemanden gefunden zu haben. Er hat mich noch nie gebeten, leise zu sein, auch nicht, wenn ich gesungen habe. Und mein Gesang, na ja, den können wirklich nur die Tapfersten oder die mit einem

Hang zum Risiko ertragen. Oder vielleicht die, die nicht gut hören können.

Aber Enno? Er schmunzelt und lässt mich einfach genießen. Mehr noch, er feiert jede meiner Eigenheiten mit mir. Das zeigt mir immer wieder, wie sehr er mich liebt — genau so, wie ich bin.

Und ich liebe ihn ebenfalls, mit all seinem Wesen, seinen Träumen, und ja, auch mit seinen eigenen kleinen Marotten. Zusammen sind wir ein unschlagbares Team und werden jedem Sturm trotzen, solange wir Seite an Seite stehen.

»Ja«, flüstere ich, und meine Stimme ertrinkt fast im Applaus, »ja, Enno, ich will.«

Enno steht auf. Die Erleichterung und das Glück tanzen in seinen Augen. Behutsam nimmt er meine Hand und schiebt den Ring, der unser Versprechen symbolisiert, an meinen Finger. Dann zieht er mich in seine Arme. Wir sind nur wir, umgeben von unseren Freunden und der Familie, mit Lucky, der fröhlich um uns herumspringt, als wüsste auch er, dass dies ein Moment des reinen Glücks ist.

»Na endlich! Ich dachte schon, ich höre nie auf, Amor zu spielen!«, ruft Oma voller Triumph und Liebe. »All die Mühen haben sich gelohnt, um euch, zwei Turteltauben, endlich zusammenzubringen«, erklärt Oma mit einem verschmitzten Lächeln. »Ich habe Geralt dazu gebracht auszubrechen, damit Enno und du gemeinsam nach ihm suchen musstet. Dann gab es die Sache mit der Scheune, die repariert werden musste — natürlich habe ich ein wenig nachgeholfen, damit ihr beide Hand in Hand arbeitet. Dir Thea habe ich immer wieder von Ennos guten Seiten erzählt, dich sanft in seine Richtung gestupst. Und bei Enno? Oh, ich habe in den höchsten Tönen von dir gesungen, meine Liebe.«

Ich schaue Oma mit einem halben Lächeln an. »Weißt du, Oma, irgendwie habe ich das schon vermutet. Du hast dich ein wenig zu sehr dafür interessiert, dass Enno und ich so viel Zeit miteinander verbringen.« Ich mache eine kurze Pause, mein Blick wird nachdenklich. »Aber sag mal, der Hitzeschlag ... war das auch inszeniert?«

»Nun, ich musste ein wenig Drama inszenieren, um euch zum finalen Schritt zu bewegen. Ein kleines Schauspiel, um Enno dazu zu bringen, sein Herz zu öffnen und dir endlich seine Liebe zu gestehen. Und schau nur, wie wunderbar es geklappt hat.«

Ihre Worte bringen alle zum Lachen. »Oma, du bist wirklich einmalig. Aber deine Methoden ... nun, sie sind einzigartig«, gebe ich von mir.

Enno, der bisher schmunzelnd danebenstand, nickt zustimmend. »Ich muss zugeben, ich hatte keine Ahnung von all dem. Aber ich bin froh, dass es so gekommen ist. Und ich könnte nicht glücklicher sein.«

Wir sehen uns an, und in diesem Augenblick ist einfach alles perfekt.

»Kommt, lass uns die Verlobung bei einem schönen Grillbuffet feiern!«, schlägt Oma vor, und wir folgen ihr, darauf gefasst, dieses neue Kapitel unseres Lebens, mit Liebe, Lachen und einer Prise Großmutterlist, zu beginnen.

Nachwort

Liebe Leserinnen und Leser,

ich hoffe, dass ihr beim Lesen von **Liebe auf den zweiten Sandkorn** ebenso viel Freude und Inspiration gefunden habt wie ich beim Schreiben. Und wenn ihr euch jetzt fragen solltet: »Hat sich in den Titel vielleicht ein Rechtschreibfehler eingeschlichen?«, lasst mich euch beruhigen: Nein, das ist ganz und gar beabsichtigt. Der Titel ist tatsächlich ein Wortspiel, eine kreative Kombination aus der bekannten Redewendung »Liebe auf den zweiten Blick« und einer Anspielung auf den Sand am Meer »Sandkorn«, der so charakteristisch für diesen Roman ist. Ein spielerischer Versuch, die Essenz des Buches in nur wenigen Worten einzufangen und euch ein Schmunzeln zu entlocken.

Ich lade euch herzlich ein, eure Eindrücke und Gefühle zum Buch mit mir und der Welt zu teilen. Eine Rezension zu schreiben, ist mehr als nur Feedback an den Autor; es ist eine Brücke, die zukünftige Leser mit dem Roman verbindet. Eure Meinungen und Bewertungen helfen nicht nur mir, als Schriftstellerin zu wachsen, sondern ermöglichen es auch anderen, die Magie zu entdecken, die in den Seiten des Buches verborgen liegt.

Jede Rezension, ob kurz oder ausführlich, ist das schönste Geschenk, das ihr mir machen könnt. Sie ist zugleich eine wertvolle Unterstützung, um meine Bücher einem breiteren Publikum bekannt zu machen.

Mit herzlichen Grüßen,

Viktoria

Andere Bücher der Autorin

Ein Geburtstagsgeschenk, das alles auf den Kopf stellt.
An ihrem 40. Geburtstag erwartet Loreen wenig mehr als einen Tag wie jeden anderen. Liebe und Romantik hat sie nach ihrer Scheidung längst ad acta gelegt. Doch ihre unverbesserliche Freundin hat andere Pläne. Mit einem unerwarteten Geburtstagsgeschenk bringt sie Loreens festgefahrenes Weltbild ins Wanken und stürzt sie kopfüber in ein Chaos ungeahnter Gefühle. Hat Loreen den Mut, ihre Zweifel zu überwinden und sich auf das Geschenk einzulassen?
Eine humorvolle Geschichte über die Überraschungen, die das Leben bereithält, und darüber, wie die wahren Momente des Glücks oft genau dann auftauchen, wenn wir am wenigsten damit rechnen, sie aber am meisten brauchen.

Das Buch erscheint am 11. Juli 2024

Ein Weihnachtsfest, das alles verändert!
»Mama, ich bin doch schon ein großes Mädchen, oder?«, fragt die kleine Amelie. »Und uns beiden, uns geht es doch gut, oder? Weißt du, dieses Jahr werde ich den Weihnachtsmann nicht mehr um einen Papa bitten. Ich wünsche mir lieber das Lego-Set ›Trolle‹.« Worte, die Evas Herz tief berühren. Drei Jahre lang hat Amelie sich zu Weihnachten einen Vater gewünscht, und obwohl Eva alles versucht hat, blieb diese Bitte unerfüllt. Dieses Jahr scheint alles anders zu sein. Kann Eva das perfekte Geschenk für Amelie finden und dabei vielleicht auch ihr eigenes Herz wieder öffnen?

Ein herzerwärmender Weihnachtsroman über Familie, Neuanfänge und die unerwartete Liebesmagie, in dem wahre Wunder dort geschehen, wo man sie am wenigsten erwartet.

Das Taschenbuch ist überall im Handel erhältlich.
ISBN: 978-3758436583

39, Single und plötzlich im Dating-Chaos!

Mit 39 hatte Alex gedacht, würde sie ihren Weg bereits gefunden haben. Doch Enttäuschungen, Beziehungsflops und eine komplizierte »Freundschaft Plus« waren definitiv nicht ihr Traum vom Glück. Als ihre beste Freundin Alisa sie bei einer Dating-App anmeldet, begibt sich Alex, mit ihrem Rotschopf auf vier Pfoten an der Seite, auf eine unvergessliche Reise voller Humor und Herz. Was ist sie bereit zu tun, um die Liebe ihres Lebens zu finden? Mehr, als man denken würde!

Ein amüsanter, leichter Liebesroman über toxische Beziehungen, die Kunst des Loslassens und die überraschenden Wendungen, die das Leben bereithält. Für alle Fans von Bridget Jones, Alexandra Potter und Monika Bittl.

Das Taschenbuch ist überall im Handel erhältlich.
ISBN: 978-3758422560

Zauberhaft, mit Humor und Tiefe.

Die plumpe Nele greift nie nach den Sternen, blickt nie über den Tellerrand hinaus und die berufliche Karriere hat keinen Stellenwert für sie. Sie glaubt absolut nicht an ihre weiblichen Reize und den Traummann für sie, den gibt es einfach nicht.

Nele steht an einem Wendepunkt. Sie nimmt ihr Schicksal selbst in die Hand und wird per Samenspende schwanger. Sie ist überglücklich. Doch mit diesem Ereignis gerät in ihrem Leben plötzlich alles ins Schwanken. Der Job scheint nicht mehr sicher, ihr neuer Vorgesetzter macht ihr das Leben zur Hölle und nichts läuft wie geplant. Obwohl sich Nele nach Liebe, Familie und Geborgenheit sehnt, steht sie vor einem Scherbenhaufen. Werden diese Scherben ihr am Ende Glück bringen?

Das Taschenbuch ist überall im Handel erhältlich.
ISBN: 978-3754979457

Eine bezaubernde Geschichte über Liebe, Glück und zweite Chancen.

»Das ist Nele. Sie ist eine liebevolle Mutter eines vierjährigen Sohnes, eine talentierte Köchin und neuerdings ein Fernsehstar«, sind die Worte, mit denen Neles Freundin sie dem gutaussehenden Arbeitskollegen ihres Mannes vorstellt. Nach fast fünf Jahren, vielen vergossenen Tränen und einer zerbrochenen Beziehung zu ihrem Ex-Vorgesetzten hat Nele ihr Leben endlich fest im Griff. Sie liebt, was sie tut, und ist erfolgreich mit ihrem Kochblog. Sie geht in der Rolle der liebenden Mutter und erfolgreichen Selbständigen auf.

Nichts scheint diese Idylle zu stören, bis ein unerwartetes Wiedersehen mit Bent Steiner sie aus dem Konzept wirft. Alte Wunden reißen auf und sie beginnt, seinem Charme zu erliegen.

Printed in Poland
by Amazon Fulfillment
Poland Sp. z o.o., Wrocław

36446849R00170